# 까칠한 저널리스트의 삐딱한 남미여행

사춘기 아들과 오춘기 아빠의 무작정 좌충우돌 72일 방랑기

사춘기 아들과 오춘기 아빠의
좌충우돌 무대책 72일 방랑기

# 까칠한
# 저널리스트의
# 삐딱한
# 남미여행

이해승 지음

흥익출판사

CONTENTS

부에노스아이레스 라보카Buenos Aires La boca

# 모든 것의 시작은
# **개기월식**

▌ 깊은 잠에 들어 있던 마음속의 '역마살 DNA'를 일깨운 개기월식.

**#1** / 불개는 소백산에 살던 늑대가 집개인 누렁이와 눈 맞아 태어난 토종이다. 털과 눈, 코, 발톱이 붉어 '붉은 개'라는 말에서 유래해 '불개'다. 늑대 같은 얼굴만큼 사납고 용맹하다.

불개와 관련한 전설이 있다. 옛날 하늘에 빛이 없어 늘 어두운 나라가 있었다. 왕은 불개에게 이웃 나라에 가서 해와 달을 훔쳐오라고 명령했다. 불개가 잠입해서 태양을 훔치려고 덥석 물었는데 너무 뜨거워 뱉고 말았다. 달은 너무 차가워 역시 뱉고 말았다. 왕은 빈 입으로 돌아온 불개에게 불같이 화를 내고 다시 가져오라고 명령했다. 할 수 없이 불개는 뜨거운 태양과 차가운 달을 물었다 놓기를 반복했다. 이 때문에 하늘에 일식과 월식이 생겼다.

**#2** / 2014년 10월 8일, 3년 만에 찾아온 개기월식 소식에 첫눈 맞은 불개처럼 들뜨다 생각난 전설이다. 이날 저녁 6시 15분부터 시작되는 우주쇼를 이성주와 함께 보기로 약속했다. 술자리도 취소하고 모처럼 일찍 퇴근길에 오르며 "조간신문과 함께 배달되는 인생도 슬슬 벗어날 때가 되었군"이라고 혼잣말을 했다. 차 안에 영국 록그룹 레인보우Rainbow의 '템플 오브 더 킹Temple of the king'이 주단처럼 흘렀다. 디퍼플Deep Purple에서 숙성한 리치 블랙모어Ritchie Blackmore가 튕겨내는 기타의 매력은 풍차를 향해 돌진하는 로시난테의 애달픈 박력과 닮았다. 어둠은 초속 463m로 서서히 깔렸다. 기온이 뚝 떨어지며 네온과 자동차 브레이크 등이 유난히 청명했다. 가지런한 지하차도 조명이나 길게 굽이진 도로에 줄 지은 가로등의 정연한 패턴을 빠른 속도로 지날 때 나는 언제나 인류 문명에 자긍심을 느끼곤 한다.

**#3** / 지구 그림자와 숨바꼭질하는 달을 감상하는 순간은 매력적이다. 알코올 냄새가 듬뿍 밴 번잡한 도시, 그 위 검은 장막에는 오직 하나, 8분 19초 전 태양을 출발한 빛을 하얀 알몸으로 수줍게 튕겨내는 달뿐이었다. 달은 왼쪽 아래부터 조금씩 가려지더니 저녁 7시 54분 거의 완전히 가려져 시-스루 룩See-Through Look을 입은 다이애나Diana가 되어 요염한 자태를 뽐냈다. 배율 높은 렌즈로 들여다보니 전전긍긍하는 불개의 이빨이 얼핏 보이는 듯했다. 오, 이성주, 완전히, 완전히 가려졌어. 지구인이라는 사실이 자랑스러웠다. 인류가 하늘을 바라보기 시작한 때부터 영감과 상상력의 축복을 무상으로 뿌려준 달에 감사했다.

**#4** / 개기월식이 끝나고 환한 얼굴로 돌아온 달을 보자 불현듯 떠나고 싶다는 욕구에 사로잡혔다. 마침 몇 달 뒤면 회사에서 시행 중인 안식년이 찾아오니까. 달에 가고 싶지만 공기통을 메고 슬로모션 Slow motion으로 바보처럼 걷기는 귀찮다. 달 말고 내가 사는 지구에서 가장 먼 곳으로 떠나고 싶다. 개기월식을 보고 떠나고 싶다는 생각을 하는 사람이 몇이나 있을까 따져보기도 전에 노트북을 열어 가장 먼 곳으로 가는 항공권을 검색했다. 지구 반대편 남미, 그중 브라질 리우 정도면 될까? 가장 싼 티켓이 편도 1,116달러. 이성주와 이선영을 떼놓고 갈 수 없으니 세 명이면 대략 3,300달러. 왕복 6,600달러. 충분히 부담스럽지만 그보다 더 강력한 욕구가 내 심장을 간질인다. 사그라지기 전에 저질러야 하는데……. 신용카드를 꺼내 결제창에 번호를 입력했다. 알 수 없는 이유로 에러 메시지가 계속 떴다. 두리번거렸다. 얼마 전 뉴욕 전시회에 가서 샀다는 이선영의 중저가 손지갑이 보였다. 지갑 안에서 붉은 달의 빛

깔을 닮은 신용 카드가 나를 빤히 본다. 순식간에 결제가 완료됐다. 얼마나 놀라운 문명의 편리인가! 이선영의 휴대전화 벨이 울렸다.

"네? 해외 사이트, 거액, 일시금 결제요? 카드 분실…… 확인요?"

이선영이 놀란 얼굴로 봤다. 나는 흡족한 표정으로 사고가 아니라고 손짓으로 설명했다. 이해할 수 없다는 표정으로 다가온 이선영에게 자초지종을 설명했다. 개기월식이 너무 감동스러워 남미 가는 비행기 표를 아주, 아주 싸게 예약했다고.

**#5** / 이선영은 암불개처럼 포효했다. 3년 만에 찾아온 개기월식이 있던 그날 보름달 빛에 끓어오르는 정념을 참을 수 없다는 듯 불개의 울음으로 포효를 멈추지 않았다. 나는 슬리퍼 한 짝을 왼발에 꿰고, 나머지 한 짝은 손에 쥐고 재빨리 밖으로 달아났다. 피하고 봐야 하는 분위기였다. 허둥대며 도망치는 와중에도 나는 비실비실 중얼거렸다. 개기월식 덕분에 까짓것 가보는 거지 뭐, 남미. 잭 니콜슨Jack Nicholson이 1982년 영화 〈국경The Border〉을 찍을 때 토니 리처드슨Tony Richardson 감독에게 이런 말을 들었다잖아.

"명심해. 사람이 후회하는 건 해보지 않은 일 때문이지 한 일 때문은 아니야."

**#6** / 해야 하거나 하고 싶은 일을 미루는 이유 중 놀라운 한 가지는 '완벽주의'다. 행동에 버퍼링을 유발하는 완벽주의는 대부분 실체 없는 두려움에 기초한다. 끝이 보이지 않으면 시작도 하지 않는, 가장 그릇된 방어기제인 '지연행동'을 부숴야 한다. 임시 피난처 '트렁크Trunk'

에서 생맥주와 먹태를 주문했다. 잘했어. 잘했어. 잘했어. 저지르지 않으면 우물쭈물하다 인생 어떻게 끝나는지 알지? 버나드 쇼George Bernard Shaw 형이 묘비명 탁본을 테이블에 펼치며 위로해주었다.

"I knew if I stayed around long enough, something like this would happen.(우물쭈물하다가 이럴 줄 알았어.)"

그러는 한편 현실적인 걱정이 밀려왔다. 정말 떠난다면 여행 비용은? 회사는? 이성주 학교는? 이선영 회사는? 우울해하는 사이 내 옆자리로 바짝 붙어 앉은 루시퍼Lucifer가 내 귓불에 뜨거운 입김을 쏘이며 냉큼 이렇게 속삭였다.


**#7** / 몇 번 다녀보니 아, 귀찮다. 20년 된 부부의 밤일 같은 노동, 여행.

생각해보라고, 여행이 얼마나 번잡한 일인지! 재벌이 아니라면 일단 쓸 수 있는 휴가 일수와 빠듯한 은행 잔고를 염두에 두지 않을 수 없다. 거기에 맞추다 보면 가고 싶은 곳이라기보다는 갈 수 있는 곳으로 선택의 폭이 쪼그라들고 만다. 그러니 대부분 여행이란 게 '휴식'보다는 '고행'에 가까운 스케줄로 짜이게 마련이다. 현실이 힘들어 떠나는데 돈을 들여 현실보다 더 힘든 현실을 찾아가는 자학의 길에 들어서고 있는 셈.

만 원 더 싼 땡처리 티켓과 호텔을 찾겠다고 자동번역기 돌려가며 훨씬 값비싼 시간을 낭비하는 불면의 나날, 비행기 놓치는 꿈을 16부작으로 꾸다 새벽 4시 인천행 공항리무진을 타러 가는 비루한 모습, 툭하면 연착하는 저가항공을 기다리느라 출발부터 치미는 분노, 빈 라덴의 이종사촌이라도 된다는 듯 의심의 눈초리로 훑어보는 출입국심사, 중고

라이터 장사를 부업으로 하는지 라이터만 집중 강탈하는 검색대, 그리고 기다림, 또 기다림.

독방 같은 이코노미, 사육과 다름없는 기름진 기내식, 이상기류를 만나 기체가 요동칠 때마다 '이 비행기가 추락한다면?'이란 가정으로 긴장하고 뒤척이다 열몇 시간 만에 가까스로 목적지 공항에 내리면 훅 끼쳐오는 범상치 않은 냄새와 열기 혹은 냉기. 친절인지 협박인지 이방인을 길게 따라다니는 끈적한 시선들. 아무리 들어도 새소리 같은 낯선 언어. 버스표 한 장 제대로 사지 못해 바보가 되어버린 것 같은 낭패감.

결정적으로 여행에서 돌아가면 한도까지 긁어놓은 카드 명세서가 독오른 사채업자 표정으로 우편함 속에 잠복하고 있을 거고. 그 돈을 다 갚을 때까지 가족 몰래 한 주식이 반 토막 난 가장처럼 풀죽어 지내야 하는 우울한 날은 또 어찌할 거냐고.

들어봐. 누구나 하듯 강박처럼 떠나는 여행 대신 변태하는 굼벵이를 흉내 내는 행위 예술가 코스프레는 어때? 비즈니스석보다 열 배는 더 큰 퀸 사이즈 침대에 뒹굴며 4°c짜리 맥주와 요술방망이 리모컨을 번갈아 쥐고 3대양 7대주를 컴팩트하게 구겨넣은 웰메이드 여행프로그램을 즐기는 거야. 쾌적하고, 익숙하고, 편안하게 영화 〈점퍼Jumper〉의 주인공 데이비드처럼 전 세계를 짜릿하게 순간 이동하는 거지. 오히려 그게 낫지 않겠어!

**#8** / 루시퍼의 잔소리는 새벽까지 끊이지 않았다. 나는 사고를 저지르고 불과 몇 시간 만에 있는 힘껏 의기소침해졌다. 그러면 그렇지, 꼼짝없는 샐러리맨 팔자에 그 먼 남미가 가당키나 하겠냐고.

그때, 맞은편에서 400cc 잔에 남은 생맥주를 거품까지 야무지게 핥던 가브리엘Gabriel이 엷은 미소를 지어 보이며 점잖게 한마디 던졌다.

"내가 예전에 폰더 씨에게 해준 말이 있어. 망설임은 미래를 조각하는 데 아무 짝에도 쓸모없는 연장이라고."

**#9** / 남미 72일 여행에 배낭 무게 10.6kg이면 욕심 부리지 않은 겸손한 짐이다. 이선영이 여성들만 구사할 수 있는 할인 기술을 동원하고, 지인 소개 5% 할인까지 받아 산 62ℓ 배낭은 끈이 지네발처럼 붙어 있다. 앞으로 멜 수 있는 작은 배낭도 샀다. 여러 번 접으면 손지갑 안에 쏙 들어가는, 설날 특집 마술쇼에나 나올 법한 경이로운 배낭이다. 여권과 현금, 신용카드와 해외직불카드, 항공권과 호텔 바우처를 담는 용도다. 출발 날짜를 기다리며 몇몇 구간의 항공권과 숙소를 예약했다. 나머지는 현장에서 부딪히기로 했다. 오랫동안 이성주와 24시간 붙어 있어야 하므로 구차해지기 싫어 출발 한 달 전 담배를 끊었다. 출발 보름 전 올해 남은 휴가를 모두 붙여 배낭을 싸고, 여행 정보를 계속 업데이트하고, 이성주의 학교 결석 문제를 처리했다.

**#10** / 2014년 12월 15일. 인천공항 가는 새벽 4시 버스. 승객들은 각자 목적지에 맞는 옷차림으로 빛 잘 드는 대륙붕의 말미잘같이 느리게 흔들렸다. 이성주와 내가 먼저 남미로 출발하고, 이선영은 회사 일정상 한 달 뒤 칠레 산티아고에서 만나기로 했다. 감기 기운이 약간 있던 이성주는 버스 안에서 부끄러움 타는 노인처럼 조용히 잔기침을 했다. 2시 방향에 탈모가 진행 중인 중년이 도끼 빗을 꺼내 정전기로 솟아

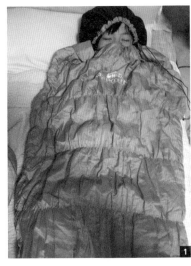

1. 각종 상황을 대비해 이성주에게 침낭이 이불보다 더 편하게 여길 것을 강요했다.
2. 이선영이 흔쾌하게 사줄 만큼 값싼 신발은 여행 초반 뜻밖의 운명에 처해진다.
3. 처음에는 육체적인 무게보다 마음에 안정을 주는 무게감이 더 크게 느껴진 배낭. 곧 오산임을 깨달았다.

오른 한적한 머릿결을 빗어 넘겼다. 익숙한 빗질은 탈모 스트레스에서 오는 강박처럼 보였다.

브라질 돈의 단위는 헤알Real이다. 포르투갈어를 쓰는 브라질에서 'R'은 'ㄹ'이 아닌 'ㅎ' 발음이 난다. 입술에 바르는 '루즈'가 붉다는 뜻의 불어 '후즈Rouge'에서 온 것처럼 포르투갈도 비슷한가 보다. 우리가 처음 도착할 도시인 '리우'는 그래서 현지 발음으로 '히우'다.

인천 공항에서 50만 원을 헤알로 환전했다. 1헤알이 약 466원이다. 환율이야 시세에 따라 오르내리기 마련인데 대략 '1,000원=2헤알'로 계산하면 편할 듯했다. 환전을 위해 여권을 꺼내 반쯤 내미는데 "100만 원 이하는 여권 필요 없어요"라는 말에 놀라 중년의 도끼 빗보다 빠르게 가방 속으로 집어넣었다. 부디 이 훌륭한 하인, 돈이 여행하는 내내 속 썩이지 않기를. 돈이 떨어져 전전긍긍하기 시작하면 어느새 나쁜 주인이 되어 우리를 괴롭힐 것이다.

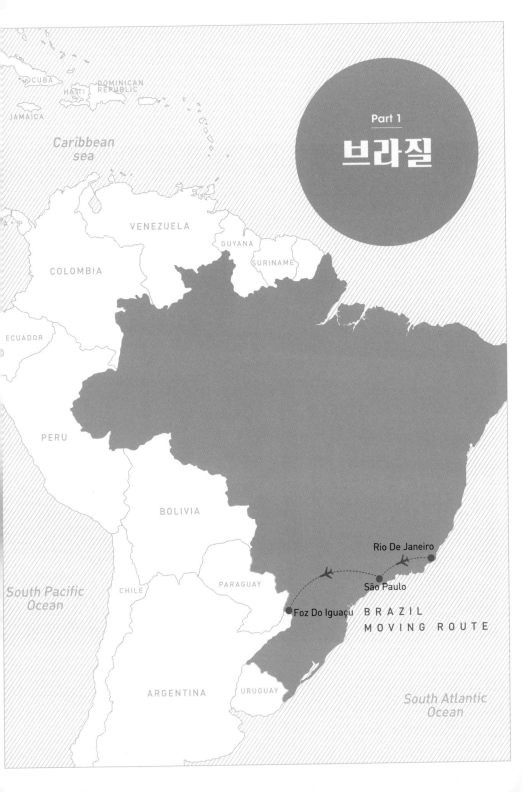

리우데자네이루Rio De Janeiro

## 01

**리우데자네이루**Rio De Janeiro

# 멀리서 보면 희극,
# **가까이서 보면 비극의 리우**

▌ 리우데자네이루의 랜드마크, 코르코바두 정상의 예수상.

**#1**　　/　　로마신화에서 야누스Janus는 문을 수호한다. 앞뒤로 두 얼굴을 가져 과거와 미래를 볼 수 있다. 재뉴어리 January, 1월은 야누스를 뜻하는 라틴어 야누아리우스Januarius에서 유래했다. 지난해를 돌아보고 새해를 계획하는 달, 한 해의 첫 달로 제격이다. 그런데 본래 고대 달력은 열 달밖에 없고, 첫 달은 지금의 3월인 마치March였다. 로마 창시자 로물루스Romulus가 야누아리우스 달을, 두 번째 왕 폼필리우스 Numa Pompilius가 페브루움Februum 달을 만들어 달력에 끼워넣었다. 재뉴어리가 1월, 페브루어리가 2월이 되고 마치는 3월로 밀려났다. 뒤에 있던 달들은 약간의 문제에 봉착했다. 두 달씩 뒤로 밀려나 7에서 유래해 7월을 뜻하던 셉템버September가 9월이 되었고, 8을 의미하던 옥토버October는 10월이 되었고, 9를 뜻하는 노벰버November는 11월이 되었고, 10을 의미하던 디셈버December는 12월이 되었다.

**#2**　　/　　아메리고 베스푸치Amerigo Vespucci는 피렌체 메디치 가문의 사업을 관리하는 공증인의 아들이었다. 아메리고는 1499년 서쪽 항로 탐험에 나섰다. 지금의 브라질 해안을 따라 남하하다 아마존 강을 '숨겨진 불의 강Rio de Foco Cecho'이라고 명명했다. 물 위에 세운 집을 보고 '작은 베니스'라는 뜻의 '베네수엘라Venezuela'라고 명명했다. 섬에 브라질우드 나무Brazilwood가 많은 것을 보고 '브라질'이라고 명명했다.

　고향으로 돌아온 베스푸치는 포르투갈의 후원으로 2차 탐사에 나섰다. 1502년 1월, 지금의 브라질 리우데자네이루를 지나며 구아나바라 Guanabara 만을 강으로 착각해 '1월의 강'이라는 의미인 '리우데자네이루Rio de Janeiro'라고 명명했다.

**#3**  /   역사란 부정확한 기억이 불충분한 문서와 만나는 지점에서 빚어지는 확신이라고 줄리언 반스Julian Barnes가 말했다. 역사 기록이나 개인 기억의 총합을 기반으로 한 모든 판단은 그래서 오류의 연속이다. 로마를 세운 로물루스 전설은 기원전 4세기경 만들어졌다. 아메리고 베스푸치가 '리우데자네이루'라고 이름 붙인 건 1502년. 2,000년의 시차를 두고 전설과 역사가 만나더니 착각과 우연을 거듭해 호주 시드니, 이탈리아 나폴리와 함께 세계 3대 미항으로 일컬어지는 리우데자네이루가 탄생했다. 아름다운 이름에 걸맞은 경관, 화려한 정열의 축제 카니발, 코르코바두Corcovado 예수상, 상파울루 다음가는 브라질 제2의 경제 중심, 1960년까지 브라질 수도라는 명성을 차례로 얻으며 언제나 전 세계 여행자의 버킷리스트 상단에 오르내린다. 로물루스가 1월을 만들지 않았다면, 베스푸치가 하필 1월이 아닌 7월에 이곳에 도착했거나, 구아나바라 만을 강으로 착각하지 않았다면 이 도시는 지금 무엇으로 불리고 있을 것인가?

**#4**  /   브라질 상파울루São Paulo 공항 도착 시각 새벽 5시. 인천, 프랑크푸르트를 거쳐 37시간째 깨어 있는 중이다. 여기에서 리우까지 1시간 더 날아가야 한다. 대부분 여행자가 상파울루를 남미 여행의 출발 도시로 삼는데, 나는 꼭 리우이고 싶었다. 상파울루는 그저 '무덥고 복잡'인데 반해 리우는 '코파카바나, 이파네마, 카니발, 예수상, 보사노바, 그리고 모히토와 해변의 비키니'로 상상의 스케일, 열망의 스펙트럼이 남달랐다.

"사실 이 대륙을 라틴아메리카라고 부르는 건 좀 문제가 있어 보여.

이 말을 처음 쓰라고 한 사람은 프랑스 나폴레옹 3세였지. 학자를 동원해 라틴 문화권인 포르투갈과 스페인이 차지한 대륙을 돋보이게 하려고 창조한 단어가 라틴아메리카야. 덕분에 앵글로색슨 족인 영국이 지배한 북미 대륙은 앵글로아메리카가 됐지. 두 문화권이 남북으로 나뉘어 자존심 싸움을 하느라 원래 이 대륙에 살던 원주민의 흔적과 역사는 완전히 지워진 셈이지."

상파울루 공항에서 비행기가 날아올랐다. 하얗게 파도치는 대서양이 펼쳐졌다. 동지에 태양이 내려와 머물다 가는 남위 23° 27′, 남회귀선이 이곳에서 멀지 않다. 바다 쪽에서 밀어붙인 지각 변동에 주름 잡힌 산맥이 독특한 지형을 만들어냈다. 버스로 6시간이면 리우에 도착하는 반듯하고 구불구불한 도로가 소실점을 향해 이어졌다. 도로에 묶인 상파울루 위성도시들이 초록 바다에 뜬 부표처럼 넘실댔다. 옅은 구름대가 빠르게 이동하며 대기는 뿌옇게 번져 보였다.

드디어 남미 여행의 출발선에 다다랐다는 생각이 들자 울대가 헛물을 켜고, 괄약근에 힘이 들어가 움찔거렸다. 14살의 이성주와 44살의 나, 별 탈 없이 잘해낼 수 있을까? 기내식으로 나눠준 크래커를 필요 이상 오래 씹으며 좀처럼 꺼내 쓰지 않던 근성을 어디에 뒀더라, 잡동사니 가득한 생각의 서랍을 뒤적거렸다.

**#5**　　　／　　　"택시?" "노." "택시?" "노라고." "택시?" "노라니까." "택시?" "말했지 노라고." "택시?" "……."

오전 8시 40분, 파울루 코엘루Paulo Coelho의 고향 리우 갈레앙 국제공항GIG에 도착했다. 정식 이름은 '리우데자네이루/갈레앙 – 안토니우 카를루스 조빙 국제공항Aeroporto Internacional do Rio de Janeiro/Galeão–Antonio Carlos Jobim'. 상파울루 사람은 일하느라 바쁘고, 리우 사람은 노느라 바쁘다더니 삼바와 보사노바를 낳은 음악의 수도답게 리우 출신 보사노바 창시자 안토니우 카를루스 조빙Antonio Carlos Jobim 이름을 공항 간판에 내걸었다. 나는 이런 저돌적인 문화적 흥취가 좋다.

한여름에 접어든 12월의 리우는 무더웠다. 공항을 빠져나오는 길에 호객하는 택시의 끈질긴 구애 역시 공항 이름만큼 길었다.

"코파카바나!(실례지만 코파카바나 해변으로 가는 버스를 어디에서 탑니까?) 헤이, 코파카바나!(이것 보세요. 코파카바나 해변으로 가는 버스를 어디에서 타느냐니까요?)"

"출구, 우회전, 2018번 버스."

2018번 공항버스는 시티 투어 수준이었다. '낡았다'보다 '썩었다'는 표현이 적절한 센트로의 모든 정류장에 멈췄고, 정글 같은 거리의 모든 도로를 지났다. 센트로 건물의 벽은 그라피티로 난장이다. 부서지고, 무너지고, 색이 바랬다. 문을 닫은 가게, 북적이는 가난한 사람, '유럽풍'은 맞지만 윌 스미스와 개와 좀비가 열연한 〈나는 전설이다〉의 인류 멸망 뒤 뉴욕 세트를 방불케 했다. 리볼버와 베레타가 동시에 관자놀이에 들어와도 전혀 놀랍지 않을 분위기다. 멀리 산꼭대기에 그 유명하다는 예수상 뒷모습이 얼핏 스쳤다. 신마저 등지고 있으니 도시가 이럴 수밖에. 그나마 해변에 가까워지자 낡지 않은 것이 없던 거리에 현대식 건물이 눈에 띄고, 오래된 건물도 제법 '고풍'의 미덕을 풍겨내기 시작했다.

#6    /    "반가워. 난 루시. 나 일하러 가니까 짐 풀고 쉬어. 곧 클

라우지우가 올 거야."

　리우에 예약한 집주인 루시는 엘리베이터에서 만났다. 키가 훤칠하고 미인인 루시는 아파트 현관문만 열어주고 일하러 간다며 가버렸다. 처음 본 사람 집에 우리만 남았다. 작은 방이 세 개, 거실과 주방 한 개, 화장실이 두 개. 베란다 밖으로 울창한 숲이 우거졌다. 샤워하고 짐을 푸는 사이 클라우지우가 들어왔다.

　"빵산(팡지아수카르Pão de Açúcar)에 비밀 등산로 추천할게. 원래 1, 2구간 왕복 케이블카 티켓을 사야 하거든. 그러지 말고 2구간 왕복만 끊어. 1구간은 걸어 올라가는 거지. 정상까지 걸어가서 2구간만 케이블카를 타고 건너갔다 와. 그리고 저녁 7시 넘어 1구간 하산 케이블카를 타. 그 시간엔 무료야. 어때, 괜찮지!"

　"자전거가 두 대 있으니까 마음껏 타. 레미에서 코파카바나, 이파네마Ipanema까지 계속 직진해. 그런 다음 개울을 따라 우회전하면 호드리고Rodrigo 호수가 나와. 거길 한 바퀴 돌고 다시 돌아오는 데 왕복 23km쯤 돼. 평지라 힘들지 않고, 풍경? 물론 끝내주지. 특히 이파네마 해넘이를 놓치지 마."

　"레미 바로 옆에 산Morro de leme이 하나 있거든. 군사 보호구역인데 입구에서 4헤알 내면 등산로를 열어줘. 정상에 가면 빵산이나 코르코바두 정도는 아니어도 끝내준다고. 센트로? 거긴 도무지 할 일 없을 때나 가."

　"집 뒤에 파벨라Favela 정상까지 15분만 올라가면 '티피컬 바Typical Bar'가 있는데 리우 야경이 끝내줘. 삼바로 유명한 곳은 '리우 시나리오', '칼리오카 제마'야. 술 마시고 음악을 즐기려면 당연 '라파Lapa'로

가야지. 참, 너는 아들 때문에 힘들겠다."

리우 토박이 털북숭이 클라우지우는 신문기자다. 파나마를 여행하다 상파울루 출신 영어 선생 루시를 만났고, 순정파 루시가 사랑을 찾아 리우의 클라우지우 아파트로 들어왔다.

클라우지우는 리우 지도를 펴놓고 점쟁이처럼 짚어주었다. 그리고 와이파이 아이디와 비밀번호, 자전거 있는 곳과 자물쇠 비밀번호, 아파트 열쇠를 던져주더니 일하러 간다며 오토바이를 타고 가버렸다. 누가 상파울루 사람은 일하느라 바쁘고, 리우 사람은 노느라 바쁘다고 했나? 집주인 루시도 바쁘고, 클라우지우도 바빴다.


**#7**  /  눈을 떴다. 실링팬Ceiling Fan이 붕붕 돌아간다. 방은 어둑하고 공기는 선선했다. 5시 20분. 여기가 어디더라? 옆을 돌아보니 이성주가 자고 있다. 머릿속이 뒤죽박죽이다. 여기가 어디더라? 아, 그랬지. 브라질, 리우, 코파카바나, 루시와 클라우지우의 아파트! 짐 풀고, 샤워하고, 빨래하고, 상파울루 비행기 표를 검색하다 기절하듯 잠들었다. 이틀을 뜬눈으로 버텼으니 그럴 만했다. 3시간 넘게 꼬박 잤다. 거실에 루시가 고양이처럼 부스럭거렸다. 리우에 와서 처음 한 일이 낮잠이라니. 시차 적응하려면 조금 버텨 밤에 자야 했는데. 한국은 몹시 추운 한겨울 새벽 5시 20분이겠군. 선풍기 바람을 쐬고 있는 상황이 낯설었다. 꿈처럼 몽롱하게 이성주를 흔들어 깨웠다.

"그만 자. 여긴 코파카바나라고!"

루시에게 코파카바나 해변 레스토랑을 소개받아 집을 나섰다. 누그러져도 리우의 햇볕은 살기등등했다. 모자와 선글라스, 선크림 없이 10초

루시가 소개해준 레스토랑을 찾아 집을 나섰다. 늦은 오후, 코파카바나 해변을 둘러보자 여행이 실감나기 시작했다.

버티기가 힘들었다. 그나마 바람 덕에 그늘은 선선했다. 자전거를 타고 개 천지인 그늘을 따라 천천히 달렸다. 리우에서 겨우 나흘 머물 예정인 데 낮잠으로 반나절을 보내고 나니 조바심이 났다. 패키지여행은 너무 바빠서 싫은데, 자유여행은 걸핏하면 시간 낭비다. 아무도 보채주지 않 기 때문이다. 루시의 추천 레스토랑은 조아키나Joaquina였다.(나중에 쿠 바에서 머문 숙소도 '호아키나'(스페인식 발음)다.) 포르투갈어 메뉴판을 읽 지 못해 그림으로 음식을 골랐다. 이성주는 36헤알짜리 'Mexide da Fazenda'와 아이스티. 나는 38헤알짜리 'Joaguinas Picadinhoc'과 생 맥주를 골랐다. 브라질 돈 1헤알을 500원으로 잡고 계산하니 간단한 점 심 한 끼가 무려 4만 원이다. 가격에 주눅 들어 손이 떨리며 포크와 나이

미각에 새로운 지평을 열어준 놀라운 음식, 'Mexide da Fazenda'(좌)와 'Joaguinas Picadinhoc'(우).

프가 헛놀았다. 게다가 한 술 떠먹고는 대경실색했다.

"음식에 소금을 친 게 아니라 소금에 음식을 쳤네!"

고기는 짜고 질겼다. 그냥 짠 게 아니라 입천장이 쓰리고 혀가 마비될 정도였다. 지난 이틀 기내식 외에 아무것도 못 먹어 허기진 데다 가격이 비쌌는데도 다시 먹을 엄두가 나지 않았다. '소금을 넣지 말아주겠니?'라는 포르투갈 말을 배워왔더라면. 낙심한 이성주는 소금 접시에 머리를 박고 다시 잠들었다.

나도 기운이 빠져 코파카바나로 눈을 돌렸다. 눈부시게 빛나는 모래와 하얗게 부서지는 포말, 시원하게 머릿결을 흩날리는 바람 사이로 찰진 비키니와 근육질, 타투와 천진한 웃음을 띤 어린아이가 슬로모션처럼 흘렀다. 그나마 4℃짜리 시원한 맥주 한 잔이 있어 큰 위로가 되었다.

**#8** / 이른 아침. 거실에 비치는 볕이 좋다. 창을 열자 서늘한 공기와 새소리가 정겹다. 베란다 너머 숲에 작은 원숭이 무리가 손에

잡힐 듯 다가왔다. "리우다운 아침이군"이라고 나는 중얼거렸다.

"부지런히 움직여야 해. 오전 코르코바두 예수상, 오후 빵산, 야경까지 볼 거야."

우리는 코파카바나 해변에서 버스를 타고 코르코바두 입구까지 20분 만에 도착했다. 코르코바두 매표소 위로 크리스마스트리와 만국기가 펄럭였다. 정상까지 올라가는 붉은 트램 가격은 62헤알. 아침 8시 20분이 첫차인 모양이다. 트램을 타고 오르며 산 중턱에서 돌아보니 멀리 2014 브라질 월드컵 개막전을 치른 마라카낭Maracanã stadium가 비행접시처럼 하얗게 떠 있다.

트램은 산 정상 부근에 멈췄다. 계단과 에스컬레이터로 조금 더 올라가야 예수상이 나온다. 해발 700m, 티주카Tijuca 국립공원 코르코바두 정상, 예수상이 모습을 드러냈다. 양팔을 한껏 벌려 환영하는 예수상은 웅장했다.

"예수상은 브라질 독립 100주년인 1922년에 기획해 9년 만에 완성됐대. 설계는 브라질 에이토르 다 시우바 코스타Heitor da Silva Costa, 제작은 프랑스 건축가 폴 란도프스키Paul landowski가 했네. 프랑스에서 제작한 뒤 조각내 가져와 여기서 다시 붙였대."

"저렇게 큰 게 조립이 가능해?"

"그뿐이 아냐. 2007년 중국 만리장성, 요르단 페트라, 페루 마추픽추, 멕시코 마야 유적지, 로마 콜로세움, 인도 타지마할과 세계 신新 7대 불가사의에 등극!"

가파르게 솟아오른 코르코바두 절벽에 차가운 해풍이 부딪혀 수직 상승하며 순식간에 짙은 안개를 만들었다. 안개는 5초 만에 예수상을 하얗게 지웠다가 10초 만에 다시 파란 하늘에 돋을새김하길 반복했다. 하늘이 온통 연무로 뒤덮여도 햇볕을 받은 예수상은 하얗게 빛났다. 예수상에서 내려다보니 왜 리우가 세계 3대 미항이 됐는지 금세 이해됐다. 360° 탁 트인 정상에서 쏟아진 거대한 아름다움이 예수상을 중심으로 동심원을 그리며 바다까지 복음처럼 퍼져나가더니 멀리 구아나바라 만에 겹겹이 둘러친 뾰족 산에 부딪혀 메아리로 돌아왔다.

예수상 뒤쪽에 설계자와 제작자의 흉상이 나란히 서 있다. 꼭 하겠다고 다짐한 대로 비밀 메시지를 적어 흉상 틈바구니에 밀어넣었다. 메시지는 이성주가 대학생이 되어 남미에 다시 왔을 때 찾아 읽어봐야 할 아빠의 일장훈시를 담고 있다. 아빠 품에서 보낸 따뜻했던 한 시절을 추억하는 일종의 보물찾기 놀이다.

예수상이 바라보는 동네가 우리가 익히 아는 화려한 리우고, 예수상이 등지고 있는 동네는 어제 우리가 거쳐 온 할렘이다. 예수상을 360° 회전하게 설계했다면 좀 더 많은 리우 사람이 행복하지 않았을까?

**#9** / 팡지아수카르Pão de Açúcar가 빤히 보이는 보타포구Botafogo 해변에서 내렸다. 비치 쇼핑몰 4층 서브웨이에서 햄버거와 콜라로 점심을 먹었다. 옆에 포르킬루Por Quilo라고 음식을 저울로 달아 1kg에 85헤알 받는 뷔페가 있는데 소금밭일 것 같아 들어가지 않았다. 점심을 먹는 동안 '고맙네'가 포르투갈어로 '오브리가두Obrigado'라는 걸 배웠다.

점심을 먹고 보타포구 해변을 따라 난 굽잇길을 걸었다. 햇볕하며 공기하며 바짝 높게 솟은 슈가로프Sugar Loaf 바위산, 그사이 숨어 있는 작

1. 케이블카를 타고 오르는 팡지아수카르. 슈가로프(Sugar Loaf)라 불리는 정상에 서면 눈앞이 달콤해진다.
2. 팡지아수카르 오른편 구아나바라 만을 둘러싼 산등선은 코파카바나의 파도를 닮았다.
3. 코르코바두의 예수상. 앞으로 팔 벌린 동네와 등 뒤 동네의 풍경이 극명하게 갈린다.

은 모래 해변, 바닷가를 따라 난 도로와 조용한 주택가, 팔랑이는 가로수 잎과 잎이 만들어낸 잭슨 폴록Jackson Pollock의 그림 같은 그늘, 모든 게 리우에 집중할 수 있는 농밀함을 주었다.

케이블카를 타고 팡지아수카르 정상에 서자 코르코바두와 더불어 리우에서 가장 아름다운 투톱 뷰포인트가 나타났다. 왼쪽으로 레미, 코파카바나, 이파네마, 코르코바두가, 정면에 듀몬트 공항, 요트와 배가 떠 있는 바다가 파노라마로 펼쳐졌다. 그 오른쪽으로 구아나바라 만을 둘러싼 산이 겹겹이 굽이쳤다. 리우 못지않은 절경이 그곳에도 이어졌다. 아메리고 베스푸치가 강으로 착각해 '1월의 강'으로 이름 붙일 만하게 해안은 구절양장처럼 울퉁불퉁했다. 멀리 까마귀 떼가 상승기류를 타고 연처럼 정지 비행했다. 새는 세상에서 가장 아름다운 풍경을 볼 권리를 가졌구나. 이성주에게 빈민촌 파벨라에 대해 설명해주었다.

"성주야, 세상에서 가장 약한 사람은 혼자 있는 사람이란다."

해는 이파네마 해변 쪽으로 내려앉았다. 노을은 연무에 가려 흐리멍 덩한 붉은 빛이 돌았다. 애당초 거무튀튀한 리우의 바위산은 해가 지자 금세 어둠과 한통속이 되었다. 잠시 바람이 잦아들고, 새가 날갯짓을 멈 추며 고요를 이끄는가 싶더니 발아래 리우의 밤이 꼬물거리며 돋아났 다. 여기서 하나, 저기서 하나, 산발적으로 빛이 튀어 올랐다. 산꼭대기 파벨라에도 호응하듯 하나둘 별이 걸렸다. 바다를 따라 줄 선 가로등은 일시에 번지며 빛의 경계 말뚝처럼 희번덕거렸다. 유난히 검은 바다에 도 빛의 부표가 일렁이며 박히기 시작했다. 열 개, 백 개, 만 개, 십만 개, 주변이 어두워질수록 낮 동안 숨어 있던 빛이 서로의 체온에 의지하며 거리를 좁혀 스크럼을 짰다. 그러다 어느 순간, 기다렸다는 듯 오케스트 라의 피날레처럼 일제히 허공을 향해 빛들이 박차고 날아올랐다. 숨 막 히는 리우의 야경이다. 희고, 노랗고, 붉고, 초록인 빛의 총합은 리우가 오로지 아름답기 위해 조각된 인간의 거대한 유희라고 말하는 듯했다. 산 아래에서 꼭대기까지 들어찬 파벨라 불빛은 하늘의 은하수를 반사 하는 호수가 되었다.

**#10** / 완전히 어둠이 내려깔린 시각. 산 정상까지 이어진 파벨 라 탐험에 나섰다가 얼마 올라가지 못하고 제풀에 기가 꺾여 되돌아왔 다. 가이드 없이 들어간 어두운 파벨라는 냉기가 흘렀다. 불살不殺을 맹 세한 히무라 켄신이 오랜만에 역날검을 바로 잡고 필살必殺을 다짐하며 어둠속에서 노려보는 기분이었다. 미로 같은 급경사 골목은 마약 갱의 온상, 브라질의 고민과 모순의 응집, 빈부 격차의 극명한 단면을 고스

란히 보여주었다. 마이클 잭슨이 파벨라에서 뮤직비디오를 찍으며 '그곳엔 그곳만의 정부가 있다'고 말했다던데. 동네 하나를 털면 1개 사단 병력이 쓸 중화기가 쏟아져 나온다던데. 사람들이 밝게 웃으며 엄지를 척! 들어 보이고, 직접적인 위협은 없었지만 밤에 이성주를 데리고 들어가는 건 만용이라는 직감이 들었다. 카포에이라 도장도, 산 정상에 있다는 전망 좋은 카페테리아도, 빛나는 리우의 밤문화에 대한 호기심도 이성주의 안전과 바꿀 수 없으니까. 다만 파벨라의 불빛은 여전히 아름다웠다. 밤인데도 해변에 T팬티와 팔자 좋은 개가 여유롭게 뒹굴었다. 숙소로 돌아와 모레 오후 1시 상파울루 가는 항공권을 샀다.

**#11** / 리우 3일째 아침. 파도가 거칠다. 자전거로 코파카바나에서 이파네마까지, 거기서 호드리고 호수 한 바퀴, 왕복 23km 돌기. 도로가 판판해 탈 만했다. 그늘에서 천하태평으로 자는 개를 보며 다음 생에 한 번쯤 코파카바나의 개로 태어나고 싶어졌다. 이파네마의 물은 코파카바나보다 맑고 파도는 잔잔했다. 이파네마 역시 해변을 둘러싼 바위산 도이스이르망스Morro Dois Irmãos 없이는 평범하다. 코파카바나와 이파네마 모두 바다의 경쟁력보다 주변에 맹렬하게 굽이치는 바위산에 신세지고 있다. 볼수록 울릉도가 떠올랐다.

이파네마 해변의 야자나무에 자전거를 기대어놓고 모래를 깊게 파 비밀 메시지를 묻었다. 가는 곳마다 묻는 메시지는 시간이 지날수록 신비감이 떨어지고 내용에 성의도 부족해지고 있다. 해변 초입에 보사노바 창시자 안토니우 카를루스 조빙의 동상이 기타를 메고 서 있다. 조빙과 어깨동무하자 불후의 명곡 '이파네마에서 온 소녀Garota de Ipanema'

1. 이파네마 해변에서 만난 조빙의 동상. 엠티 가는 복학생마냥 푸근하고 친근해 보인다.
2. 클라우지우가 빌려준 자전거는 그야말로 '꿀 아이템'이었다. 해변가 드라이빙은 오래도록 기억에 남는다.


가 듣고 싶어졌다.

키 크고, 까무잡잡하고, 젊고 사랑스러운 이파네마에서 온 여인이 산책하러 가네. 그녀가 옆을 지나가면 모두 '아' 하고 감탄하네. 그녀가 걷는 것은 마치 삼바 춤을 추는 듯하고 멋지게 팔을 흔들고, 한들한들 걸어가네. 그녀가 옆을 지나가면 모두 '오' 하고 감탄하네. 오, 하지만 난 그녀를 슬픈 눈으로 바라보네. 내가 사랑한다고 어떻게 말할까. 그래, 난 네 마음을 기쁘게 해줄 수 있는데. 하지만 매일, 그녀가 바다로 걸어갈 때면 그녀는 앞만 똑바로 쳐다보네. 날 보지 않고, 키도 크고, 까무잡잡하고, 젊고, 사랑스러운 이파네마에서 온 여인이 산책하러 간다네. 그리고 그녀가 내 옆을 지날 때 난 미소를 지었지만, 그녀는 보지 않네. 그녀는 보지 않네. 그녀는 날 한 번도 보지 않네.

**#12** / 흐린 리우의 토요일 아침. 주말이라 늘어지게 자는 루시, 클라우지우와 비몽사몽간에 작별했다. 둘은 밤사이 가욋일까지 하느라 좀 더 수면이 필요해 보였다. 머문 지 나흘 만에 고향 기분이 들어버린 리우.

여행 왔다 리우에 눌러앉은 보헤미안이 거지가 되어 정류장 주변을 어슬렁댔다. 날이 흐린데 코르코바두 예수상은 자체로 하얀 십자가가 되어 빛났다. 시차 적응과 남미 여행 출발지로 손색없던 리우. 하지 못한 것이 더 많아 아쉬워도 이 정도면 됐다 싶었다. 냉동 버스를 타고 나흘 전 왔던 길을 되짚어 갈레앙 공항으로 움직였다.

"남미의 첫 도시 리우에서 뭐가 가장 기억에 남았어?"

"코파카바나 모래를 파서 지구를 관통해 집으로 돌아가려던 시도."

리우의 파벨라는 상상 이상이다. 공항 가는 길 양쪽에 온통 파벨라다. 붉은 벽돌로 얼기설기 쌓은 건물. 포장이 안 돼 맨땅 그대로인 골목. 처마 밑에 빨래만 아니면 사람이 산다고 믿기 힘든 풍경이다. 파벨라 앞 소음 방지벽은 소음방지용이 아니라 실패하고 있는 브라질의 부끄러운 민낯을 가리는 가면 같다. 리우에만 파벨라가 1,000개가 넘는다고 한다. 당분간 저곳을 벗어나는 방법은 펠레와 호나우두처럼 축구밖에 도리가 없어 보였다.

**#13** / 비행기가 리우 공항을 이륙했다. 나흘간 행복했던 첫 여

행지 리우가 잘 가라고 인사했다. 멀리서 보면 희극이고 가까이서 보면 비극인 게 인생이라더니 리우도 그랬다. 해변은 육지와 바다의 경계를 분필로 여러 번 그은 것처럼 도드라져 보였다. 코파카바나와 이파네마, 코르코바두와 슈가로프도 눈에 들어왔다. 도시에서 흘러나온 도로가 산과 들 사이로 모세혈관처럼 퍼져 나갔다. 며칠 머물렀다고 리우를 다 알 수는 없지만 순박한 친절함, 시도 때도 없이 번쩍 치켜드는 엄지, 뜨거운 태양과 아름다운 해변, 늘어진 개, 야경, 파벨라, 식민시대가 보존된 건축, 엄청난 물가 그리고 해보지 못한 많은 것에 대한 아쉬움이 기억에 남는다. 음식은 절대 좋은 점수를 줄 수 없다.

## 02

**상파울루**São Paulo

# 기나긴 여정을 위한
# '침실여행'의 기술!

▼ 상파울루의 루스 기차역.

**#1** / 리우를 떠난 비행기가 내린 곳은 상파울루가 아니라 북쪽으로 98km 떨어진 위성도시 캄피나스다. 이과수 가는 저가 항공 아줄Azul을 타기 위해 상파울루 대신 캄피나스를 선택했다. 상파울루는 이과수 가는 길에 스치는 도시쯤으로 여겨 딱 하루 당일치기 투어로 일정을 짰다.

**#2** / 캄피나스에서 버스로 2시간 걸리는 상파울루 터미널은 인파가 어마어마했다. 브라질 제1 경제도시답게 인구부터 압도했다. 터미널에 내려서자 뒷사람에게 떠밀려 걸었다. 우리는 지하철을 타고 '동양인의 거리'가 있는 리베르다지Liberdade 역까지 여섯 정거장을 움직였다. 동양인의 거리는 일본 이민자가 정착해 만든 거리다. 붉은색 기둥에 희고 둥근 등이 3개씩 매달린 가로등이 인상적이다. 모리타 히로유키 감독의 2003년 작作 〈고양이의 보은〉에서 '고양이 나라' 왕의 행차를 앞장서 비추던 등이 떠오른다. 이민 역사 100년을 넘긴 일본은 브라질에 200만 명이 산다고 한다.

**#3** / 세Se 성당은 십자가형 도시인 상파울루의 한복판에 자리 잡고 있다. 색이 바랜 하늘색 지붕과 돔이 상파울루의 한여름과 잘 맞아떨어졌다. 광장에 수십 미터 높이의 야자수가 줄지어 바람에 흔들렸다. 여행책에 세계에서 네 번째 큰 성당이라고 소개됐다. 아프리카 코트디부아르의 수도 야무수크로에 있는 바질리크 성당이 가장 크네, 로마 바티칸의 성 베드로 성당이 가장 크네, 스페인 세비야 대성당이 가장 크네, 말이 많은데 상파울루 대성당은 '네 번째' 크다니 비교적 겸손해 보였다.

세Se 성당. 하늘색 지붕과 돔이 상파울루의 한여름과 잘 맞아 떨어졌다.

신이 부동산에 관심이 많다고 믿는지 사람들은 점점 높고 웅장하고 화려한 건물을 지어 신 가까이 다가가고 싶어 한다. 지중해 크레타 섬에 갔을 때 아주 허름한 2층 건물 외벽에 'Ascend and be near the God(올라오세요, 신에게 더욱 가까이)'라는 문구를 보고 참 위트 넘친다고 생각했는데 이런 화려한 종교 건물을 만날 때마다 혹시 신이 이곳에서 남모를 모욕감을 느끼지나 않을지 걱정스럽다. 성당 앞 광장은 발에 차이는 게 거지다. 지글지글 끓는 바닥에 누워 태연히 잠을 잘 수 있다니. 부랑을 넘어 수행의 경지다. 인류를 구원할 새로운 종교 지도자가 저 중에 끼어 있는 것은 아닐까 유심히 보기도 했다. 높고 웅장한 대성당 벽은 거지에게 연중 그늘과 '노상방뇨처'를 제공한다. 범죄가 자주 일어나 경찰도 많다. 경찰은 거지와 담배를 나눠 피우며 격의 없이 어울렸다. 여권만 있으면 전망대 꼭대기에서 상파울루 시내를 무료로 볼 수 있다는 알치누 아란치스Edificio Altino Arantes 빌딩과, 한겨울처럼 에어컨을 틀어놓아 목숨을 살려준 휴대전화 가게, 대성당에 비해 소소한 몇몇 종교 건물과 관광지를 보며 우리는 뜨거운 상파울루를 무작정 걸었다.

**#4** / 상파울루 루스Luz 역은 해리포터와 친구들이 호그와트Hogwarts School로 가기 위해 돌진하는 '9와 4분의 3' 승강장을 닮았다. 역 근처 공원에 노인 네다섯 명으로 이뤄진 거리 악단이 브라질을 노래했다. 공원을 지나 한참 걸어가자 '봉헤치루Bom Retiro' 간판이 나타났다.

"상파울루의 한인 타운 봉헤치루다. 오늘 점심은 한식이다."

1962년 12월 18일 부산을 떠나는 네덜란드 국적 치차렌카Tjitjalenka 호에 한국인 이민자 103명이 올랐다. 대한민국 정부수립 이후 첫 공식 이민자다. 이듬해 2월 이들은 브라질 산투스Santos 항에 도착했다. 이후 1963년부터 1966년까지 농업 이민자 1,300명, 1971년 기술 이민자 1,400명이 브라질로 이주했다. 1972년부터 1980년에는 미국 이민을 위해 파라과이와 볼리비아를 경유한 한인이 브라질로 대거 이주했다. 지금 브라질에는 5만 명 정도가 산다. 초창기 농업 이민생활을 정리하고 대도시로 모여든 한인은 가져온 옷을 내다 팔며 의류업에 뛰어들었다. 지금도 동포 80%가 의류업에 종사하고 있다. 브라질이 세계 5대 패션 대국으로 올라선 바탕에는 이곳 봉헤치루 거리의 한인 역할이 컸다. 상파울루 시는 봉헤치루를 '코리아타운'으로 지정하는 조례를 제정했다.

봉헤치루 거리의 한글이 반갑다. 며칠이나 고생했다고 우리말을 보고 들으니 눈시울이 붉어질 뻔했다.

봉헤치루 거리에 한글 간판이 반갑다. 거리는 우리나라 70~80년대 느낌이다. 오색 파라솔, 좀약, 하늘거리는 블라우스, 호객하는 상인의 고함, 인도를 가득 메운 가판대 행렬. '순복음 쌍파울로 교회'라고 써 붙인 미니버스와 제법 유명하다는 '오뚜기'슈퍼, 정 미용실, 사진 인화 서비스를 시작한다는 사진관의 홍보용 벽보도 보였다. 골목마다 한국인 천지다. 한국말이 예사로 들리자 달팽이관이 활성화되면서 가슴이 뚫렸다. 며칠이나 고생했다고 약간 눈시울이 붉거질 뻔했다.

일요일이라 식당 대부분 문을 닫고, 유일하게 '바다 횟집'이 문을 열었다. 이 더위에 회를 먹나 싶었는데 완벽한 한식당이다. 나는 비빔밥을, 이성주는 육개장을 주문했다. 그렇게 돈을 받아대던 시원한 물도 공짜, 와이파이는 한국 못지않다. 밑반찬으로 나온 어묵, 김치, 물김치, 깍두기, 젓갈, 김은 오래 아껴 먹었다. 게다가 뚝딱 밥을 먹고 나니 후식이 식혜다. 남미에서 곗돈 탄 기분이라 이성주도 모처럼 웃었다. 옆자리에 한인 아이 10여 명이 한국의 어느 식당처럼 와자하게 웃고 떠들며 상파울루의 휴일을 즐겼다. 밥을 먹고 오뚜기슈퍼에 들러 식료품을 조금 샀다. 노란 종업원 유니폼 등에 '오뚜기'라는 글씨가 선명했다.

봉헤치루에서 동포가 오순도순 잘 사는 모습을 확인하고 캄피나스로 돌아왔다. 상파울루에 며칠 머물며 즐겨도 좋았을 테지만 아침부터 서두른 덕에 센트로를 중심으로 한 당일치기 여행도 나쁘지 않았다. 하루쯤 시간을 더 줄 테니 상파울루를 즐기라고 해도 사양하고 싶을 만큼 날씨가 뜨거웠다. 얼핏 보면 브라질 국기는 새마을 기를 닮았다.

**#5** / 당일치기로 여행한 상파울루에서 가장 많이 탔다. 뜨거운 태양에 온종일 노출돼 물라토Mulatto에서 토종 아프리칸으로 변태했다. 캄피나스로 돌아와 남은 하루는 사비에르 드 메스트르Xavier de Maistre가 주창하고 알랭 드 보통Alain de Botton이 《여행의 기술The art of travel》에서 소개한 '침실 여행'을 떠나기로 했다. 아무 곳에도 가지 않고 호텔방에 들어앉아 빈둥거렸다. 배가 고프면 상파울루에서 사 온 라면을 끓여 먹었다. 봉헤치루 한식에 이어 칼칼한 라면 국물이 들어가자 여행 초반 무리해 무너질 뻔한 몸 상태가 단숨에 회복됐다. 지난 며칠의 여행을 정리하고, 다가올 며칠의 여행을 준비하고, 눈이 뻑뻑하면 벌러덩 돌아누워 잠들었다. 대낮 호텔, 에어컨 바람이 좋은 온통 흰색인 방에서 이성주와 킬킬거리고, 소곤거리고, 아무것도 하지 않고, 늘어지게 잤다!

03

**이과수** Foz Do Iguaçu

# 우여곡절 끝에
# **이과수를 찾아가다**

◤ 물보라가 몸과 마음에 상쾌함을 선사하는 이과수 폭포 산책로.

**#1** / 이과수라는 명성에 걸맞게 공항은 거대한 숲 한가운데 자리 잡고 있다. 공항 대기실 벽에 '포즈두이과수. 잊을 수 없는 곳으로서 오십시오. 대한민국 파이팅!'이라는 한글 홍보 간판이 도배돼 있다. 이과수를 방문하는 한국인이 늘고 있다는 증거 같았다. '대한민국 파이팅'을 'KEEP ON FIGHTING, SOUTH KOREA'라고 번역해놨던데 실제 영어권에서 어떤 뉘앙스로 읽힐지 궁금했다. 하긴 아직 휴전선을 이고 살고 있으니 영 틀린 표현이 아닐 수도 있겠다. 덕분에 하루하루 전쟁하듯 살아가는 운명을 타고난 것인지도 모르겠고.

**#2** / 포즈두이과수에 짐을 풀고 형제의 나라 터키의 '이스탄불' 간판이 달린 식당에 들어가 케밥을 먹었다. 식당 입구에 우락부락한 젊은 요리사가 쌍칼로 커다란 파인애플 까듯 케밥을 썰었다. 이 기술 하나면 세계 어디를 가든 가정을 꾸리고 살 수 있을 법한 수준급 칼질이었다. 솜씨에 감탄하고 있는데 젊은 요리사는 싸움도 잘했는지 별말도 없이 주방으로 달려가더니 누군가를 향해 2단 옆차기를 먹였다. 쟁반과 냄비가 피 대신 튀며 우당탕 소란이 일었다. 아마 케밥 썰기 교대 시간을 지키지 않아 평소 쌓였던 앙금이 폭발했거나 원체 녹록지 않은 이민생활에서 오는 스트레스의 발로였을지도. 다행히 주방에 말리는 사람이 많아 소동은 금세 정리되었다. 나는 시원한 맥주, 이성주는 '과라나'라는 열매 음료를 마시며 짧은 활극을 아쉬워했다.

케밥을 잘 먹고 셈을 치르고 깜깜해진 거리로 나섰다. 이성주와 어깨동무하고 내일 볼 이과수가 얼마나 대단한 폭포인지를 이야기하며 호텔을 향해 행복하게 걸었다. 얼마나 걸었을까? 뒤가 어수선해 돌아보니 어둠 저편에서 누군가 고함을 지르며 우리 쪽으로 맹렬하게 달려왔다. 무슨 일이지? 덜컥 겁이 났다. 어둠 속에서 달려오는 남자는 다름 아닌 우락부락하며 케밥 잘 썰고, 2단 옆차기가 특기인 투르크 전사였다. 혹시 손에 쌍칼이라도 들려 있으면 어쩌나 유심히 보았더니 다행히 쌍칼은 보이지 않았다. 대신 앙증맞은 노란 배낭이 들려 있다. 식당에 두고 온 내 배낭이었다. 순간 쌍칼에 심장을 찔렸대도 그보다 더할 수 없을 만큼 가슴이 철렁했다. 배낭 안에 여권 두 개와 비상금 1,090US달러, 액수를 알 수 없는 브라질 돈, 가져온 모든 신용카드와 국제 현금카드, 예약한 모든 호텔과 항공권이 가득했기 때문이다.

"내 배낭!"

"내 2단 옆차기 구경하느라 넋이 나갔구나!"

숨을 헐떡이며 건네는 배낭을 받아드는데 정신이 아득하여 손이 바들바들 떨렸다. 투르크 전사에게 연신 고개를 주억거렸다. 배낭을 잃어버렸다면 남미 여행은 일주일 만에 막을 내렸을지도 모른다. 그만큼 치명적인 배낭이라 잘 때도 끼고 잘 정도였는데, 그만 식당 의자에 척 걸쳐두고 나온 것이다. 어찌할 바를 모르고 격렬하게 감사를 표하는 사이 비로소 내가 어디선가 등산화도 잃어버렸다는 생각이 떠올랐다. 리우의 루시와 클라우지우 집이던가, 아니면 라면을 먹던 캄피나스 호텔이던가? 호텔에 돌아와 찾아봐도 신발은 없다. 이성주에게 혹시 물었더니 해답 대신 "엄마에게 이르겠음"이라고 단호하게 선을 그었다. 배낭 사건으로 벌렁거리는 심장을 달래가며 와이파이 안테나가 겨우 한 칸 뜨는 호텔 1층 로비 구석 기둥에 껌처럼 붙어 리우와 캄피나스 두 곳에 같은 메일을 보냈다.

'혹시 내 신발 못 봤니? 봤다면 아르헨티나 우수아이아로 보내줄 수 있을까?'

브라질에서 잃어버린 신발을 남미 끝 아르헨티나 우수아이아로 보내줄 수 있느냐고 메일을 보내놓고 나니 며칠 사이 내 인생의 스케일이 글로벌해진 것 같아 약간 뿌듯한 기분이 들었다.

놀란 가슴을 진정시키려고 호텔 프런트에서 비싼 카이저 캔맥주 두 개를 주문해 마셨다. 우체부가 자전거로 직접 배달하는 게 더 빠를 것 같은 이메일을 보내는 사이 포즈두이과수는 자정을 훌쩍 넘어섰다.

**#3** / 이타이푸 댐 가는 버스를 기다렸다. 아무리 기다려도 버스는 오지 않았다. 옆사람에게 "이타이푸?" 하고 물으니 맞다고 한다. 버스는 오지 않았다. 다른 사람들도 넋 놓고 기다리긴 마찬가지다. 어쩌다 멈추는 버스는 초만원이라 출입문을 열어보지도 못하고 그냥 출발했다.

택시가 멈춰서 고함을 질렀다. 사람들은 버스가 어쩌고저쩌고 하더니 슬금슬금 정류장을 떠났다. 노란 조끼에 노란 헬멧에 노란 오토바이를 탄 모토택시Moto Taxi가 바쁘게 사람을 태워 날랐다.

어느 순간 거리에 사람이 눈에 띄지 않았다. 무슨 일이 나긴 한 모양인데 종잡을 수가 없었다. 궁할 때 써먹는 특기인 무작정 걷기로 버스 터미널까지 걸었다.

터미널에 연두색 버스가 그득그득했다. 사람들도 붐볐다. 경찰에게 물었다.

"부스, 이타이푸?(실례지만, 이타이푸 댐 가는 버스는 어디에서 타?)"

1. 헬멧부터 조끼까지 노란색으로 중무장한 모토택시 드라이버가 쉴 새 없이 사람을 태워 날랐다.
2. 파업 중인 버스터미널의 풍경. 재미있는 축제가 벌어진 듯한 분위기였다.

"노노.(못 가.)"

"이타이푸 노?(왜 못 가?)"

"노노.(못 간다고.)"

경찰관은 휴대전화로 어디론가 전화를 걸어 나를 바꿔줬다. 여자가 유창한 영어로 쉴 새 없이 떠들어댔다. 요점은 "몰랐구나! 버스 파업이야. 하하하"였다. 브라질에 늘 있는 파업이었다. 이타이푸 댐 노선을 포함한 모든 버스가 터미널에 집결했고, 수학여행 떠나는 중학생처럼 웅성거리던 사람들 모두 버스 노조원이었다. 파업을 취재하는 방송사 카메라도 눈에 띄었다. 갑자기 파업이 결정됐는지 주민들도 터미널 대기실에 앉아 파업이 풀리기만 기다렸다. 우리와 다르다면 파업이 모두를 불편하게 만들었는데 누구도 유쾌함을 잃지 않았다. 오히려 재미있는 축제에 가까웠다. 어떻게 이타이푸 댐을 가느냐고 물었다. 전화기 속 여자가 말했다.

"파업이 끝날 때까지 기다리든가 아니면 택시 타고 가."

"파업은 언제 끝나?"

"그거야 신만 알지. 하하하."

기다리는 사이 10시가 넘어갔다. 우리는 오늘 브라질 이과수를 보고 아르헨티나 국경을 넘어야 한다. 이러다가 이과수의 아무것도 볼 수 없을 것 같았다. 브라질의 마지막 날 파업이라는 변수가 생기다니. 이타이푸 댐을 포기하고 이과수에 집중하기로 했다. 선택의 여지없이 길가로 나가 지프택시를 잡아탔다.

"이과수!"

**#4**    /    "브라질과 아르헨티나에 걸쳐 있는 이과수는 '거대한 물'이라는 뜻이야. 북미 나이아가라Naigara, 아프리카 빅토리아Victoria와 세계 3대 폭포로 불리지. 폭포의 80%는 아르헨티나, 20%는 브라질이야. 폭포 높이는 최대 82m, 폭은 나이아가라의 4배인 4km, 누가 세어 봤더니 폭포만 275개래. 폭포 인근 원주민 과라니Guarani 족이 '큰 물', '위대한 물'이란 뜻으로 이과수라고 불렀지."

이과수는 원래 파라과이 땅이었다. 1864년 파라과이 대 브라질-아르헨티나-우루과이 3국 연합군이 전쟁을 벌였다. 파라과이는 이 전쟁에서 대패해 엄청난 영토를 잃으며 이과수도 빼앗겼다. 지금 브라질과 아르헨티나가 사이좋게 전 세계 관광객을 불러들여 알토란 같은 수입을 나눠 먹는 현실에 파라과이는 얼마나 속이 쓰릴지 짐작하기 어렵지 않았다.

미국 루즈벨트 대통령 부인 엘리너 루스벨트Anna Eleanor Roosevelt가 위

이과수 폭포. 크고 작은 폭포가 275개나 된다.

대한 이과수를 보더니만 "불쌍한 나이아가라!"라고 한마디 했다는 일
화가 잊을 만하면 나이아가라 폭포의 자존심을 뭉개고 이과수의 위용
에 늘 새로운 자부심을 덧칠해주고 있다.

**#5** / 물품 보관소에 짐을 맡겼다. 폭포 입장료는 셔틀버스와
이과수 펀드를 포함해 어른 기준 52.20헤알. 남미 사람(Mecosur. 남아
메리카지역 자유무역과 관세동맹을 목표로 결성된 경제공동체 소속 국민)은
41.20헤알, 브라질 사람은 31.20헤알, 동네 사람은 9.25헤알이다. 이 극
단적인 요금표는 동네 사람의 기운을 북돋워주는 속도보다 멀리서 온
여행객의 부아를 북돋워주는 속도가 더 빨랐다. 입장료가 무려 여섯 배
나 차이가 나다니.

1. 이과수 가는 2층 셔틀버스는 들뜬 여행객들로 기분 좋게 시끌벅적했다.
2. 숲이 있는 곳이라면 어디서든 볼 수 있는 개구쟁이 포유류, 쿠아치.

2층 셔틀버스를 타고 악어만 한 이구아나와 '쿠아치'라 불리는 동물이 흐느적거리는 도로를 따라 10여 분을 들어갔다. 버스에서 내려 계곡 사면을 타고 산책길에 접어들자 실지렁이 같은 폭포가 조금씩 보이기 시작했다. 초입 폭포는 전립선비대증 환자의 오줌 줄기 혹은 국수틀에서 밀려나오는 면발처럼 가늘었다. 갈수기여서 아예 물이 말라버린 폭포도 여럿 보였다. 수량이 풍부하지 못해 오랜 병치레로 야윈 노인의 병상을 바라보는 기분이었다. 1억 2,000만 년 된 검고 울퉁불퉁한 현무암 바위벽은 비쩍 말라 볼품없어진 갈빗대를 연상시켰다. 우기에 와야 우리가 아는 팔팔한 청년 이과수를 볼 수 있던 것인가? 전체적인 초반 느낌은 의외로 실망스럽기까지 했다.

하지만 상류로 올라갈수록 폭포의 존재를 알리는 전령처럼 천둥 치는 굉음이 달려와 귀에 꽂히며 길을 재촉했다. 소리 나는 곳을 향해 발걸음이 저절로 빨라졌다. 그러면 그렇지. 폭포가 갈수록 제 모습을 갖춰

가더니 마지막 전망대에 다다르자 비로소 우람한 물줄기가 방심한 여행자의 모자를 날릴 기세로 물보라를 일으켰다.

물에서 짙은 개펄 냄새가 나도, 이과수는 이과수였다. 육중하고 착실하게 쏟아 붓는 폭포 아래서 사람들은 산책로 난간에 몸을 붙여 증명사진을 찍느라 북새통이었다. 천지 사방에 물보라가 날리니 무엇보다 더위가 꺾여 반가웠다. 물줄기는 하얗게 포말을 일으키며 맹렬한 속도로 자유 낙하했다. 그 위로 쌍무지개가 선명하게 드러났다.

아르헨티나 쪽에 있다는 '악마의 목구멍La Garganta del Diablo'이 조금 보일락 말락 소리만 들리는 곳에 이르자 90°로 내리꽂는 절벽이 아찔했다. 그 아래 검은 새가 폭포가 튕겨낸 물방울을 이고 유유히 날았다. 쉴 새 없이 쏟아지는 폭포를 물끄러미 바라보며 롤랑 조페Roland Joffe 감독의 1986년 영화 〈미션Mission〉을 떠올렸다. 어려서 TV로 본 영화에서 오래 기억하는 장면은 원주민을 선교하려다 붙잡힌 선교사가 십자가에 묶여 폭포 아래로 처박히는 대목이다. 얼마 전 TV 프로그램에서 이 영화 주제곡 '가브리엘의 오보에Gabriel's Oboe'가 방송되면서 새삼 재조명받기도 했다.

과라나 원주민을 선교하는 데 목숨 바치기로 한 가브리엘이 물안개 가득 핀 이과수 강을 혼자 거슬러 오른다. 멀리 매미 소리와 옅은 물소리 외에 주변은 무서우리만치 깊은 정적이 흐른다. 이따금 밀림의 새가 위험을 암시하듯 푸드득대며 고요를 뒤흔드는 울음을 운다. 두려움과 신념 사이에 갈등하던 가브리엘은 바위에 앉아 악기를 꺼내 든다. 오보에다. 가브리엘은 눈에 보이지 않지만, 자신을 포위하고 좁혀오는 원주민 전사들을 눈치 챈다. 두려움이 극에 달한 가운데 모든 걸 내려놓겠다는 듯 가브리엘은 천천히 낮게 서툰 연주를 시작한다. 그 곡이 바로 '가브리엘의 오보에'다. 온몸에 문신과 치장을 하고 활과 화살을 팽팽하게 당긴 채 좁혀오던 전사들은 오보에 소리에 매료된다. 전사들이 가브리엘의 주위를 천천히 돌며 호기심 반, 두려움 반으로 경계하더니 이내 오보에에 빠져 마음의 무장을 해제한다. 한 나이 든 전사가 나약해진 전사들의 모습에 화를 내며 오보에를 빼앗아 부숴버린다. 젊은 전사가 오보에를 주워 미안한 표정으로 선교사에게 돌려준다. 그리고 손을 내밀어 가브리엘을 일으켜 세운다. 충돌을 거듭하던 원시와 문명이 오보에를 통해 교감하고 마음을 열어 손잡아가는 과정을 한 곡의 노래로 절묘하게 표현한 영화의 백미다. 은은하게 원주민 전사의 심장을 직격하던 오보에 음률을 떠올리며 영화를 촬영했던 곳이 저기 어디쯤이었을까 가만히 더듬어 보았다.

Part 2

# 아르헨티나

PERU

BOLIVIA

BRAZIL

CHILE

PARAGUAY

Puerto Iguazú

*South Pacific Ocean*

URUGUAY

Buenos Aires

Puerto Mont  Bariloche

*South Atlantic Ocean*

El Chaltén

ARGENTINA
MOVING ROUTE

El Calafate

Puerto Natales

Punta Arenas

Ushuaia

부에노스아이레스Buenos Aires

01

**이과수**Puerto Iguazú

# 진짜 이과수는 **아르헨티나의 안마당에 있다**

보기만 해도 아찔한 이과수 폭포의 물줄기.

**#1** / 　　브라질 포즈두이과수를 떠난 지 불과 20분 만에 국경 검문소를 통과했다. 브라질이 끝나고 남미의 두 번째 나라 아르헨티나다. 국경을 넘었지만 풍경도 사람도 별반 달라진 게 없어 밋밋했다. 새마을기를 닮은 브라질 국기가 축구 유니폼으로 잘 알려진 아르헨티나 국기로 바뀌었다는 것, 결정적으로 포르투갈어와 헤알 대신 스페인어와 페소를 쓴다는 점이 변화라면 변화였다. 국경을 통과한 지 얼마 되지 않아 푸에르토이과수Puerto Iguazú 시내가 나타났다. 진짜 아르헨티나에 왔다는 실감은 좀처럼 나지 않았다.

　　푸에르토이과수 센트로에서 3~4km 떨어진 '호스텔 인 이과수Hostel in Iguazú'는 남미 여행 전체를 통틀어 가장 인상적인 숙소 중 하나다. 시내에서 떨어져 차 없이 이동이 불편하다는 점과—폭포와 공항은 더 가깝다—음식이 거의 '황소 똥Bull shit'에 가깝다는 점, 열쇠를 꽂아도 방문이 열리지 않는다는 점만 빼면 완벽했다. 무엇보다 정글 한가운데 있어 창밖으로 원시림을 한껏 느낄 수 있다. 호스텔인데 마당에 7성급 호텔 수영장도 있다. 야자수가 치렁하게 늘어진 숲에 녹색 지붕을 인 널찍한 건물, 그 앞으로 펼쳐진 온통 파란 수영장, 우리는 수영을 즐길 기쁨에 들떴다. 로비에 탁구장과 당구장, 가난한 여행자를 위한 별도의 주방, 넉넉한 파라솔, 훈훈한 와이파이, 친절하고 신속한 세탁 서비스 그리고 마침 크리스마스이브를 맞아 스테이크와 치킨, 샐러드, 파스타를 포함한 풀 뷔페를 단돈 130페소에 모시는 특별 만찬 행사까지 준비됐다.

　　아르헨티나 여행의 키워드는 환전, 쇠고기, 와인이라고 들었다. 먼저 암 환율. 공식 환율이 미화 100달러에 800아르헨티나 페소라면 암 환율은 1,200~1,300페소까지 받는다. 신용카드, 체크카드 사용 금지, 공식 환율을 적용하는 일체의 행위 금지, 무조건 미국 달러를 들고 캄비오cambio를 찾아가 암 환율로 환전하는 것이 알파요, 오메가다.

　다음 쇠고기. 사람보다 소가 더 많고, 거대한 팜파스에서 자유롭게 자란 맛이 일품이며—마블링이 적어 한국인 입맛에는 퍽퍽할 수 있다—가격은 터무니없이 싸다.

　마지막 말벡Malbec으로 대표되는 와인. 말벡의 고향은 프랑스지만 출세한 곳은 아르헨티나다. 말벡은 프랑스, 이탈리아, 칠레 와인과 더불어 와인 마니아의 입맛을 사로잡는 대표 와인의 반열에 올라 있다.


**#2**　　/　　택시는 신호등 없는 길을 달려 20분 만에 이과수 국립공원에 도착했다. 폭포 입장료 안내판을 보니 우리 같은 천애 호구 사람은 215페소, 남미 사람은 150페소, 아르헨티나 사람은 80페소, 은퇴자와 선교사는 30페소, 은퇴한 선교사는 25페소를 받았다. 브라질 쪽 이과수 입장료가 여섯 배 차이나더니 아르헨티나에 오자 열 배 차이다. 우리는 에누리 없이 가장 비싼 215페소짜리 표를 샀다. 은퇴한 선교사가 부러웠다. 지금부터 신학대학에 들어간다, 졸업 후 선교사가 되어 아르헨티나에 이민 온다, 선교사로 은퇴하여 이과수 관광을 와 은퇴한 선교사 신분증을 당당히 꺼낸다, 여기까지 몇 년쯤 소요될까 상상해보았다. 날씨는 더 더워졌고, 공원 입구부터 마다가스카르 펭귄의 천방지축 대왕 줄리언을 닮은 쿠아치가 어슬렁거리며 시골 논두렁 깡패처럼 텃세를 부렸다.


**#3**　　/　　브라질은 개 같고, 아르헨티나는 고양이 같다. 브라질이

1. 둥근 철길을 따라 이과수를 향해 서서히 정글 속으로 들어가는 낭만기차.
2. 완만하고 평온한 산책로의 강물결 너머로 장엄한 물줄기가 나타나기 시작했다.

직선, 순박, 투박, 블루칼라 느낌이라면 아르헨티나는 곡선, 우아, 세련, 화이트칼라 느낌이다. 브라질 이과수 가는 길이 '숲길 산책'이라면 아르헨티나 이과수 가는 길은 '구름 산책'이다. 브라질 이과수는 표를 사자 효율적인 2층 버스가 기다렸고, 아르헨티나 이과수는 표를 사자 낭만기차가 기다렸다. 둥근 철길을 따라 이과수를 향해 서서히 정글 속으로 삽입해가는 기차는 최고급 프랑스 요리의 오르되브르Hors d'Oeuvre처럼 이과수에 대한 식욕을 북돋아주었다. 사소한 디테일은 아르헨티나만의 타고난 감성을 담은 놋그릇 같아 풍요로웠다.

20분 남짓 달리는 기차 옆으로 쿠아치만큼 많은 인류가 신념을 짊어지고 평온한 흙길을 걸었다. 노란 나비 수천 마리가 이유를 알 수 없는 이유로 한 장소에 모여 나풀댔다. 살만 루슈디Salman Rushdie의 소설《악마의 시》하권 어디쯤에 묘사된 나비 떼를 연상시켰다.

겨우 기차를 탔을 뿐인데 좀 전 비싼 입장료 때문에 받은 스트레스가

이과수의 심장이라 할 수 있는 '악마의 목구멍'.

좀스럽게 여겨졌다. 이 정도라면 굳이 신학대학은 가지 않아도 돼. 우리
는 지붕과 의자만 있는 기차에서 고개를 길게 빼 두리번거리며 느리고
둥글게 움직이는 행복을 만끽했다.

**#4**    /    기차에서 내려 '악마의 목구멍' 가는 길. 평범한 너른 강
위로 그늘 없는 산책로가 뻗어 있다. 물살이 완만하고 주변 풍경이 평
온해 영화 〈흐르는 강물처럼〉에 신문기자 브래드 피트가 플라이 낚시
를 즐기던 강만큼 목가적이었다. 어른 팔뚝만 한 검은 메기가 물살을
거스르며 유영했다. 폭우에 떠밀리고 녹슬어 폐쇄된 산책로가 간간이

눈에 띄었고, 하늘색과 흰색이 어우러진 아르헨티나 국기는 이정표처럼 팔랑거렸다.

얼마를 걸었을까? 내내 평온하던 강 한가운데 번개도 없는 천둥이 치기 시작했다. 오전 브라질이 파열을 마친 폭포의 아래, 하류라면 오후 아르헨티나는 초야를 기다리는 미숙한, 긴장된 상류였다.

낙차가 만들어낸 바람이 주변을 뒤죽박죽으로 흔들었다. 우리의 파란 접이 우산은 T자에서 Y자로 꺾였다. 폭포의 절박함에 흥분한 여행자들은 환호작약, 중구난방, 동분서주했다. 하얀 물보라가 이는가 싶더니 갑자기 깊게 절개된 난폭함이 모든 것을 빨아들이며 수직으로 내리꽂혔다. '악마의 목구멍'이다. 도도하게 흐르던 강은 일순 난폭하게 곤두박질했다. 지구의 중심까지 곧장 떨어져 내릴 기세였다. 우리가 서 있는 아슬아슬한 난간도 5초 뒤에는 폭포의 한가운데로 휩쓸릴 것처럼 어지럼증이 일었다. 아찔했다. 떨어진 물줄기는 천지사방 물보라로 다시 튀어 모든 것을 적셨다. 눈앞이 부옇게 흐려지며 다시 무지개가 떴다. 아찔한 악마의 목구멍을 배경으로 이성주와 100장 가까운 비슷비슷한 사진을 찍었다. 단일 장소에서 찍은 사진으로는 전무후무다. 모자가 날릴 세라, 방수도 안 되는 카메라에 물이 들어갈까, 지구 멸망을 목도하는 긴장을 담아 셔터를 눌러댔다.

"진짜 이과수는 아르헨티나였군!"

호불호가 갈리지만, 세상이 열광하는 이과수는 아르헨티나 이과수라는 점을 분명히 기록해 두어야겠다. 편협이라는 비난도 감수하겠다. 아르헨티나는 온전히 이과수를 품고 있고, 브라질은 그런 아르헨티나를 담장 너머에서 구경하는 형국이다. 진심으로.

이과수의 대장 폭포 '악마의 목구멍'을 보고 난 뒤 기차를 타고 내려오다 '높은 산책로'와 '낮은 산책로'를 걸었다. '악마의 목구멍' 정도는 아니어도 많은 폭포가 저마다의 박력과 매력을 갖추고 있다. 산마르틴 San Martin 섬 아래 폭포를 온몸으로 느끼려고 필사적으로 접근하는 보트가 여러 대 보였다. 물나방 같았다.

**#5** / 구름이 끼고 바람이 불었다. 기온은 '시원'과 '서늘'의 경계를 넘나들었다. 야자 잎이 나풀거렸고, 새는 수면에 일렁이는 파장만큼 두서없이 지저귀었다. 열대의 새는 자기만 비밀을 알고 있다는 듯

배타적인 투로 울었다. 울창한 나무 틈으로 공명하며 약하고 긴 메아리를 남길 때 한층 배타적이다. 새만 알고 나는 모르는 어떤 상황의 전주, 인트로, 복선, 예언, 암시의 냄새가 짙다. 반면 매미는 한국이나 남미나 시끄럽다. 마을 아이들이 들꽃을 꺾어 팔아보려고 호스텔 담벼락에 어른거렸다.

이과수 다음 동선을 어림해보았다. '남미의 파리'라는 우스꽝스러운 별칭이 붙은 부에노스아이레스로 날아가 며칠 푹 쉬자. 다음 '남미 최남단 도시'라는 우수아이아에서 2014년의 마지막과 2015년의 처음이 수줍게 몸 부비는 현장을 목격해야지. 다음은? 다음은 모르겠다. 내일 일도 모르는데. 가다가 좋으면 하루 더 묵고, 힘들면 하루 더 묵고, 바람처럼 움직이고 싶다. 어차피 두 달 뒤 멕시코시티에서 한국으로 돌아가는 비행기 표는 쥐고 있으니까. 그 사이는 아무래도 좋았다. 여기는 아르헨티나이고 길거리 캄비오를 만나 환전을 잘 성사시키면 브라질보다 한결 급조된 부자로 여행을 즐길 수 있다. 나는 도리스 데이Doris Day의 'whatever will be will be' 후렴을 흥얼거리며 수첩에 이렇게 기록해두었다.

케 세라 세라Que sera, sera. 사실, 처음엔 누구도 이름을 갖지 않았다. 인류가 지구의, 우주의 모든 것에 이름을 붙이기 시작한 것은 불과 몇만 년. 우주의 나이를 생각하면 이름을 가진, 얻은 모든 사물은 아직 자신의 이름이 낯설지 모르겠다. 해가 '뜬다'와 해가 '뜨겁다'는 같은 뜻일 것이다. 케 세라 세라Que sera, sera.

# 02

**부에노스아이레스**Buenos Aires

## '남미의 파리'란
## 우스꽝스러운 별명

▼ 유럽의 분위기가 물씬 풍기는 부에노스아이레스의 시내 풍경.

**#1** / 와이즈먼Len Wiseman 감독의 2012년 리메이크 영화 〈토탈리콜Total Recall〉에 'UFB'라 불리는 브리튼 연방과 지구 반대편 식민지 콜로니를 연결하는 '폴'이라는 지하철이 등장한다. 주인공은 매일 아침 열차를 타고 지구 핵을 관통해 지구 반대편 직장으로 출근한다. 영화 보는 내내 출퇴근 시간이 얼마나 걸릴까 원초적 궁금증이 일었다. 지구 관통 열차를 타고 출퇴근하는 설정이라면 1시간 남짓 아닐까 추측했는데 이와 관련한 웃기는 기사를 발견했다. 캐나다 퀘벡 주 맥길대학교McGill University 물리학자인 알렉산더 클로츠Alexander Klotz가 미국물리학저널 최신호에서 지구 중심을 관통하는 거리는 12,746km, 인간이 자유 낙하할 때 최고 시속이 29,000km이기 때문에 38분 11초가 걸린다고 주장했다. 기존 과학계의 42분 13초보다 4분이나 단축된다는 게 클로츠 연구의 핵심이다. 물론 지구 끝과 끝을 연결하는 통로가 있고, 지구 내부의 열과 압력을 견디는 장비가 있고, 최고 시속인 29,000km에도 정신을 잃지 않는 자원자가 필요하다고 기사는 설명하고 있다. 클로츠는 기존 연구에서 42분 13초가 걸린다고 한 이유는 지구 내부의 서로 다른 밀도와 그에 따른 중력의 차이 등을 계산에 고려하지 않았기 때문이라고 설명했다. 내가 이 기사를 읽고 가장 놀라웠던 부분은 38분 만에 지구를 관통할 수 있다는 엄청난 사실보다 과학자들이 연구실에 박혀 이런 계산을 진지하게 '하고 있다'는 사실을 알게 된 것이다.

**#2** / 여행을 준비하다가 'Antipode Map(Aka Tunnel Map)' 사이트를 통해 우리 집의 대척점이 부에노스아이레스와 몬테비데오 사이 대서양이란 걸 알았다. 지구 둘레를 40,192km로 본다면 대척점까

지는 절반인 20,000km일 것이다. 그 먼 곳을 영화처럼 38분 만에 도착할 수 있는 매력적인 지름길이 있다면 얼마나 좋을까 하고, 비행기 탄 지 6시간쯤 지나면 다시 진화를 시작해 부풀어 오르는 꼬리뼈를 이코노미 의자에 문지르며 늘 생각하게 마련이다.

**#3** / 푸에르토이과수에서 비행기로 2시간. 고온 다습한 아열대 기후가 가꾸어놓은 소들의 천국. 고독한 가우초의 그림자가 길게 드리워진 광활한 팜파스 위를 날았다. 부에노스아이레스에는 공항이 두 개다. 우리가 내린 공항은 AEP로 라 플라타Rio de la Plata(은의 강) 하구에 면해 있다. 플라타는 강폭이 넓어 맞은편 둑이 보이지 않았다. 물맛이 짠지 안 짠지 마셔보기 전에는 바다라고 해도 믿을 정도다.

도시의 첫인상은 르누아르Renoir의 '선상 파티의 점심The lunch of the boating party'과 쇠라Georges-Pierre Seurat의 '그랑드 자트 섬의 일요일 오후Sunday Afternoon on the Island of La Grande Jatte'와 모네Claude Monet의 '생 아드레스의 테라스The Terrace at Saint-Adresse'를 뒤섞어놓은 듯했다. 센트로에 가기 전 플라타 강변으로 나가 우루과이 몬테비데오가 있을 법한 곳을 오래 바라보았다. 저기쯤이 이성주와 가보고 싶던 우리 집의 대척점일 텐데 하필 물 가운데라 우뚝 디뎌볼 기회가 없구나. 부케부스Buquebus(고속유람선) 중에 가장 빠르다는 카타마란Catamaran을 타고 시속 80km로 플라타 강을 건너 우루과이 몬테비데오까지 달려보고 싶었다.

**#4** / "아르헨티나는 라틴어로 '은銀의 나라'라는 뜻이래. 알지,

너 스키대회 가면 금메달 다음에 따는 하얀 광물 덩어리. 1810년 스페인에서 독립할 때 플라타Plata(은)를 뜻하는 라틴어 'Argentum'을 따 '아르헨티나Argentina'로 정했어. 신기하지. 브라질은 붉은 염료를 얻을 수 있는 브라질우드 나무에서 유래했고. 이건 이미 말했던가?"

"브라질은 재방송."

"그랬나? 베네수엘라Venezuela는 늪이 많은 마라카이보Maracaibo 호수 위에 자리 잡은 인디오 마을을 보고 작은 베네치아라고 해서 베네수엘라."

"그것도 녹화 재방송이야."

"가이아나Guyana는 원주민 말로 '물의 나라', 수리남Suriname은 거기 살던 수리넨 족에서 이름이 유래했어. 에콰도르Ecuador는 '적도'라는 뜻이야. 볼리비아Bolivia는 1825년 스페인에서 해방시킨 시몬 볼리바르Simón Bolívar 장군의 이름을 따서 지었어. 어때, 멋지지 않니?"

"으응, 이건 생방송."

"콜롬비아Colombia는 1819년 스페인군을 격파하고 지금의 콜롬비아, 베네수엘라, 에콰도르 3국 땅에 그란 콜롬비아 공화국을 세웠어. 이 공화국이 해체되면서 콜롬비아는 누에바 그라나다Nueva Granada라고 불렸다가 1886년 콜롬비아 공화국으로 개칭했지."

"방송 계속할 거야?"

"우루과이Uruguay는 우루과이 강에서 유래한 나라야. 우루Uru는 '새'이고 과Gua는 '물'이니까 '새가 오는 물', '급류', '아름다운 얼룩 새가 나는 강'이란 뜻도 있대. 낭만적이지 않니! 파라과이Paraguay도 '앵무새의 강'을 뜻하는 파라과이 강에서 유래했고. 칠레Chile는 케추아어로 '눈, 추위'를 뜻하는 'Chile'에서 왔다는 설과, 아이마라Aymara어로 '땅이 끝

나는 곳'을 뜻하는 'Chili'에서 유래했다는 설이 있어. 영어로도 'chill'
은 '차갑다'는 뜻이잖아. 우리도 겨울이 되면 '추워'라고 하잖아. 칠, 칠
레, 추워, 분명 모두 같은 어원일 거야."

"우리말 나들이까지⋯⋯."

"페루Peru는 안다고야Passcual de Andagoya가 이끄는 스페인 탐험대가
1522년 '피루'라는 강에 내렸을 때 원주민이 환영해줘 페루가 됐대. 열
렬히 환영한 대가로 정복자 피사로Francisco Pizarro는 1533년 찬란한 잉
카 제국을 멸망시켰지. 마야 문명의 본거지 과테말라는 인디오 말로
'쿠아우테말론Kuautemalon, 고목枯木'이란 뜻이야. 온두라스Honduras는
'깊은 바다', 니카라과Nicaragua는 스페인 정복자를 환영하고 기독교를
받아들인 '니카라오' 추장 이름에서 따왔어. 파나마Panama는 원주민 말
로 '어부', '물고기가 많다'는 뜻이고 도미니카Dominica는 '성스러운 도밍
고의 나라'. 우리의 마지막 여행지가 될 멕시코는 아즈텍 민족의 수호
신 멕시틀리Mexitli에서 유래했어."

"이제 방송 끝."


**#5** /  비교적 온화하거나 뜨거운 부에노스아이레스의 첫인상은
우리가 거쳐온 브라질의 리우나 상파울루와 사뭇 달랐다. 정갈하고 차분
했다. 브라질 도시가 붉은 계열의 돌을 쌓아 지었다면 아르헨티나는 희
고 검은 계열을 쌓아 지은 느낌이다. 남미가 아닌 유럽의 도시에 온 것
같아 '참 멋지지만 곧이어 식상해질' 듯했다. 공항 리무진을 타고 무작정
시내로 들어오니 어디가 어디인지 분간할 수 없다. 오후 햇볕을 받아 끝
만 희게 빛나는 거대한 오벨리스크가 보였다. 무작정 내렸다. 저 정도 크

기의 돌 말뚝을 22차로 한가운데 박아놓았을 땐 범상치 않은 이유가 있지 싶었다. 책을 찾아보니 오벨리스크는 1946년 도시 탄생 400주년을 기념해 코르도바Cordoba 주에서 나는 하얀 돌을 67m나 쌓아 만들었다. 2014 브라질 월드컵에서 24년 만에 결승에 진출한 아르헨티나가 리오넬 메시Lionel Messi의 실망스러운 플레이로 독일에 패하자 축구팬이 폭동을 일으킨 곳도 이 오벨리스크 앞이다.

**#6** /  부에노스아이레스의 '남미사랑' 숙소에서 많은 한국인 여행자를 만났다. 1년간 강원도 골프장 캐디로 일하며 모은 2,600만 원을 들고 혼자 여행에 나선 용감한 처자, 너무 오래 여행해 이제 여행업자가 되어버린 청년, 희끗해진 머리를 수건으로 동여매고 인생의 막바지를 뜨겁게 불태우는 어르신, 모든 식구가 어렵게 시간을 맞춰 날아온 가족까지 사연이 넘쳐났다. 이렇게 많은 사람이 남미를 여행하고 있는데 훨씬 더 많은 사람이 남미 여행을 주저하고 있다는 사실이 아이러니했다. 두려움을 용기로 바꾸는 건 오로지 행동, 큰 하나를 얻기 위해 작은 여럿을 아낌없이 버리는 용기가 부에노스아이레스 호스텔 로비에 꽉꽉 들어차 있다. 한국에서 흔치 않아 대단한 축에 들던 용기가 남미에 오니 흔해 빠진 일상이다. 이들을 보고 있자니 살아오며 머뭇댄 순간의 후회가 밀려왔다. 너무 많은 변수를 고려하느라 행동하지 못한 순간은 사소한 것도 잃기 싫은 욕심일 뿐이었다. 바둑의 위기십결 제5장, '사소취대捨小取大(작은 것은 버리고 큰 것을 취하라)'.

**#7** /  흐리고 비까지 후드득거렸다. 오벨리스크가 빤히 보이

1. 부에노스아이레스의 22차선 한가운데에 박혀 있는 오벨리스크.
2. 거금 180페소를 내야 들어갈 수 있는 콜론 극장. 좋긴 한데, 아무리 둘러봐도 입장료가 아른거린다.

　는 맥도날드 2층 창가에서 젖어가는 부에노스아이레스의 오후를 무심히 바라보았다. 슈베르트Schubert, Franz Pete의 '세레나데Serenata'를 듣고 싶은데 흘러나오는 음악은 도나 서머Donna Summer의 'She works hard for the money'였다. 식민지 건물 처마로 숨어든 비둘기 떼가 몸을 흔들며 비를 털었다.

　우리는 부에노스아이레스에서 나흘을 발길 닿는 대로 쏘다녔다. 5페소짜리 지하철도 타고, 6페소짜리 콜렉티보Colectivo(시내버스)도 타고, 부르는 게 값인 택시도 타고, 걷기도 했다. 산마르틴San martin 광장은 한가롭게 거닐기 좋았다. 광장 남쪽으로 이어지는 플로리다Florida 거리는 쇼핑 거리답게 계산기와 휴대전화를 든 캄비오(환전상) 천지였다.

　22차선, 세계에서 가장 넓다는 '7월 9일 대로'에 있는 콜론Colon 극장은 세계 3대 극장이라는 명성이 어울렸다. 리허설 공연을 보는 것도 아

레골레타. 도심 공동묘지도 어떻게 생각하고 만드느냐에 따라 중요한 관광자원이 될 수 있다.

니고 실내 장식만 40분 구경하는 데 180페소를 요구했다. 유럽 예술가들은 겨울이 되면 따뜻한 부에노스아이레스로 날아와 콜론 극장에서 수준 높은 공연을 펼치곤 했다. 부에노스아이레스에 예술이 넘쳐 '남미의 파리'가 된 이유다.

라틴 아메리카 미술관은 디에고 리베라Diego Rivera와 프리다 칼로Frida Kahlo, 페르난도 보테로Fernando Botero 같은 화가의 작품과 실험정신 강한 신진 작가의 작품이 조화를 이뤘다. 국립미술관에는 우리가 알고 있는 거의 모든 화가의 그림이 지저분할 정도로 많이 걸려 있어 반나절 이상 시간을 쏟아 부어도 모자랄 최고의 미술관이었다.

오로지 에바 페론의 묘를 보기 위해 찾아간 레콜레타Cementerios & Barrio Recoleta는 도심 공동묘지가 관광자원 될 수 있다는 사실을 일깨워 주었다. 거리마다 한가로운 아르헨티나 사람이 수초처럼 일렁거렸다.

**#8** / 피비 케이츠Phoebe Cates처럼 한때 영원할 것 같던 책받침 연인 강수지의 노래가 호스텔 로비에 흘렀다. 복도 한쪽 여행자들이 맡기고 떠난 배낭이 바닷가 테트라포드Tetra pod(방파제에 사용되는 다리 네 개 달린 콘크리트 덩어리)처럼 무질서하게 쌓여 있다. 저 배낭 주인은 지금 어디서 무얼 하고 있을까? 에콰도르 적도에서 화장실 변기 물을 내리고 있을까, 갈라파고스 섬에서 대왕 거북을 희롱하고 있을까, 앙헬 폭포에서 스카이 점프를 하고 있을까, 안데스 어느 만년설 아래 고산병에 시달리며 찬 옥수수를 씹고 있을까? 강수지의 노래 '보랏빛 향기'를 알람 삼아 눈을 뜨자 이런 잡념이 머리를 어지럽혔다. 군대 내무반보다 조금 더 열악한 침대에 누워 여행 동선을 짜다 그만두었다. 상동, 전과동, 이하 동문, 발길 닿는 대로 가는 거다.

산마르틴 광장 인근 맥도날드에 가서 늦은 아점을 먹는데 거지가 곁으로 다가와서는 먹고 있던 햄버거를 내놓으라고 당당히 요구했다. 싫다고 했더니 옆자리에 가 똑같이 요구했고, 결국 햄버거를 빼앗아 맛있게 먹으며 나갔다. 니코스 카잔차키스Nikos Kazantzakis의 자유로운 영혼, 《그리스인 조르바》가 떠올랐다. 나는 아무것도 바라지 않는다. 나는 아무것도 두려워하지 않는다. 나는 자유다. 내가 바라는 건 먹던 햄버거다. 나는 아무것도 부끄럽지 않다. 나는 자유다.

# 세상 끝에서 새해 첫 해를 마주하고 싶은
# **여행객의 로망**

▎구름과 바람 그리고 침묵이 끊이지 않는 우수아이아 항구.

**#1**  /  우수아이아를 고집한 이유는 옛날 아프리카를 떠난 인류 가운데 가장 먼 곳까지 이동한 무리의 후예를 보고 싶어서다. 아프리카에서 지중해, 유럽, 아시아를 거쳐 베링 해를 건너 북미에서 또 남미, 그리고 대륙의 끝까지, 쉼 없이 그들을 이동하게 만든 동력은 무엇이었을까? 질병과 추위, 허기, 두려움이 빚어내는 갈등을 딛고 끊임없이 전진했을 그들의 완고한 눈매를 보고 싶었다. 지금도 끝, 경계에 대한 멈출 수 없는 호기심이 지구 최남단 도시라는 아찔함을 느껴보려는 수많은 여행자를 그곳으로 불러 모으고 있지 않은가. 나 역시 언제부터인가 우수아이아에서 한 해의 마지막과 새해 첫날을 보내고 싶다는 꿈을 품고 있었으니 지구 최남단이란 수식어는 나름 매력적인 레테르letter, 본성을 자극하는 성공한 마케팅임은 분명해 보인다. 동해 정동진이나 해남 땅끝마을, 혹은 유명산 정상으로 새해 첫 일출을 보러 몰려가는 그 마음처럼.

**#2**  /  12월 29일 저녁 7시, 우수아이아 상공. 세상의 끝, 범접하기 힘든 곳으로 넘어가는 마지막 경계, 짙은 구름에 싸여 우수에 찬 우수아이아는 어떤 모습으로 반겨줄지 자못 기대가 컸다. '남미의 파리'라는 부에노스아이레스에서 남들처럼 '남미의 스위스'라는 바릴로체로 가는 대신 우수아이아를 택했으니 착륙이 임박할수록 기대감은 오기에 가까워졌다.

펭귄과 바다사자 광고판이 반짝이는 공항에 내렸다. 극지방 특유의 한기에 금세 오줌 눈 듯 몸이 떨렸다. 낮 기온이 38°c까지 치솟던 뜨거운 부에노스아이레스에서 비행기로 불과 2시간, 비스킷 두 봉지에 오렌

지주스 한 잔 마셨을 뿐인데 날씨는 극과 극이다. 온도 차가 어찌나 강렬한지 부에노스아이레스에서 들이켠 뜨거운 열기를 우수아이아에 한꺼번에 쏟아내 온난화를 부채질하는 건 아닐까 걱정스러울 정도였다.

"혼자 왔어? 시내까지 택시 같이 타고 갈까?"

걸핏하면 많은 여행책에서 외면당하는 이 아슬아슬하게 유명한 도시가 시내까지 비싼 택시만 타도록 횡포를 부리고 있다. 돈 없고 눈치만 빠른 배낭 여행자들은 아무나 붙잡고 합승을 시도하기 마련이다. 마침 엄마가 세상 구경하라며 수면제 먹여 우수아이아 가는 비행기에 태워 보낸 듯 어리둥절해 보이는 젊은 친구가 서 있다.

"시내까지 택시 한 대에 80페소니까 너 40, 우리 40. 어때?"

눈을 껌벅이며 머릿속 산수를 하던 동유럽 청년이 막 오케이를 하려고 입을 실룩거리는 찰나 오지랖 넓어 보증 섰다 네 번은 망했을 공항 직원이 끼어들었다.

"택시가 각자 호텔까지 태워다 주면 90페소야. 넌 혼자니까 30페소, 너희는 둘이니까 60페소."

극지방으로 오면 지구의 자전 속도가 느려져 관성의 법칙에 따라 분명 어지럼증을 느낄 거라 상상했는데 난데없는 불청객의 훈수에 상상임신이라도 한 것처럼 헛구역질에 멀미 기운이 일었다. 공항에서 15분 걸리는 시내까지 가는 동안 몸이 동쪽으로 자꾸 쏠리는 우스꽝스러운 일은 발생하지 않았다. 한편 다행스럽고 한편 실망스러웠다. 이곳의 자전 속도는 적도보다 얼마나 느릴까, 한 세 배쯤? 평생 한국의 자전 속도에 익숙해 있던 내 몸이 지금쯤 상당히 당황하고 있겠지! 하, 갑자기 느리게 돌아가는 회전목마에 타고 있는 기분인데!

극지방으로 갈수록 대기권이 얇아지는지 높지 않은 우수아이아 뒷산에 구름이 모두 걸려 맴돌았다. 흐린 날씨에 시야가 좁아 답답한 느낌이 들었다. 도시는 음습하다는 말이 딱 어울리게 조용하고 평범했다. 비밀을 숨기고 있을지 모른다는 내밀함도 스며 있다. 검게 젖은 산 곳곳에 불완전 패턴으로 박혀 있는 하얀 눈은 구름바다를 헤엄치는 돌고래 떼를 연상시켰다.

**#3**  /  우수아이아는 '불의 땅'이라는 뜻의 티에라델푸에고Tierra del Fuego 제도의 가장 큰 섬에 있다. 남미 대륙 끝에 붙은 삼각형 모양의 섬이다. 위로 마젤란해협, 아래로 비글해협이 지나간다. 섬의 2/3는 칠레, 나머지 1/3은 아르헨티나 땅이다. 마젤란이 이 섬을 지나가며 '불의 땅'이라고 이름 붙였다. 어둠과 짙은 안개를 뚫고 해협을 항해할 때 원주민 부족이 언덕에서 횃불을 밝혀주어 '불의 땅'이라고 이름 지었다는 설도 있다. 처음에는 침략자들의 큰 관심을 끌지 못해 마젤란 항해 이후 토착 종족인 오나 족과 야간, 알라칼루프 인디언이 섬을 지배하고 살았다. 1880년 금이 발견되자 칠레와 아르헨티나가 식민지 개척에 관심을 가졌다. 1945년에는 석유가 발견돼 티에라델푸에고 북부 지역은 칠레 유일의 유전이 되었다.

**#4**  /  우수아이아에서 해보고 싶은 것은 네 가지 정도로 정리된다. 한 해의 마지막 순간과 새해의 첫 순간을 맞이하기, 새해 첫 일출 보기, 싸다는 킹크랩 원 없이 먹어보기, 비글해협 탐험하기.

**#5**　/　　　비가 계속됐다. 우수에 찬 풍경을 봐야 하는데 사방이 구름에 가려 이곳이 우수아이아 항구인지 인천항 13부두인지 구별이 되지 않았다. 비를 맞으며 항구까지 걸어가 항구 이용료 15페소를 더 내고 비글해협 투어 배에 올랐다. 배 유리창을 사선으로 긋는 빗방울 수를 우울하게 헤아렸다. 우수아이아는 잠시 흐리고 비가 내리는 게 아니라 1년 내내 어둑하고 음침한 날씨에 갇혀 있는 것은 아닐까? 날씨가 점점 나빠져 창에 낀 습기 외에 아무것도 볼 수 없게 됐다. 유리창이 아무것도 보여주지 못한 미안한 마음을 대표해 얼굴이 창백해지고 식은 땀을 흘리는 것 같았다. 고흐의 말기 작품처럼 경계와 색채가 불분명한 우수아이아를 뒤로하고 배는 비글해협을 따라 흘러갔다.

이곳에서 남쪽으로 1,000km만 더 가면 남극이다. 뱃전에 부딪히는 세찬 바람과 비는 내가 가진 모든 감성을 모두 끌어냈을 때 이채로움의 하한선에 도달하는 수준이었다. 안내 여직원은 안개에 숨어 있을 것으로 추정되는 풍경에 대해 스페인어로 길게 설명하고 영어로 짧게 설명하길 반복했다. 얼핏 우수아이아의 의미가 'Bay Facing Sun'이라고 말했는데 이런 날씨에서 전적으로 신뢰하기 어려웠다.

다른 여행자들은 보이지 않는 풍경에 개의치 않고 웃으며 떠들었다. 우버 콧수염을 한 아저씨는 자신이 하는 우스갯소리의 결말이 얼마나 우스운지 미리 알기 때문에 혼자 자지러지게 웃다가 중간 중간 신음처럼 남은 대사를 더듬댔다. 아저씨의 소원은 입이 두 개여서 한 입으로 숨 쉬고, 나머지 한 입으로 계속 말하는 것일지도 모르겠다. 이성주는 잠이 들었다. 우수아이아까지 와서 700페소나 주고 비글해협을 지나는데 잠이 들다니 슬픈 일이지만 깨어 있어도 안개 외에 볼 게 없어 특별

1. 행복한 척 살아가는 사람들이 몰래 찾아와 슬픔을 버리고 간다는 에클라이레우스(Faro Les Eclaireurs) 등대.
2. 매일 찾아오는 사람들이 이제 익숙해지기라도 한 듯 비글해협의 바다사자들은 소 닭 보듯 우리를 보았다.
3. 우리는 배에서 펭귄들을 구경했고, 펭귄들은 해변에서 우리를 구경했다.

한 일이 일어날 때까지 그대로 자도록 내버려두었다. 스피커에서 가우초가 아카펠라 하듯 화음을 맞추는 노래가 흘러나왔다. 애수와 추억, 고향에 대한 향수가 배어 있어 가사 내용을 알았다면 비글해협보다 더 마음을 흔들 만한 멜로디였다.

**#6** / 안개를 뚫고 배는 2시간 정도 나아갔다. 향유고래를 닮은 바위섬이 얼핏얼핏 지나갔다. 사방에 검은 물체가 어른거렸다. 여직원은 바다사자, 펭귄, 바닷새라고 설명해주었다. 바다사자와 바다표범과 물개 구분법을 알려주면 좋을 텐데. 행복한 척 살아가는 사람들이 몰래 찾아와 슬픔을 버리고 간다는 등대를 지났다. 배는 소란스러운 펭귄 수천 마리가 뒤뚱거리며 웅성대는 한 섬에 도착했다. 비글해협 투어의 소박한 피날레였다. 사람들은 태어나 펭귄을 처음 본다는 결사적인 자세로 호들갑을 떨며 사진을 찍었다. 우리는 배에서 펭귄을 구경했고, 펭귄은 해변에 우두커니 서서 우리를 구경했다. 펭귄 사이를 걸어보고 싶

은데 생태 보호를 위해 하선은 금지였다. 해협의 일렁이는 물살에 몸을 맡긴 가마우지가 섬처럼 외롭게 둥둥 떠 있다. 가마우지는 자맥질하고 오래 잠수하며 물고기를 낚았다. 배에서 내리기 전 테이블 밑 검게 색바랜 껌딱지를 헤치고 비밀 메시지를 붙였다. 내 생에 다시 이 배를 탈 것 같지 않아 조금 숙연했다.

**#7**    /    항구로 돌아와 민들레 홀씨가 뒹구는 아스팔트를 산책했다. 부에노스아이레스까지 3,094km, 라키아카La Quiaca까지 4,987km라고 쓰인 도로 표지판이 이색적이다. 시속 100km 속도로 49시간을 달려야 나타나는 도시가 있다니. 운전자를 완벽하게 좌절시키는 표지판이다. 이정표 주변에 작은 꽃이 남극의 숨결에 납작 엎드려 파르르 흔들렸다. 보랏빛 루핀 군락은 흡사 보리밭처럼 일렁였다.

구름층이 얇아지며 시야가 제법 넓어졌다. 우리가 비글에서 우울해하던 사이 새 눈을 덮어쓴 우수아이아 뒷산 봉우리가 하얗게 빛났다. 산불 연기 같은 빠른 구름대가 능선을 핥고 넘어갔다. 어느 구름은 느릿느릿 완만하게 흘러가더니 저녁밥 짓는 굴뚝 연기처럼 정겹게 흩어졌다. '우수아이아 세상의 끝, USHUAIA fin del mundo' 간판 앞에서 사진을 서너 장 찍었다.

**#8**    /    12월 31일이 되었다. 버킷리스트 한 가지를 해치우는 날이다. 우수아이아에서 한 해의 마지막과 새해의 첫날 보내기. 처음 파란 하늘이 모습을 드러냈다. 시야가 트이며 만년설을 인 봉우리가 멀리까지 보였다. 산 정상에 몰려 있는 UFO 구름은 다나에Danae(그리스신화에

나오는 아르고스 왕 아크리시오스의 딸. 어느 남자와도 마주치지 못하게 갇혔으나 제우스가 황금 빗물로 변신하여 그녀에게 접근한다)에게 수작 거는 제우스Zeus의 황금비 같았다.

우수아이아 마을 꼭대기에 오르자 시내가 한눈에 보이고 주변 눈 덮인 산이 손에 잡힐 듯 다가왔다. 거리에 뼈만 남은 폐차가 널려 있다. 늑대를 닮은 송아지만 한 개들이 텃세 부리듯 떼 지어 쏘다녔다. 개들은 우리 주위를 위협적으로 맴돌더니 곧 시큰둥해져 길가에 풀을 뜯었다. 개 풀 뜯는 소리가 뿍뿍 났다. 대머리에 염소수염을 한 청년이 애완견 열네 마리를 한 줄에 묶어 시위대처럼 끌고 갔다. 멀리 항구에는 세상의 끝에서 한 해의 마지막 날을 보내고 싶어 하는 사람을 태우고 온 크루즈가 정박해 있다. 한가한 마을을 걷다 보니 우수아이아에서 가장 손쉽게 할 수 있는 일은 '아무것도 하지 않기'일지 모르겠다는 생각이 스쳤다.

**#9** / 길 가던 택시를 세웠다. 택시 기사는 영화 〈아이언 맨〉에서 전기 채찍으로 로버트 다우니 주니어Robert Downey Jr.를 혼쭐내던 미키 루크Mickey Rourke를 닮았다. 훤칠하고 믿음직스러웠다. 티에라델푸에고 국립공원 입구까지 택시비를 물으니 편도 390페소라고 했다. 미키 루크는 그러면서 왕복 3시간 국립공원을 택시로 도는 데 겨우 1,100페소라고 밑밥을 던졌다. 협상 끝에 900페소에 합의하고 예정에 없던 티에라델푸에고 국립공원 택시 투어에 나섰다.

가는 길에 세상에서 가장 남쪽에 있는 골프장과 기차로 공원 입구까지 가는 기차역을 지났다. 미키 루크는 비싸기만 하고 볼 게 없는 데다 운행 거리도 짧다며 기차는 절대 탈 필요가 없다고 정색을 했다. 그

기대 없이 갔다가 뜻밖의 위안을 얻었던 티에라델푸에고 국립공원.

는 국립공원 비포장 길을 바람처럼 달려 주요 포인트에 내려주고 우리가 실컷 즐기도록 방치해주었다. 빙하에 침식돼 단숨에 깎아낸 듯 웅장한 빙퇴석 골짜기, 바위산에 이끼처럼 자라난 너도밤나무, 햇빛을 받으며 완만하게 졸졸거리는 개울. 공원은 조용하고, 평화롭고, 잔잔해 의외의 감동을 주었다. 숲으로 길게 구불거리며 돌아가는 흙길은 아늑하고 아련했다. 길 끝마다 놀랍도록 파란 호수가 숨바꼭질하듯 나타나 눈 덮인 산봉우리를 떠받치며 풍경을 반사했다. 호수 주변 주목은 강풍에 심하게 흔들리다 순간 얼어붙은 것처럼 맹렬하게 비스듬했다. 나무가 극지방의 강풍에 맥없이 쓰러져 색이 바래가고 있다. 공원 전체가 나무가 누워 자는 침대 같았다.

　캠핑이 허용되는지 곳곳에 캠핑카도 눈에 띄었다. 차보다 걷거나 자전거로 국립공원을 도는 사람이 더 많았다. 골짜기마다 비슷한 것 같으면서 개성 있는 풍경이 넘쳐났는데 공원의 전체적인 주제는 '평온'이었다.

알래스카까지 17,848km라는 뜬금없는 표지판이 보이는 전망대에 몸을 기대 산과 호수와 바람을 천천히 즐겼다. 자전거로 세계일주하는 독일 커플과 기념사진을 찍고 이성주는 호수에 물수제비를 날렸다. 야생말이 숲 속에서 몸을 반만 드러낸 채 푸르르 콧소리를 내며 풀을 뜯었다. 미키 루크는 우리가 아무런 방해도 받지 않고 평화로움을 즐길 수 있도록 먼발치에서 기다려주었다. 티에라델푸에고 국립공원은 뜻밖의 위안이었고 기쁨이었다.

**#10** / 대단한 이벤트를 기대하지 않았지만 너무 조용했다. 12월 31일 밤 12시 10분 전, 이성주를 잔뜩 싸매고 우수아이아 밤거리로 나왔다. 인적이 끊긴 거리는 가로등만 칼바람에 흔들릴 뿐 개마저 자취를 감췄다. 이 외로운 세상의 끝, 고도孤島는 한 해의 마지막과 또 한 해의 시작에 도통 무관심했다. 그 많던 사람은 다 어디로 간 것일까? 자정이 가까웠는데 해가 다 지지 않아 하늘은 엷은 푸른색이었다. 뭔가를 기대하고 거리 이곳저곳을 쏘다니다 맥이 빠져버렸다. 애매한 공터에 멈춰 이성주와 어깨동무하고 바다를 향해 우리만의 카운트다운을 시작했다.

"10, 9, 8, 7, 6, 5, 4, 3, 2, 1."

"해피 뉴이어 이성주!"

"이상해. 그만 가자."

하늘을 수놓는 그럴싸한 불꽃놀이 없이 우수아이아에서 이성주는 15살이 되었다. 우수아이아에서 나는 45살이 되었다. 누군가 길게 자동차 경적을 울리며 새해 첫 순간을 축하했다. 몇몇 호텔에서 고함과 웃음이 산발적으로 새어나왔다. 모이지 않았지만 게릴라처럼 숨어 나름 순간을 즐기고 있나 보다.

호텔로 돌아와 직원에게 '해피 뉴이어'를 전했다. 이 뜻 깊은 순간을 뭐라도 하며 자축하고 싶은데 이성주마저 잠들어버리고 나니 딱히 할 일이 없다. 45년 인생에 가장 의미심장한 곳에서 가장 심심한 새해를 기념해 비글 맥주나 마시고 쓸쓸하게 잠들었다.

이튿날 새벽, 새해 첫 일출이라도 볼까 싶어 혼자 호텔을 나섰다. 항구까지 걸었지만 허사였다. 구름이 가득 끼었고, 구름 사이 엷은 빛줄기만 거미줄처럼 비죽거렸다. 일몰도, 일출도, 마지막 날도, 첫날도 이렇게 시큰둥하다니.

사흘을 머물렀더니 우수아이아도 제법 익숙하다. 처음에는 낯선 만큼 긴장하고 허둥대고 신선하다가 며칠 지나면 고향 같고 이웃 같고 평범한 일상으로 돌아오는 반복이 여행 아니던가.

항구 근처 관광안내소에 가서 여권에 우수아이아 방문 기념 스탬프를 종류별로 찍었다. 부에노스아이레스 '남미사랑'에서 만났던 열혈 처자를 또 만나 반가웠다. 부에노스아이레스에서 우수아이아까지 3일 동안 버스를 타고 왔고, 연초라 버스가 운행을 중단해 일주일을 꼼짝없이 우수아이아에 갇혀 있어야 한다고 하소연했다. 회사 선배의 지인을 우수아이아 길바닥에서 만나 깜짝 놀라기도 했다. 전체적으로 짜릿하진 않았지만 그렇게 무던하게 우리의 우수아이아 여행은 끝나갔다.

**엘찰텐**El Chaltén

# 등산혐오자도 감동케 할
# 파타고니아의 웅장한 숨결

◤ 로스글라시아레스(Los Glaciares) 국립공원에 있는 피츠로이 산.

**#1**   /     파타고니아 인으로 불리는 테우엘체Tehuelche 족은 수만 년 전부터 남미 대륙의 끝에 터 잡고 살아온 인류의 부족이다. 테우엘체 족은 180cm가 넘는 장신이었고, 발이 무척 컸다. 마젤란을 비롯한 초기 스페인 침략자들이 처음 테우엘체 땅에 내렸을 때 가장 놀란 것도 땅 위에 어지럽게 찍혀 있는 거인의 발자국이었다. 놀란 유럽인들은 즉시 발Pata이 큰 거인이 사는 땅이라는 뜻으로 '파타고니아Patagonia'라고 이름 붙였다. 이후 테우엘체 족은 원주민 말살정책에 맞서 용감하게 싸우며 서서히 멸종해갔다. 아르헨티나의 대통령이던 후안 페론은 어머니가 테우엘체 족 혈통이다. 거인 테우엘체 족이 번영을 누리던 파타고니아는 남위 40°를 흐르는 콜로라도 강 남쪽, 아르헨티나와 칠레에 걸쳐 있는 고원 지대다. 대한민국 일곱 개를 넣을 수 있는 거대한 땅이다. 과나코와 라마, 여우와 스컹크, 살쾡이와 퓨마, 독수리의 땅이다. 태평양을 면한 서쪽으로 안데스 산맥이 흘러내리고, 동쪽으로 고원과 평원이 자리 잡고 있다. 편서풍이 세차게 부는 지역으로 영국 탐험가 에릭 시프턴Eric Shipton은 '폭풍우의 대지'라 불렀다. 안데스를 경계로 서쪽 칠레 땅은 빙하가 만든 대규모 피오르fjord가 펼쳐진다. 동쪽 아르헨티나 땅은 초원이 펼쳐지고, 남부는 메마른 사막이다. 파타고니아의 또 다른 특징은 크고 작은 50여 개의 빙하지대다. 안데스에 부딪힌 편서풍이 비를 만들고, 비가 빙하를 만들었다. 파타고니아 빙하의 크기는 남극과 그린란드에 이어 세 번째로 양이 많다.

**#2**   /     무엇보다 신발이 걱정됐다. 내가 신발을 잃어버린 곳은 브라질 캄피나스로 밝혀졌다. 캄피나스 호텔은 나의 이메일에 '신발이

여기 있는데 너희의 이동 속도를 고려할 때 어디로 신발을 보내야 할지 모르겠다'는 답신을 보냈다. 나는 하는 수 없이 대한민국 우리 집으로 신발을 보내달라고 부탁했다. 호텔 측은 내가 예약할 때 사용한 신용카드에서 신발 배달 비용으로 107달러를 결제해도 되겠느냐고 회신했고, 나는 그러라고 회신했다. 브라질에서 등산화를 잃어버리고 나는 줄곧 워터슈즈로 버텨왔다. 하지만 이곳은 파타고니아의 관문 엘칼라파테El Calafate 아닌가. 이쯤 되면 한 켤레 새로 살 법도 한데 나는 꿈쩍하지 않았다. 작년 히말라야 안나푸르나 트레킹 때 짐꾼의 신발을 눈여겨보았기 때문이다. 맨발에 'LOVE' 글씨가 새겨진 삼선 분홍 슬리퍼. 여자 포터는 40kg이나 되는 무거운 짐을 이고 지고 해발 4,300m ABC안나푸르나 베이스캠프까지 슬리퍼 하나로 나흘을 걸었다. '춈롱Chhomrong'이라는 급경사 계단 구간과 흡혈거머리 주카Jukha의 공격도 슬리퍼 하나로 버텨냈다. 온갖 등산 장비로 무장한 나를 부끄럽게 만든 위대한 인간승리였다. 왜 슬리퍼를 신느냐고 물었더니 어설픈 등산화는 무겁기만 하고 물집이라도 잡히면 더 힘들다고 했다. 이제 그들처럼 나도 워터슈즈 하나로 파타고니아의 거친 자연에 도전하려던 참이다.

**#3** / 엘칼라파테에서 엘찰텐을 향해 1시간 남짓 달린 차는 속도를 줄여 오솔길로 접어들었다. 휴게소다. 예전 대목장 에스탄시아 Estancia에 딸린 건물을 여행자 쉼터로 개조했다. 휴게소 앞으로 흰색과 하늘색 물감을 2:8로 섞어놓은 강물이 빠르게 흘러갔다. 안데스 만년설이 녹아 흐르는 물답게 유량이 풍부하고 거칠었다. 이성주는 물만 만나면 사이드암으로 물수제비를 떴다. 건물 앞 긴 장대에 이정표가 붙어

1. 엘찰텐 가는 도중 휴게소에서 만난 반가운 이정표.
2. 구름 속에 첨봉을 감춘 피츠로이는 엘찰텐에 도착하는 내내 시야에서 벗어나지 않았다.

있다. 아르헨티나 깃발 아래 암스테르담 13,515km, 서울 17,931km, 산티아고 2,994km, 도쿄 21,041km, 예루살렘 14,912km, 리우데자네이루 4,644km, 세계 13개 주요 도시의 거리가 표시돼 있다. 태극기와 서울이 반가워 이성주를 이정표 아래 세워놓고 이렇게 저렇게 사진을 몇 장 찍었다.

왼쪽 멀리 구름에 덮인 안데스 산맥이 길게 펼쳐졌다. 히말라야에서 이 정도 풍광을 보려면 며칠은 걸어야 할 텐데 안데스는 시속 120km로 달리는 차 안에서 본다. 저 멀리 도로 너머 피츠로이Fitzroy가 구름 속에 2/3쯤 잠겨 모습을 드러냈다. 가장 우람한 첨봉 하나가 다른 모든 봉우리를 제압하며 우뚝 치솟아 있다. 영화 〈반지의 제왕〉에서 사우론의 눈이 걸려 있던 바랏두르Barad-Dur를 연상시켰다. 여행자의 애라도 태우려는 듯 두터운 구름은 피츠로이 봉우리를 감싸고 좀처럼 시야를 열어주지 않았다. 높은 암벽에 기류가 세차게 부딪히며 끊임없이 구름을 만들어내는 것이리라. 이때부터 엘찰텐에 도착하는 1시간 30분 동안 피츠로이는 한 번도 시야에서 벗어나지 않고 천천히 다가오며 '거의 완벽에 가까운 경외감'을 선물했다. 나는 좁은 우리에서 장기간 학대당한 애완 퓨마처럼 차 안을 이리저리 움직이며 흔들리는 피츠로이를 찍어댔다.

호수를 끼고 완만하게 굴곡졌던 도로는 어느덧 직선 주로에 접어들었다. 구름 속에 가려진 피츠로이 산군을 향해 이미 당겨진 살처럼 차는 곧장 나아갔다. 희뿌연 것이 막 눈이 내리려는 한겨울 초저녁, 밥 짓는 연기가 피어오르던 고향 마을 풍경을 떠올리게 했다. 마주 오는 차들이 전조등을 켜는 시간이 되어서야 한눈에 봐도 고독의 단층이 켜켜이 쌓인 마을에 도착했다. 엘찰텐이다.

**#4** / 엘찰텐은 엘칼라파테 북쪽으로 220km 떨어진 마을이다. 등산으로 유명한 토레Torre와 피츠로이의 베이스캠프로 '아르헨티나 트레킹 수도'로 불린다. 칠레와 분쟁을 벌이고 있는 국경을 지키려고 1985년 마을이 만들어졌다. 지금은 완전한 트레커 천국이다. 심지어 그 흔한 입산료도 없다!

'찰텐Chalten'은 테우엘체 말로 '연기 나는 산'이라는 뜻이다. 테우엘체 족은 피츠로이 꼭대기가 늘 구름에 덮여 있어 불을 뿜는 화산으로 믿었다. 엘찰텐은 여행자에게 빙하 국립공원 정보와 캠핑, 뜨거운 샤워, 제한적인 침대, 음식을 제공한다. 마을 외곽으로 무료 캠프 사이트가 있고, 두 개의 ATM이 있다. 성수기인 11월부터 2월에도 세상과 동떨어진 고립지대이며 한겨울인 오프 시즌에는 인기척을 찾아보기 힘들다.

　마을 입구에 '트레킹의 수도 엘찰텐에 오신 걸 환영합니다!'라는 환영 간판이 서 있다. 지금 막 떨어진 유성 같은 오렌지색 가로등이 마을 전체를 따뜻하게 감쌌다. 주변은 높은 바위 병풍이 둘러쳐 아늑한 느낌을 주었다. 거대한 광주리 안에 담긴 사과처럼 산마르틴San martin 거리를 따라 집이 오밀조밀 늘어서 있다. 짙은 구름이 하늘을 가득 덮고, 봉우리는 쉽게 모습을 드러내지 않았다.

**#5** ／　예약한 숙소는 방마다 2층 침대가 여섯 개다. 노트북만 한 유리창은 어둠이 내려앉은 마을 일부와 구름이 걷힌다면 보일 것이 분명한 봉우리를 조준하고 있다. 옆 침대에 장기 투숙 중인 덩치 큰 유럽 여인 둘이 흰 이를 드러내며 반겨주었다. 가난한 여행자라 이런 숙소에서 만났다는 어색한 동질감이 비린내처럼 살짝 끼쳐왔다. 비어 있던 두 침대 중 하나는 홍콩에서 온 작고 예쁜 20대 초반 동양 여자가 짐을 풀었다. 천성이 내성적인데 꾸준히 노력해 겨우 쾌활해진 타입이었다. 영어가 원어민 수준인 강박적 수다쟁이기도 했다. 인사를 나누는데 대학에서 영화를 전공 중이라고 소개했다. 내가 농축된 피로감에 분위기 파악을 못 하고 엉겁결에 "그럼 영화감독이 꿈이냐?"고 말하는 바람에 만나자마자 영원히 허물 수 없는 마음의 벽을 쌓고 말았다. 몇 군데만 살짝 손보면 여배우를 해도 나무랄 데 없는 미모인데 왜 배우가 아닌 감독을 언급했는지 조금 어처구니가 없다.

짐을 풀어 정리하고 씻고 나니 밤 10시가 넘었다. 장을 봐다 저녁을
해 먹기는 늦은 것 같아 호스텔 주인장 추천 레스토랑에서 늦은 저녁을
먹었다. 걸어서 10분 떨어진 레스토랑은 자리가 없을 정도로 북적였다.
'오늘의 주방장 추천 쇠고기 스테이크'를 주문했다. 크리스털 맥주 1ℓ도
주문했다. 너무 배가 고파 지글지글한 불판에 얹힌 쇠고기 덩이를 냉큼
잘라 입에 넣었다. 소금에 절어 까무러쳐 있던 혓바닥 미각 돌기가 순간
일제히 곤두섰다. 무얼 먹어도 모래 씹는 기분일 만큼 피곤했는데 남미
에서 먹은 스테이크 가운데 최고였다. '이게 말로 듣던 아르헨티나 솜사
탕 비프로구나' 실감이 났다. 이성주의 터지는 볼때기와 기름이 반질하
게 도는 붉은 입술을 바라보고 있자니 여기가 천국이구나 싶었다.

**#6**  /  이른 새벽, 잠에서 깨어 주섬주섬 옷을 꿰고 혼자 호스텔을
나섰다. 옆 침대에 잠자던 치열 고른 유럽 여인들은 언제 나갔는지 부재
중이다. 피츠로이 정상에서 일출을 보려고 부지런을 떤 모양이다. 주변이
조금씩 밝아졌다. 잠에서 덜 깬 마을은 고즈넉했다. 멀리 낙차 큰 급류와
그 위를 스치듯 나는 새 소리가 메아리처럼 울렸다. 검둥이 두 마리가 풀
냄새를 킁킁 맡으며 내 앞을 걸었다. 춥긴 해도 산속의 맑은 공기가 온몸
의 세포를 하나하나 일깨워 정신이 번쩍 들었다. 머리가 어질했다. 잔뜩
움츠리고 종종걸음으로 어제 보았던 엘찰텐 환영 간판까지 산책했다.
  한참을 걷다 무심결에 눈을 들어 산 쪽을 바라보았다. 순간 로켓 배
터리에 찌릿하게 감전된 개구리처럼 우뚝 멈춰 서고 말았다. 오, 쉿! 어
둠이 채 가시지 않은 마을 뒷산 능선 위로 시뻘건 아침 햇볕을 튕겨내
는 거대한 바위 봉우리가 촛대처럼 불규칙하게 여기저기 솟아 있다! 봉

이른 아침, 붉은 기운을 뿜어내는 피츠로이 주봉을 보고 온몸이 전율했다.

우리 오른쪽으로 해발 3,405m, 세계 5대 미봉에 든다는 피츠로이 주봉이 무서운 기세로 불타오르며 위압적인 상어 이빨을 드러냈다. 마을의 조용함과 봉우리의 열렬함, 그 이질감이 얼마나 비현실적인지 이승과 저승의 경계만큼이나 확연히 단절돼 보였다. 아, 이럴 줄 알았다면 이성주를 깨워 함께 나올 것을.

  넋 놓고 바라보며 후회하는 사이 언제 그랬냐는 듯 봉우리는 금세 붉은 기운이 가시며 본래 눈을 덮어쓴 암회색 바위로 냉정을 되찾았다. 마음의 준비가 돼 있지 않은 상태에서 당한 회심의 일격은 전율 자체였다. 호스텔로 돌아가며 이러다 나도 산에 미치는 게 아닐까 살짝 두려웠다. 피츠로이 트레킹에 대한 강한 욕구가 용솟음쳤다.

**#7**　　/　　연기를 내뿜는 산이거나 피츠로이거나 절대 무리하지 않기로 했다. 엘찰텐에서 할 수 있는 트레킹 코스는 로버트 프로스트 Robert Frost의 시처럼 크게 두 갈래 길이 있다. 먼저 주봉인 피츠로이를 가까이 볼 수 있는 라구나데로스트레스Laguna de los Tres, 왕복 25km, 9시간 코스다. 또 하나는 세로토레Cerro Torre 봉우리를 볼 수 있는 라구나토레Laguna torre, 왕복 22km, 6시간 코스다. 그 외 마을 주변에 토레 전망대와 아길라스 전망대, 콘도르 전망대가 있다. 운영의 묘를 살리면 오전에 피츠로이, 오후에 토레 코스를 다 볼 수도 있다는데 우리는 '가지 않은 길'을 읊조리며 피츠로이 코스 하나로 좁혔다.

단풍 든 엘찰텐 산마르틴 거리 끝에 두 갈래 길이 있었습니다. 의지가 박약하여 두 길을 가지 못하는 것을 안타까워하며, 한참을 서서 높은 산 위로 꺾여 올라가는 힘들어 보이는 한쪽 길을 멀리 끝까지 바라다보았습니다. 그리고 다른 길을 택했습니다. 똑같이 아름답고, 비교적 덜 걸어도 될 길이라 생각했지요. 풀이 무성하고 발길을 부르는 듯했으니까요. 그 길도 걷다 보면 지나간 자취가 두 길을 거의 같도록 하겠지만요. 그날 아침 두 길은 똑같이 놓여 있었고 도로 위에는 트레커들이 넘쳐났습니다. 아, 나는 한쪽 길은 훗날을 위해 남겨놓았습니다. 길이란 이어져 있어 계속 가야만 한다는 걸 알기에 다시 돌아올 수 없을 거라 여기면서요. 오랜 세월이 지난 후 어디에선가 나는 한숨지으며 이야기할 것입니다. 엘찰텐엔 두 갈래 길이 있었고, 나는 사람들이 숱하게 지나간 길을 택했다고. 그리고 그것이

내 모든 것을 바꾸어 놓았다고.

**#8** / 엘찰텐 마을을 관통하는 산마르틴 거리는 시골 마을치고 과하게 넓었다. 강남대로 같은 거리 끝 빵집에서 아침을 먹고 점심용 빵과 마실 물을 구해 피츠로이를 향해 출발했다. 어제 구름을 다 써버 렸다는 듯 하늘은 맑고 햇볕은 강렬했다. 트레킹 코스는 마을이 끝나는 곳부터 바로 시작이었다. 곳곳에 트레킹 코스로 안내하는 간판이 박혀 있다.

피츠로이 코스 초반 40분은 약간 급경사인데 욕이 나올 정도는 아니 다. 쓰러져 말라죽은 아름드리 너도밤나무가 틈틈이 앉아 쉴 곳을 마련 해주었다. 울창한 나무는 강렬한 한낮의 햇볕을 막아주었다. 표지판에 등산 도중 하지 말아야 할 행동을 그림으로 공지해놓았다. 가스버너는 써도 모닥불은 피우지 마라, 노상방뇨는 물에서 100m 이상 떨어져라, 쓰레기는 반드시 가져가라, 밤낮 기온 차가 심하고 날씨 변덕이 심하니 잘 챙겨 입어라, 애완동물을 데려가거나 자전거를 타고 들어가지 마라, 시계 표시는 아마 너무 늦게 하산하지 말라는 것 같고, 나머지 그림 두 개는 해독 불가였다.

제주 산방산을 닮은 커다란 바위산을 끼고 돌아 40분쯤 올라가자 첫 전망대가 나왔다. 부엘타스Rio de Las Vueltas 강 전망대다. 전망대 멀리 흰 눈을 뒤집어쓴 봉우리가 노회하게 늘어서 있다. 그 아래 빙하가 녹아 내린 하늘색 물줄기가 평야 한가운데를 구불구불하게 가르며 흘러내 렸다. 강 옆 포장도로는 완만해서 자전거나 오토바이를 타고 달리면 딱 좋아 보였다.

1. 피츠로이 초반 트레킹 코스는 급경사인데, 주변 경관 덕분인지 걸을 만하다.
2. 부엘타스 강 전망대에서 바라본 풍경.

　길 곳곳에 소원을 비는 돌탑이 보였다. 강렬한 파타고니아의 바람에 여유 있게 가르마를 타며 군락을 이루는 색색의 식물이 돌탑 너머에서 산호처럼 일렁거렸다. 구르기를 멈춘 크고 작은 돌멩이마다 태형동물마냥 이끼가 수북하게 덮여 있다. 한낮의 태양을 받아 희게 빛나는 피츠로이 봉우리는 거인의 뒷모습처럼 정상 부근만 작고 비죽하게 보였다.

　새처럼 큰 하루살이 떼가 곳곳에 뭉쳐 있다가 사람이 나타나면 득달같이 달려들었다. 이성주는 눈이며 코며 입이며 얼굴 전체로 달려드는 하루살이에 진심으로 기겁했다. 말벌에 동시에 24방을 쏘이기라도 한 듯 못 견뎌했다. 이성주는 급기야 혼자 하산하겠다며 말릴 틈도 없이 산을 뛰어 내려가버렸다. 상당한 돌발 상황이었다. 당연히 이성주를 따라갔어야 했는데 그깟 하루살이 때문에 산을 내려간 데 화가 나 그냥 내버려두었다. 이성주는 하산하고 나는 혼자 계속 가기로 했다. 낯선 엘 찰텐 산속에서 의지할 데라곤 서로밖에 없는 부자가 순간의 분을 참지 못해 생이별하게 될 줄이야. 그때부터 이성주 걱정에 풍경도 눈에 들어오지 않았다. 가다가 갈림길이 나오면 혹시 이성주가 마음을 바꿔 돌아올 경우를 가정해 바닥에 큰 화살표를 그려 방향을 표시해두었다.

얼마나 걸었나? 애초 우리의 1차 목표였던 피츠로이 전망대가 나타났다. 옛날 이발소 벽에 걸려 있던 잘 그린 한 폭의 그림이었다. 뾰족뾰족 웅장한 바위산에 설탕을 뿌린 것처럼 만년설이 덮여 있고, 그 아래 울창한 침엽수림이 펼쳐졌다. 가까이 널브러져 말라죽은 나뭇등걸이 풍경에 운치를 더했다. 더는 피츠로이에 다가가지 않아도 될 만큼 충분히 아름다웠다. 나무에 걸터앉아 물 한 모금 마시고 쓰러진 나뭇등걸 속에 이성주에게 보내는 비밀 메시지를 적어 숨겨넣었다. 이 멋진 곳을 이성주가 못 보다니.

쓸쓸한 기분으로 낙담하여 한참을 멍하니 있다 인기척이 나 돌아보니 울창한 나무숲 그늘 사이로 파란 고어텍스에 에메랄드 색 모자를 뒤집어쓴 이성주가 투덜거리는 발걸음으로 올라왔다. 그러면 그렇지. 아빠를 혼자 두고 가면 어딜 가겠니. 그러면서도 꽤 멀고 무서웠을 산길에 방향을 잃지 않고 씩씩하게 올라온 게 대견해 잠시 고개를 돌려 울대가 헛물을 켜도록 내버려두었다.

이성주는 곧장 다가와 아무 말 없이 투정부리듯 아빠 품에 안겼다. 울먹이며 오는 동안 또다시 준동하는 하루살이 떼와 눅눅하고 어둑한 숲길이 얼마나 무서웠는지, 갈림길에서 아빠라면 어디로 갔을까 얼마나 고심했는지, 아빠와 길이 어긋나면 어쩌나 얼마나 예민해졌는지, 마주치는 사람들이 끊임없이 "올라", "올라" 하며 인사를 해대는 통에 대꾸하느라 얼마나 숨이 찼는지를 하루살이 날갯소리처럼 작게 조곤조곤 설명했다.

그런 이성주를 꼭 안아주고 점심으로 싸온 빵을 꺼내 물과 함께 조금 먹였다. 어차피 이런 곳에서 싸워봐야 서로 손해니까 우리는 피츠로이와 바로 옆 포인세노트Poincenot 봉우리까지 완벽하게 모습을 드러낸 절경을 바라보며 슬그머니 어깨동무하고 화해했다. 봉우리 오른쪽으로 거대한 폭포가 순간 얼어붙은 모양으로 빙하가 흘러내리는 중이었다.

**#9**　／　전망대에서 쉰 사람들은 대부분 오른쪽 길로 접어들어 피츠로이 바로 아래 로스트레스Los tres 호수까지 계속 전진해 호수에 비치는 피츠로이를 감상하고 싶어 했다. 우리는 '프로스트'스럽게 왼쪽 길로 접어들어 맑은 카프리Capri 호수에 데칼코마니로 비치는 피츠로이를 감상했다. 목이 마른 데다 혹시 맥주 맛이 나지 않을까 싶어 호숫물을 한 모금 마셔보았다. 얼핏 김빠진 맥주 맛이 났다.

　다시 하루살이 떼가 나타나 괴롭혔다. 이성주는 의연하게 양팔을 팔랑개비처럼 휘저으며 이겨냈다. 하산길 앵글에 잡힌 이성주 표정은 한결 밝고 어른스러웠다. 자칫 낭패로 끝날 뻔한 피츠로이 트레킹은 가까스로 해피엔딩이 될 조짐을 보였다. 내려오는 길에 보니 엘찰텐 마을의 길과 집은 얕은 대야에 풀어놓은 미꾸라지같이 한쪽 방향으로 빙빙 도는 느낌이다. 한 걸음 걸을 때마다 흙먼지 풀풀 나는 길가에 노란 민들레가 바람에 한들거렸다. 마을 초입에 다다르자 이성주는 마음이 놓였는지 두 팔을 펴고 바람 속을 순항하는 쌍발기처럼 나풀거리며 햇볕 속으로 뛰어들었다.

**#10**　／　피츠로이 트레킹에서 돌아와 한숨 잤다. 마을에 전기를

카프리 호수에 데칼코마니로 비치는 피츠로이.

공급하는 자체 발전소 소음이 요란한 오후였다. 자고 일어나 슈퍼에서 4,000원 주고 초등학교 국어책만 한 쇠고기 네 덩어리를 샀다. 2,000원 주고 와인도 한 병 샀다. 양파와 토마토, 스프라이트도 샀다. 시장 본 가격이 182페소, 어제 저녁 스테이크 먹은 값의 절반이다. 슈퍼마켓 카운터 여직원은 거스름돈이 없다며 돈 대신 책상 서랍에 굴러다니던 사탕을 건네주었다. 아무튼 자유로운 영혼들의 집합소다.

　엘찰텐을 베이스로 삼는 트레킹 코스는 비교적 완만하고 거리가 짧아 초보자도 어렵지 않게 도전할 수 있다. 산 좋아하고 캠핑 즐기는 마니아도 며칠씩 들어앉아 파타고니아의 숨결을 느끼기에 부족함이 없다. 어쩌면 지구상에 찾아낼 수 있는 최고의 트레킹 코스라고 해도 과하지 않다. 게다가 입산료도 없지 않은가. 오죽하면 등산 싫어하는 내가 수첩에 '피츠로이 압권!'이라고 적었을까!

05

**엘칼라파테**El Calafate

# 겨울왕국을 찾아가 **빙하위스키를 들이켜다**

엘칼라파테의 페리토 모레노 빙하대.

**#1**  /  저녁 6시 30분, 엘칼라파테행 칼 투르 버스. 차창 너머로 만년설과 준령, 호수, 바람, 황량한 계곡, 말, 소, 외로움이 스쳤다. 바람을 등지고 우두커니 서 있는 과나코는 자유란 일종의 외로움, 고독을 감수하는 달콤한 독이라고 말하는 듯했다. 감독이 아닌 배우가 되려는 홍콩 친구 양스웨이는 하필 같은 버스를 타 커튼콜처럼 미안한 마음을 3시간이나 더 연장시켰다. 10년쯤 뒤 칸 영화제 시상식에서 "이 자리까지 온 8할의 힘은 엘찰텐에서 나를 모욕했던 그 한국 아저씨 덕분입니다"라고 독기 어린 수상 소감을 말하는 모습을 상상했다. 잡념을 떨치려고 고개를 휘휘 저었더니 이성주가 차 안에 또 하루살이가 있냐고 물었다.

**#2**  /  1월 4일의 엘칼라파테는 구름 하나 없이 맑고 푸르렀다. 호텔에 짐을 풀고 강렬한 햇살을 보니 세탁 욕구가 치솟았다. 메주 냄새 나는 밀린 빨래를 욕조에 쏟아넣고 자근자근 밟았다. 베란다 햇볕에 척척 걸쳐놓으니 나라를 구한 희열이 느껴졌다. 간밤에 깨끗하고 푹신한 호텔 침대에서 잘 잔 덕에 이성주의 컨디션도 상한가에 52주 신고가를 경신했다.

엘칼라파테 시내는 좀처럼 신호등을 찾아보기 힘들다. 환전소에서 100달러에 1,300아르헨티나 페소로 환전했다. 물을 한 통 사고 '린다 비스타' 권수잔 사장님을 찾아가 인사했다. 여행을 준비하면서 SNS를 통해 많은 도움을 준 분이다. 린다비스타에는 패키지로 남미를 여행하는 한국 관광객이 가득했다. 이들과 버스를 나눠 타고 페리토 모레노 빙하Perito Moreno Glacier 투어를 갈 참이다. 비용은 1인당 1,100페소. 생각보다 비쌌다. 입장료 250페소는 별도였다. 스페인어를 할 줄 안다면 버스터미널에 가서 모레노 가는 표를 직접 구하면 싸지 않을까 싶었다.

예전에 한국과 일본, 이스라엘의 극성맞은 젊은이들이 모레노 빙하 입장료를 아끼려고 새벽에 택시를 대절해 몰래 들어갔다고 한다. 덕분에 지금은 국립공원 초입에 경비 초소와 바리케이드가 생겼다. 린다비스타 사장 따님이 1줄에 30페소씩 받고 김밥을 말아주었는데, 이성주는 엘찰텐 쇠고기처럼 맛있게 먹었다.

**#3** / 호숫가 선착장에 도착해 유람선으로 갈아탔다. 빙하에서 떨어져 나온 유빙이 뱃전에 떠다녔다. 만년설을 덮어쓴 검은 산 아래 들고 일어선 거대한 빙하지대가 나타났다. 온통 시퍼런 페리토 모레노 빙하다. 어찌나 기세등등한지 곧 우리가 탄 배를 맹렬하게 덮칠 태세다. 아닌 게 아니라 몬드리안Piet Mondrian의 1801년 작作 〈붉은 나무Red Tree〉의 배경색을 닮은 빙벽은 1년에 1~3m씩 전진해 내려오는 중이다. 빙하대의 끝, 무너지기 직전의 수직 절벽은 햇빛에 녹고 바람에 흔들려 여차하면 주저 없이 주저앉을 것처럼 위태했다.

빙하 주변은 온통 파란 빛이다. 파랑을 의미하는 'BLUE'는 13세기부터 사용됐다. 애초 블루는 여자아이를 상징했다. 분홍인 'PINK'는 1678년부터 쓰였다. 파랑은 '우아함', 분홍은 '결단력'을 의미해 1940년대까지 남자 아기는 분홍, 여자 아기는 파랑 옷을 입혔다. 나치가 동성애자를 낙인찍기 위해 분홍을 사용하면서 색의 의미가 달라졌다고 학자들은 추정한다. 1950년대 미국에서 분홍은 여자, 파랑은 남자를 위한 색으로 정착했다.

어쨌거나 지구에서 가장 욕심 많은 색 파랑은 하늘과 바다도 모자라 빙하마저 온통 파랗게 물들였다. 갑판의 사람들이 일제히 빙하에 카메라를 들이댔다. 빙하는 1분에 한 번씩 예포를 쏘며 호응해주었다. 예포는 빙하 벽이 무너질 때 나는 천둥소리인데 배까지 날아오는 소리의 속도가 유난히 느려 소리를 듣고 재빨리 바라보아도 늘 상황은 종료된 뒤였다. 무너진 빙벽은 수장됐고, 입을 닦고 일렁이는 호수면이 우리가 볼 수 있는 전부였다.

**#4** /　　배가 멈췄다. 바위에 난 계단을 타고 육지로 올라선 여행자들은 비글해협의 펭귄처럼 두리번거리며 빙하에 대고 탄성을 질렀다. 둥그렇게 휘어진 호숫가 끝에 다다르자 수십 미터 높이의 웅장한 빙벽이 우뚝 서 있다.

　빙하 입구에 가이드가 무릎을 꿇고 미끄럼 방지 아이젠을 일일이 신겨주었다. 아이젠을 신어야 빙하에 오를 수 있다. 가이드는 구멍이 숭숭 뚫린 내 워터슈즈를 보더니 고개를 절레절레 흔들었다.

　사람의 왕래가 잦고 모래바닥과 가까운 빙하는 잿빛으로 혼탁하더니 골짜기를 타고 조금씩 고도를 높여가자 본래 푸른 빙하 색이 시리도록 차갑게 다가왔다. 빙하 틈에 고인 물은 푸르다 못해 성스러워 보였다. 가이드의 발자국을 따라 일렬종대로 늘어서 올라갔다. 강렬한 태양을 받아 번쩍이는 겨울왕국이 펼쳐졌다. 깊게 갈라진 파란 빙벽 틈은 오래 바라보아도 질리지 않는 무언의 매력으로 빛났다. 산, 골짜기, 계곡, 강을 모두 품고 있는 것이 잘 만들어진 한 편의 다큐멘터리 같았다. 멀리 능선을 타고 오르는 사람 행렬이 개미처럼 점으로 보였다. 빙하는 제멋대로 굽이치고, 일렁이고, 비죽 솟아오르고, 갑자기 푹 꺼지며 수천수만

1. 가이드의 발자국을 따라 일렬종대로 늘어서 올라간 모레노 빙하.
2. 싸구려 위스키의 도움을 받아 수백만 년 얼음 속에 갇혀 있던 시간을 몸으로 받아들였다.

의 감성을 뿜어냈다. 이성주는 아이젠이 둔탁하게 얼음에 박히는 재미에 가이드가 가지 말라는 곳만 골라 스릴을 즐겼다.

빙하 위에서 찍은 대부분 사진은 얼굴을 알아보기 힘들 만큼 검게 나왔다. 햇빛을 반사하는 빙하의 위세에 카메라가 화이트밸런스를 제대로 잡지 못했기 때문이다. 덕분에 특별히 위험할 일 없는 빙하 투어가 엄청난 극지를 탐험한 것처럼 과장되게 나왔다.

투어의 마지막은 빙하를 잘라넣은 컵에 위스키 한 잔 따라 마시기다. 빙하 위스키 온더락On the rocks. 구멍 뚫린 워터슈즈 틈으로 빙하를 타고 온 한기가 황소바람처럼 스몄다. 양말까지 젖은 몸이 오들오들 떨려 혹시 훈훈해질까 싶어 위스키를 단숨에 털어넣었다. 투어 마진을 높이려고 지나치게 저렴한 위스키를 준비했는지 자동차 엔진오일 맛이 났다. 켁! 수백만 년 동안 얼음 속에 갇혀 멈춰 있던 시간이 위스키와 함께 목구멍을 타고 내 몸으로 흘러들었다. 빙하가 오랜 세월 묵묵히 보고 들어 가슴에 품고 있던 많은 이야기가 고스란히 영혼 속에 혼입되는 느낌이었다. 눈을 감고 빙하와 위스키와 파타고니아의 바람과 내 몸의 점액질이 서서히 뒤섞이는 느낌에 집중했다. 머리에서 유리잔이 낮게 부딪히는 "지잉" 소리가 울렸다.

**#5**  /  끝이 보이지 않는 푸르고 하얀 벌판. 전망대에서 새처럼 빙하지대를 내려다보았다. 좀 전에 빙하를 직접 밟으며 즐긴 투어의 감동이 고스란히 밀려왔다. 전망대는 반나절을 앉아 즐긴대도 아쉬울 장관을 보여주었다. 허블망원경으로 처음 발견한 하나의 완전한 외계 행성을 느긋하게 관망하는 기분이랄까.

모레노 빙하보다 다섯 배는 크다는 움살라Uppsala 빙하가 근처에 있다는데 우리는 일정상 모레노를 보는 것으로 만족해야 했다. 실제로 아주 만족스러웠다.

뭇 사람들은 남미 여행이 힘들고 위험하고 어렵다고 생각하겠지. 와보면 잘 닦인 아스팔트처럼 반질반질 길이 나 있다. 변덕스럽고 험한 산골짜기는 맞는데 등산로에 정갈한 나무계단과 손잡이와 로프와 대피소까지 완비된 그런 느낌. 대부분 남미 사진이 비슷비슷한 이유는 어지간해선 잘 닦인 길 밖으로 넘어가지 않기 때문이다. 하긴 잘 닦인 포장도로만 달려 꼭 봐야 하는 장소만 순례하기에도 남미는 너무 많은 시간이 필요하다. 따라서 굳이 무모하게 무턱대고 선을 넘을 이유도 없다. 뉴스에 출연하는 유명세를 치를 수 있으니까.

**#6**  /  밤이 되자 우리가 눈알에 화상을 입었다는 사실이 뒤늦

게 드러났다. 어찌나 빽빽한지 눈알을 돌릴 때마다 녹슨 돌쩌귀에 얹힌 문짝 여닫는 소리가 났다. 후끈후끈하고 초점도 맞지 않았다. 눈부셨던 빙하에 무방비로 노출된 후유증이다.

그런 눈알을 달래가며 칼라파테의 거리를 내려다보는데 길 가던 한 여인의 셔츠에 이런 글귀가 쓰여 있다. 'woman is god's first ~~mistake~~. mystery'. 뛰어나가 그 셔츠를 어디에 가면 살 수 있느냐고 물어보고 싶었다. 여자는 스스로가 미스터리라는 걸 너무 잘 알고 있구나.

PERU

BRAZIL

BOLIVIA

CHILE
MOVING ROUTE

San Pedro de Atacama

PARAGUAY

South Pacific
Ocean

Viña del Mar
Valparaiso

Santiago

ARGENTINA

URUGUAY

South Atlantic
Ocean

Puerto Mont

Bariloche

Part 3

칠레

Puerto Natales

Punta Arenas

산페드로데아타카마San Pedro De Atacama

01

**푸에르토나탈레스**Puerto Natales

# 좌충우돌 부자의
# **토레스델파이네 3봉 유람기**

'파타고니아의 심장'이라 불리는 토레스델파이네.

**#1** / 엘칼라파테에서 나탈레스는 버스로 6시간 남짓 걸린다. 지나온 인생을 모두 꺼내 앞뒤로 세 번씩 꼼꼼히 되새김질하고도 2시간이 남는 거리다. 파타고니아의 바람은 불량 청소년이 머리를 누렇게 염색하고 오토바이를 무모하게 질주하는 느낌이다. 길은 '멀리서 바라보는 전 세계 아름다운 국립공원 넘버6, 세렌게티' 미니어처 같다. 광활한 초원에 칵테일 우산만 한 나무와 나무 주변에 소와 염소가 정지화면으로 널려 있다. 비포장 흙길을 꿀렁거리며 질주하는 버스 창 너머 자세히 보면 양 떼는 맹렬하게 풀을 뜯는 중이다. 자세히 보면 볼수록 양 떼는 무서울 만큼 더 맹렬하게 풀을 뜯고 있다.

버스로 5시간쯤 달려 도착한 아르헨티나 출국 심사장. 모자가 반나절 흔든 샴페인 병뚜껑 날아가듯 사라지는 수준의 강풍이 불었다. 허술한 아르헨티나 출국심사에 이은 칠레 입국심사는 한결 꼼꼼했다. 짐을 모두 빼 검색대를 통과했고, 아르헨티나와 달리 칠레 직원은 업무에 매진하는 분위기다. 자신을 '남미의 미국'이라고 생각해 외모도 깔끔하고 업무 처리도 착착, 무엇보다 매사에 우월감에서 비롯된 자부심이 넘쳐났다.

"아빠, 이런 황당한 질문이 다 있네?"

입국심사 카드를 적던 이성주가 카드를 내민다. 현재 결혼 상태를 묻는 질문이 나왔다.

"싱글? 결혼? 위도우는 뭐야, 미망인? 홀아비? 난 뭐라고 적어야 해?"

"돌싱이라고 적어."

**#2** / 오른쪽으로 거대한 호수인지 바다인지가 보이더니 푸에

르토나탈레스Puerto Natales 마을이 모습을 드러냈다. 낮은 둔덕을 따라 넓게 퍼져 있는 얕은 마을은 산불이 나 이사한 뒤 새로 만든 오래된 새 터 마을 분위기다. 대부분 단층인 집은 하나같이 낡았다. 어찌나 후줄근한지 최근 지은 버스터미널이 피렌체 두오모 성당 모양으로 위대해 보였다.

거리에 인적이 드물었다. 눈썰매를 끌었음직한 개와 바람뿐이었다. 이따금 여행자가 페인트 벗겨진 담벼락에 짧은 그림자를 끌며 종종걸음으로 지나갔다. 터미널에 내려 센트로 방향으로 걷다 보니 나탈레스는 깨금발로 뛰어도 충분할 만큼 작고 만만해 보였다. 식당과 여행사, 은행, 환전소, 필요한 모든 것이 센트로에 집중돼 있다.

"어서 와. 환영해."

덩치 큰 매력적인 호스텔 주인아주머니는 싱글인 데다 사근사근 붙임성이 좋았다. 잘 웃고 친절해 호스텔 운영에 색다른 목적이 있나 싶기까지 했다. 영어가 통하지 않아 휴대전화 스페인어 번역기로 대화했다. 호스텔 뒷마당은 캠핑족이 텐트를 칠 수 있도록 널찍한 잔디를 깔아놓았다. 산수공책만 한 유리창이 달린 1층 방은 어둑하고 눅눅했다. 창문을 여는데 빨간 매니큐어 손톱으로 칠판 긁는 소리가 났다. 하늘에 먹장구름이 폭포처럼 맹렬하게 흘러갔고, 양철지붕은 바람에 흔들려 불규칙적으로 삐걱거렸다. 잿빛 하늘을 가로지르는 검은 전깃줄은 고열에 녹아내리는 고무줄만큼 휘청거렸다. 콜타르처럼 끈끈한 찬 공기가 밀려들며 불길한 기운이 감돌았다.


**#3** / 푸에르토나탈레스에 세계에서 아름다운 국립공원 서

푸에르토나탈레스 마을. 낮은 둔덕을 따라 집들이 넓게 퍼져 있다.

열 7위 토레스델파이네Torres del paine가 있다. 토레스Torres는 스페인어
로 '탑'이고, 파이네Paine는 파타고니아 토착어로 '파란색'이다. '푸른
탑'. 정상에 우뚝 솟은 삼형제 바위봉은 뫼 산山과 닮았다. 남봉은 해발
2,850m, 북봉은 2,248m, 중봉은 2,800m, 그 아래 호수가 펼쳐진다.
12,000년 전 인류가 처음 들어와 살았고, 유럽 탐험가는 바퀴아노 산
티아고 라모스—토마스 로저스—레이디 플로렌스 딕시가 조직한 원정
대—오토—칼 순서로 거쳐 갔다. 그중 영국 여자 탐험가 플로렌스 딕시
Lady Florence Caroline Dixie는 이 삼형제봉이 오벨리스크를 닮았다며 '클레
오파트라의 바늘Cleopatra's Needles'이라고 칭송했다. 봉우리를 떼다 고향
도시 광장에 세우고 싶다는 뜻은 아니었길. 덕분에 시내에 그녀의 이름
을 딴 별 세 개짜리 호텔도 있다. 우리나라에서 푸에르토나탈레스에 가

려면 칠레 산티아고를 거쳐 비행기로 푼타아레나스에 간 뒤 버스를 타고 247km 북상하는 게 가장 빠르다.

**#4** / 개들이 교미하는 거리를 지나 바람에 떠밀리며 센트로까지 걸었다. 시종일관 한산하더니 센트로는 오일장 기분이 났다. 피자가게에 들어가 오스트랄 맥주를 곁들여 저녁을 먹었다. 어둑한 구석에 노동자풍의 건장한 중년 셋이 맥주를 마시고 있다. 우리를 보고 뭔가 조용히 귓속말을 나누는데 도발적인 일이 일어나길 갈망하는 눈빛이었다. 서부 영화의 한 장면처럼 테이블 밑에 6연발 권총 총구가 우리를 향해 있는 건 아닐까 식사하는 내내 흘끔흘끔 바라보았다. 식당 주인의 말썽꾸러기 딸로 추정되는 여종업원은 소스라치게 작은 반바지를 입고 실룩거리는 엉덩이로 테이블 사이에서 야무지게 부지런을 떨었다. 어젯밤 이미 부모에게 말 못 할 잘못을 저질렀거나 아니면 오늘 밤 같은 수준의 잘못을 저지르기로 하고 사전 정지작업을 하는 냄새가 났다. 배가 고프지 않았다면 남겼을 느끼한 피자를 안주 삼아 먹고 나오는데 바로 옆에 장비 대여점이 보였다. 안 그래도 찾아갈 참인데 마침 잘됐다. 나중에 알았지만 싸고 친절하기로 한국 트레커에게 유명한 집이었다. 침낭은 한국에서 가져왔고 코펠, 텐트, 바닥 깔개, 버너를 빌렸다.

"이거면 되겠어? 하루 7,500페소."

우리 돈 약 1만 원이다. 장비 대여점 사장은 다분히 화끈한 기분파여서 말만 잘하면 공짜로 빌려줄 태세였다. 저녁도 먹었고, 장비까지 빌린 김에 산에서 먹을 식량을 마련하려는데 페소가 떨어졌다. 근처 ATM에서 칠레 페소 인출을 시도했다. 286컴퓨터 시절 'MS DOS' 시작화면 같은 모니터에 굵은 파타고니아 빗줄기가 주룩주룩 내려 도무지 분간하기 힘들었다. 글씨를 알아볼 수 없어 서른여섯 차례 인출에 실패한 뒤 휴가 나온 칠레 군인 포함 현지인 여섯 명의 도움으로 2만 페소를 찾았다. 최종 인출에 성공했을 때 그들 모두 내 카드 비밀번호를 알게 되었다. 감사한 마음으로 안도하며 영수증을 봤더니 이런, 수수료가 무려 15%였다.

수수료에 의기소침해져 장도 보지 않고 숙소로 돌아왔다. 엄청난 바람과 비가 쏟아져 호스텔 전방 60m 지점부터 '칼 루이스 vs 우사인 볼트 맞대결'처럼 달려야 했다. 이성주는 방에 들어서자 침대로 들어가 오래 묵은 고욤나무처럼 잤다. 이불 사이로 나온 이성주의 거칠어진 발을 한동안 어루만졌다. 이성주는 나중에 이런 날을 고생이라고 생각할까, 행복이라고 생각할까? 여행하다 보면 그럴 수 있는 사사로운 일투성이인데 오늘 좀 서글프네. 가랑비에 옷 젖고 잔매에 골병드는 기분이랄까? 이성주가 잠들고 나니 나도 시무룩해져 '내일 일은 모르겠네, 나도 자버리자' 하며 누웠다. 자는 사이 누군가 나 대신 크게 어긋난 것도 없지만 뭔가 잘못된 것 같은 이 기분을 정리해주었으면 좋겠다고 생각했다. 양철지붕을 때리는 바람은 밤새도록 쉬지 않고 이곳이 파타고니아의 심장 초입임을 일깨워주었다.

**#5** / 아침이다. 비는 멎었고 바람이 엄청났다. 방 안은 풀다 만 짐과 싸다 만 짐이 뒤엉켜 아수라였다. 배낭을 모두 해체해 어제 빌려온 장비와 산에서 필요한 짐만 따로 쌌다. 논산훈련소 야간행군 떠나던 날이 생각나 몸이 으슬으슬하며 오줌이 마려웠다. 의기소침했든 말

든 왔으니 가보기는 해야지. 작년에 히말라야 안나푸르나 보름 트레킹도 했는데 괜찮을 거야. 위무하며 이성주를 깨우려는데 어젯밤과 똑같은 자세로 너무 곤히 잔다. 아침 9시, 일어날 시간. 옆방 총각이 폐병 환자처럼 기침한다. 혹시 산에서 몹쓸 병을 얻어왔나 신경이 쓰였다. 이성주가 아프지나 말아야 할 텐데. 산행은 최소화, 안전하고 무리하지 않게. 그나저나 이 바람은 어쩔 것인가? 몇 번의 실랑이 끝에 이성주를 깨워 호스텔에서 주는 앙증맞은 아침 식사를 했다. 센트로에 나가 시장을 봤다. '유니마르크'라는 매장은 나탈레스의 모든 돈을 빨아들이고 있다. 산속에서 무얼 먹어야 할지 몰라 스파게티와 수프, 달걀 등등 35,000페소어치를 샀다. 식량까지 배낭에 넣자 평지에서도 휘청거리며 걷기 힘들었다. 호스텔 여주인에게 나머지 짐을 맡기고 살아 돌아오겠다고 인사한 뒤 집을 나섰다.

"나흘 뒤에 돌아와 하룻밤 더 머물 거야. 가방 잘 부탁해."

"응, 모두가 호스텔에 가방을 맡겨. 걱정하지 말고 건강히 잘 다녀와."

터미널까지 걷는데 배낭이 너무 무거워 열 번쯤 가기 싫다는 생각이 들었다. 평지도 이 지경인데 산에 오르기 시작하면 어떨까? 두려운 마음이 들었다. 아침에 늑장 부리고 시장보고 하다 보니 우리가 탈 수 있는 버스는 오후 2시 반뿐이었다. 토레스델파이네 국립공원 가는 버스 차창에 다시 비가 들이쳤다. 포장길 같은 비포장 길을 달려 국립공원 입구에 가까워지니 저 앞에 눈 덮인 파이네가 구름에 반쯤 몸을 숨긴 채 거만하게 우리를 내려다보고 있다. 마음이 더 오그라들었다. 국립공원 초입인 라구나아마르가Laguna Amarga에는 세계에서 몰려든 트레커들이 야트막한 언덕에 줄지어 앉아 몸을 말렸다. 힘없이 하늘거리며 광합

성 작용하는 수초처럼 보였다. 국립공원 사무실에서 이름과 국적을 신고하고 입장료를 냈다. 입장료 18,000페소, 어린이 이성주는 500페소다. 방에 들어가니 모두가 서서 TV를 보고 있다. 국립공원에 들어가려면 꼭 봐야 하는 20분짜리 자연보호 프로그램이다. 입산 수속을 마치고 라스토레스 첫 번째 트레킹 코스까지 가는 셔틀버스에 짐을 옮겨 실었다.

"엘찰텐은 모든 게 무료였는데 여긴 왜 이래? 엘찰텐 피츠로이가 천국이었네."

"원래 꽃이 지고 나서야 그때가 봄인 줄 아는 거야. 가는 곳마다 실컷 돈을 주고 나니 모든 게 무료였던 피츠로이가 좋았던 거지."

30분쯤 달린 셔틀버스는 황량한 산 밑에 우리를 내려놓고 먼지 폭탄을 한바탕 뿌리더니 돌아갔다. 호텔을 예약한 사람은 유유자적했고, 그렇지 않은 우리와 나머지는 들판에 버려진 기분이었다. 뭔가 출발점으로 삼을 계기도 없이 어정쩡하게 트레킹이 시작됐다. 야생 라마, 과나코 무리가 한가롭게 풀을 뜯었다. 어떤 무리는 뒹굴며 모래 샤워를 했다.

'길이 많이 깎였으니 길 아닌 데로 막 다니지 말고 주황색 마크가 표시된 길로만 다녀라.'

경고 문구와 행선지 적힌 나무 안내판이 곳곳에 나타났다. 우리 앞뒤로 처지가 비슷한 트레커 몇몇이 보였다. 덕분에 깊은 산속에 고립된 낭패감을 조금 덜었다. 바람을 맞으며 길게 뻗은 평지를 묵묵히 걸었다. 배낭 무게에 다리가 후들거렸다. 여기서도 이렇게 후들거리는데 오르막이 나오면 이성주는 분명 힘들다며 돌아가자고 하겠지? 몇 번 안 된다고 하다가 못 이기는 척 진짜 돌아가버릴까? 마음속에 우유부단한 유혹의 문장이 둥둥 떠다녔다. 바람이 어찌나 강렬한지 숨이 막혔다. 손을 양쪽으로 뻗으면 수직 이륙할 수 있을 것 같았다.

"아빠. 이거 잘하면 뜨겠는데!"

"두려워 말거라, 아들아. 용기란 두려움이 없는 상태가 아니라 두려워도 행동하는 것이란다."

1,000m쯤 깊게 패인 계곡의 위태한 겨드랑이를 따라 길은 끊어질 듯 이어지길 반복했다. 어떤 구간은 제법 위험해서 발을 조금 헛디디거나 바람에 몸이 흔들리면 계곡 아래로 떨어질 수도 있어 보였다. 한 발 한 발 힘겹게 걸으며 서서히 고도를 높여갔다. 정상만 생각하고 앞만 바라보며 걷느라 몰랐는데 모래바람을 피해 돌아보니 굽이치는 안데스 산맥이 구름 그림자에 얼룩진 채 발아래 굽이쳤다. 따뜻해 보였고, 얼핏 장관이었다. 다시 돌아 앞을 보니 우리의 목적지 부근은 시커먼 구름과 안개에 가려 음울하게 흔들리고 있다. 추워 보였고, 점점 가기 싫었다.

**#6** / 하나도 즐겁지 않게, 있는 힘을 다해 2시간쯤 걸었다. 너무 지친 이성주는 몇 번이나 길옆 바위에 엎드려 7분씩 뻗어 숨을 몰아쉬었다. 더 못 간다는 말은 끝끝내 하지 않았다. 길 오른쪽으로 거대한 V자 협곡이 펼쳐졌다. 까마득한 아래 하얀 물줄기가 울퉁불퉁한 곡선을 그리며 소리 없이 낮게 흘렀다. 바람을 예비한 풀과 잡목은 바닥에 납작 깔려 마디게 자랐다. 이파리를 바늘처럼 진화시켜 바람에 수분을 빼앗기지 않도록 안간힘을 썼다. 계곡 너머 검은 바위산은 둥글둥글한 단층대를 드러내며 한때 뒤죽박죽이던 파타고니아의 시원을 보여주었다. 산꼭대기는 여전히 진득한 안개에 파묻혀 있다. 해는 바위 계곡 꼭대기 9부 능선을 핥으며 마지막 온기를 지상에 보시하는 중이다. 조금

1. 바람이 어찌나 강렬한지 손을 양쪽으로 뻗으면 수직 이륙할 수 있을 것 같았다.
2. 이성주는 몇 번이나 바위에 엎드려 7분씩 뻗어 숨을 몰아쉬었다.

더 지체하면 어둠에 잠긴 산길을 걸어야 할지 모른다는 두려움이 엄습해왔다. 다시 힘을 짜내 걸음을 재촉했다. 끝없이 이어지는 산길. 더는 못 가겠다 싶어 원망스럽게 올려다 볼 즈음 얼기설기 엮은 나무다리를 밟고 콸콸콸 빙하 녹은 물이 흐르는 계곡을 건너자 침엽수림 사이 몇몇 건물이 나타났다. 첫 번째 야영지 칠레노Chileno 캠프에 드디어 도착한 것이다. 사람들이 오가며 웅성거리고, 울긋불긋한 텐트가 말똥 냄새 나는 숲 군데군데 보여 크게 안도했다.

"몇 밤 머무를 거야? 하룻밤 텐트 치는 데 17,000페소야."

그냥 숲에 2인용 텐트 하나 치는데 17,000페소나 요구했다. 가는 곳마다 돈타령이니 칠레가 조금 인정머리 없다는 생각이 다 들었다. 돈을 내자 텐트 줄에 붙여두라며 날짜가 적힌 스티커를 내준다.(밤이 되면 날짜를 넘긴 불법 텐트를 검사하고 단속까지 한다!) 우리는 가장 멋진 경치를 볼 수 있는 개울 옆 불룩 튀어나온 명당에 텐트를 치기 시작했다.

"우리를 위해 이 좋은 명당자리를 남겨두었음이 분명해!"

아주 좋은 자리가 왜 비어 있는지 모르겠다며 텐트를 꺼내 신바람 나게 쳤다. 그러다 3분 뒤, 왜 사람들이 여기에 텐트를 치지 않는지 알게 됐다. 바람이 너무 세게 불어 텐트를 칠 수 없는 자리였다. 텐트를 치기는커녕 텐트를 들고 서 있을 수도 없을 지경이다.

노스텔지어를 자아내는 깃발처럼 맹렬히 펄럭거리는 텐트와 씨름하고 있는 우리를 사람들은 산장에서 커피를 마시며 유리창 너머로 느긋하게 관전했다. 보다 못한 몇몇이 달려와 도와주겠다고 했지만 사양했다. 우리는 얼어붙은 리프트에 혀를 댄 '덤 앤 더머'처럼 바람과 힘겨루기를 계속했다.

산장에는 큰 웃음과 돈까지 오가는 분위기였다. 우리가 텐트를 칠까 포기할까를 두고 내기까지 벌어질 참이었다. 재니스 조플린Janis Joplin(미국의 블루스, 사이키델릭 록 싱어송라이터로 1970년 27세 나이로 요절했다.) 닮은 젊은 여자가 보다 못해 뛰쳐나와 바람이 윙윙거리는 내 귀에 대고 소리쳤다.

"너희가 도로시냐? 여기다 텐트 치면 오즈의 나라로 가게 될걸!"

여자는 손짓으로 움푹 들어간 숲 속 나무 사이를 권했다. 일리 있는 충고였다. 모두가 시도했다 포기한 명당을 우리도 포기하고 좀 떨어진 나무 사이에 텐트를 쳤다. 나무 숲 역시 엄청난 바람으로 텐트가 날아갈 정도였다. 큰 돌을 여러 개 주워 텐트 주위를 에워싸 누른 뒤에야 우리는 늦은 저녁 식사 준비에 들어갔다. '텐트를 친다'에 걸었다가 진 몇몇이 장탄식을 쏟아내는 소리가 들리는 듯했다.


**#7** / 캠프 칠레노에 야영하는 사람이 밥을 해 먹을 수 있는 공

간이 따로 마련돼 있다. 꽤 무성의하게 허름했다. 테이블에 자리 잡고 코펠 하나에 쌀을 씻어 밥을 안쳤다. 다른 코펠에 달걀을 삶았다.

해가 지자 기온이 뚝뚝 떨어졌다. 사람들은 밥을 먹고 나서도 텐트로 가지 않고 최대한 실내에서 버텼다. 벽난로까지 불타고 있어 누구라도 나가기 싫어했다. 끝까지 버티면 훈훈한 식당 테이블 위에 침낭을 까는 행운도 얻을 수 있을 듯했다. 나는 갓 지은 쌀밥에 무겁게 지고 온 칠레산 수프를 끓여 부었다. 첫술을 뜬 이성주가 소리쳤다.

"그냥 소금인데!"

도대체 이 나라 사람은 키스할 때만 혀를 사용하는 것일까? 이렇게 짠 걸 식용으로 팔다니 놀라웠다. 소금에 소금을 쳤는지 소금보다 훨씬 짰다. 도무지 먹을 수 없을 지경이라 아깝지만 버리기로 했다. 배낭에 남아 있는 나머지 수프가 떠올라 비통한 마음이 들었다. 우리에게는 아직 열두 봉의 수프가 남아 있었다. 소금 수프 대신 참치 통조림을 땄다. 산에서 쌀밥과 참치의 조합은 썩 괜찮다. 삶은 달걀 후식까지 곁들여 가까스로 남부럽지 않은 만찬을 즐겼다.

하룻밤에 17,000페소나 줬는데 설거지는 여자 화장실 세면대다. 여자가 들어와 "익스큐즈 미" 할 때마다 밖으로 나와 하릴없이 나뭇등걸을 차야 했다.

저녁을 먹고 비좁은 텐트에 돌아와 누우니 참 그랬다. 잠은 오지 않고, 바람은 미친 듯이 불었다. 여기서 '미친 듯이 바람이 분다'는 표현은 우리가 평소 알고 있는 그 '미친 듯이'와 차원이 많이 다르다. 그리고 정말 추웠다. 펄펄 끓인 물을 페트병에 담아 이성주 침낭에 넣어주었다. 페트병이 배배 돌아갈 정도로 뜨거운 물인데 얼마 지나지 않아 차갑게

1. 캠프 칠레노에서 나무 숲 사이 텐트를 치고 큰 돌로 주위를 에워싸 누른 뒤에야 한숨을 놓을 수 있었다.
2. 텐트 안에 누워 있자니 집 없는 개의 노고가 절로 떠올랐다.

식어버렸다. 한국에서 가져온 얇은 침낭만 믿고 겨울 침낭을 빌려오지 않은 것은 큰 패착이었다. 바닥에서 올라오는 냉기가 가시처럼 골수에 그대로 박혔다.

밤새 개처럼 떨며 집 없는 개의 노고를 생각했다. 모든 옷을 껴입고 침낭에 들어간 이성주의 몸 상태를 계속 확인했다. 추워서 어차피 잠들 수 없는 데다 이성주 침낭에 물이 식으면 다시 끓여 보충해주느라 날이 새버렸다. 99.9%의 강추위에 낭만 0.1%를 버무려 묻힌 밤이었다.

#8 / "삐그덕, 뻐걱, 삐그덕, 빠그락."

동이 트자마자 텐트 밖으로 나왔다. 관절에서 이 가는 소리가 났다. 동사하지 않고 버텨낸 기적의 아침이다. 이성주는 생존을 자축하며 계곡 물에 물수제비를 떴다. 산장에서 따뜻하게 잔 사람들은 우아한 아침 식사를 마치고 머그잔 가득 뜨거운 커피를 담아 양손을 녹이고 있다.

'밤새 떤 개' 부자는 심장이 없는 깡통 나무꾼처럼 삐걱거리며 어제 저녁과 같은 메뉴로 아침을 지어 먹었다. 코펠에 눌어붙은 누룽지에 물을 부어 끓였더니 그럴싸한 숭늉이 됐다. 고소한 맛이 큰 위로가 됐다. 밥을 해 먹느라 오가며 듣자하니 2시간 정도 올라가면 공짜 야영장이 있다고 했다. 원래 계획은 여기에 베이스캠프를 차려놓고 맨몸으로 정상에 도전하자였는데 공짜 야영장이라니 귀가 솔깃했다. 배낭 무게가 압박이긴 해도 2시간만 고생하면 공짜로 야영할 수 있다는데 구미가 당겼다.

"이성주, 2시간 올라가면 공짜 야영장이 있대. 어쩔까?"

"옮겨야지. 공짜라는데."

대부분 맨몸이나 간편한 차림으로 오르는 길을 우리만 달팽이처럼 모두 짊어지고 걸었다. '저 위는 공짜'라는 말이 머릿속을 공명했다. 칠레노 캠프를 벗어나 2시간가량 올라가자 정말 공짜 야영장이 나타났다. 40분만 더 가면 토레스델파이네 3봉을 볼 수 있는 전략적 요충지에 자리 잡은 야영장이다. 공짜라 기쁘긴 한데 어두운 캠핑장에 텐트가 달랑 하나뿐이다. 화장실 문은 잠겼고, 밥 짓는 물은 밥풀이 동동 뜬 도랑에서 얻어야 했다. 야영장이라기보다 그냥 산 중턱이다. 유료 캠핑장에 비해 다섯 배 썰렁하고, 바람 소리는 열다섯 배 무서웠다.

**#9** / 토레스델파이네는 W트레킹이 가장 보편적이다. 6, 7일에 걸쳐 W자로 된 코스를 일주하며 파이네 3봉을 여기서도 보고 저기서도 보는 식이다. 산이 좋아 죽는 이들은 아예 파이네를 가운데 두고 크게 한 바퀴 도는 라운딩 코스를 택하기도 한다. 우리가 올라온 길은 W코스

의 맨 오른쪽 한 줄에 해당한다. 셔틀버스에서 내려 쉬지 않고 걸으면 정상까지 4~5시간 정도 걸린다. 무거운 배낭을 짊어지면 하루에 올라갔다 내려오기란 벅차다. 우리는 애초 이 한 길만 3박 4일에 걸쳐 천천히 걸을 심산이었다. 그런데 산속 텐트에서 하룻밤을 지내본 결과 마음이 바뀌었다. 어쩔 수 없이 하룻밤을 더 자긴 하겠지만 3박째 밤엔 기필코 동사할 거란 공포감이 밀려왔다.

"아무래도 안되겠다. 오늘 밤만 산에서 자고 내일은 하산하자."

대꾸가 없어 돌아보니 이성주는 또 곯아떨어졌다. 코까지 드르렁거리며 잔다. 추위에 잠을 설친 데다 험하고 먼 길을 걸었으니 그럴 만했다. 3박은 무리겠어. 이성주가 저렇게 힘들어하는데. 오늘 정상을 보면 내일은 세상없어도 하산하자. 정상을 보면 더 이상 춥고 황량한 숲에서 덜덜 떨며 지낼 이유가 없잖아. 이성주가 아직 견뎌주고 있지만 감기나 몸살이 걸리지 않을까 걱정스러웠다. 날씨는 10초마다 비, 눈, 햇빛, 구름 순서로 변덕을 부렸다. 그사이 바람이 추임새 넣듯 2초마다 방향을 바꿔 집요하게 공략해왔다. 아주 미칠 지경이었다. 이성주를 1시간만 재우고 토레스 3봉 보러 가야겠다. 눈 같은 비가 온다.

**#10** / 정상을 향한 트레킹이 시작됐다. 바람에 눕다시피 한 숲이 펼쳐졌다. 그렇게 누워도 견디지 못해 뿌리째 뽑혀 말라 죽어 있다. 토레스델파이네는 나무가 바람에 뽑혀 죽는 곳이다. 바람은 〈라스트 모히칸The Last of the Mohicans〉 전사라도 되는 양 뽑혀 넘어진 나무의 껍질까지 발라내는 기개를 보였다. 바람을 이기지 못해 나무가 누워 사는 숲을 지나 바짝 고도를 높였다. 텐트에 배낭을 넣어두고 빈 몸으로 올

바람을 견디지 못해 누워버린 나무는 껍질까지 내놓아야 했다.

라와 발걸음이 한결 가벼웠다. 경사가 급해도 40~50분이면 주파할 수 있는 만만한 거리다. 정상이 임박하자 막 쏟아져 내린 엄청난 돌무더기 너덜지대가 나타났다. 길도 불분명하고 크고 작은 바윗돌로 낙석 위험이 컸다. 관리사무소에서 붉은 말뚝으로 얼기설기 길 안내 표시를 해두었다. 골프장 해저드 말뚝 같아 가까이 가기 꺼려졌다. 일부 산등성이는 도무지 인간이 디뎌서는 안 될 것 같은 경외감을 자아냈다. 자연은 스스로 신의 지위를 넘나드는 재주를 보여주곤 한다. 너덜지대에 지그재그로 난 길을 따라 오르자 마침내 토레 3봉이 서서히 위용을 드러내기 시작했다. 아래에서 얼핏얼핏 보던 모습과 영 딴판이다. 상어 이빨처럼 수백 미터 높이로 불끈 솟은 세 봉우리와 잇몸 부근에 쌓인 만년설, 그 아래 호수가 하늘빛을 받아 푸르게 일렁였다. 대단했고, 준수했다. 종일

토레스델파이네. 좋구나. 이래서 파타고니아의 심장이 됐고, 죽기 전에 가봐야 한다고 했구나.

짓누르던 구름도 더는 바람을 못 견뎌내겠다는 듯 저만치 밀려갔다. 또
렷한 3봉이 손에 잡힐 듯 다가섰다. 고작 '일품'이라고밖에 표현하지 못
한 나 스스로가 부끄러운 장관이었다. 아, 좋구나. 이래서 파타고니아의
심장이 됐고, 죽기 전에 가봐야 한다고 사람들이 말했구나. 바람을 피해
바위틈에 이성주와 나란히 누워 장엄하게 밀려오는 풍경을 말없이 가
슴으로 싸안아 차근차근 새겼다. 시시각각 구름이 다시 몰려들었다. 토
레 3봉을 더 보여주는 게 가문의 수치라도 된다는 듯 봉우리를 맴돌며
숨기기 바빴다. 바위 틈바구니에 순간의 느낌을 담은 비밀 메시지를 적
어 밀어넣었다. 한 3만 년쯤 뒤 미래의 고고학자가 토레스델파이네에
탐사를 왔다 우연히 우리의 메시지를 발견해 국제 학술지에 발표해주
길. 바람이 어찌나 강한지 호숫가 바위에서 사진 포즈를 잡던 이성주가

돌풍에 떠밀려 하마터면 빠질 뻔했다. 이성주는 굴하지 않고 호수에 물 수제비를 떴다.

**#11** / 저녁을 먹고 텐트 바닥에 깔 수 있는 모든 것을 겹쳐 깔아 냉기를 차단했다. 밖은 비가 후드득거리고 바람은 쌩쌩 불었다. 침낭에 이성주와 뜨거운 물을 담은 페트병을 함께 넣었다. 이 밤이 지나면 쓸 일 없는 가스버너도 난방용으로 실컷 켰다. 텐트 안이 어제보다 한결 훈훈했다. 그래도 개처럼 떨다 잠들긴 매한가지였다. 여행책에서 토레스델파이네는 최소 3박 4일 트레킹을 하라고 하던데 추위에 그대로 노출되고 보니 권하고 싶은 일정인지 의문이 들었다. 젊고, 짐 부담 없고, 평소 산 좀 다녔고, 야영 경험이 풍부하고, 장비를 잘 갖췄다면 모를까. 등산 한 번 안 다니다 남미 왔다고 텐트 식량 지고 오르기엔 무리가 따르는 코스다. 우리가 지금 와 있는 곳은 W코스의 맨 오른쪽 한 줄일 뿐이지 않은가. 여기서 내려가 나머지 코스를 며칠에 걸쳐 이동한다는 건 분명 낭만을 넘어서는 일이다. 산에 욕심이 없는 우리는 한 코스만 집중했고, 오히려 전략적 성공이란 생각마저 들었다. 나중에 나탈레스 숙소로 돌아와 뉴욕에서 온 커플을 만났는데 W코스보다 무시무시한 10일짜리 라운딩 코스를 돌고도 결국 구름에 가려 정상을 보지 못했다며 입에서 불을 뿜었다. 그들이 보여준 사진은 온통 회색 구름과 안개뿐이었다.

**#12** / 산에서 두 번째 밤이 지났다. 우리는 여전히 숨이 붙어 있다. 새벽에 혹시 토레스의 일출을 기대했는데 비가 내려 다행이었다. 날

씨가 맑고 토레 3봉이 아침 해를 받아 붉게 빛나기라도 했다면 분명 이 성주를 깨워 정상에 다시 올라갔을 테니까. 모든 걸 고려했을 때 정답은 하산이었다. 봉우리를 또렷하게 본 뒤라 미련도 없다. 아침으로 소금 수프에 빵을 찍어 먹었다. 텐트에 비가 스며 옷이며 침낭이며 모든게 기분 나쁘게 축축했다. 흠뻑 젖은 텐트를 접는 일은 여간 고역이 아니었다. 산 밑에서 오후 2시 출발하는 나탈레스행 버스를 타려면 쉬지 않고 하산해야 한다. 아침을 먹고 11시쯤 야영장을 출발했다. 처음 1박 했던 캠프 칠레노는 눈길도 주지 않고 통과했다. 바람에 날려 계곡으로 떨어질 뻔한 위험 구간도 축지법 쓰듯 지나쳤다. 그 와중에 힘겹게 올라오는 여행자에게 거의 다 왔다고 계속 거짓말을 하는 재미를 놓치지 않았다. 젊은 한국인 여행자가 특히 많았다.

몇 번 크게 미끄러져도 속도를 늦추지 않아 오후 1시 30분 산 아래 호텔에 도착했다. 셔틀버스를 타고 30분, 버스를 타고 2시간 만에 나탈레스에 도착했다. 성격 좋은 호스텔 여주인은 하루 일찍 나타난 우리를 보고 살짝 놀라면서 뜻하지 않은 1박 추가에 고무됐다. 센트로에 나가 빌려왔던 장비를 반납했다. 사장은 뭘 빌려갔다 뭘 가져왔는지 목록 확인도 하지 않고 오케이, 오케이 했다. 숙소에 돌아와 짐을 정리하다 보니 미처 반납하지 못한 버너 부품 하나가 배낭에서 튀어나왔다.(지금 한국 우리 집에서 향수병을 달래가며 지내고 있다.)

마트에서 쇠고기와 맥주 1,000cc, 음료, 과일을 샀다. 햇볕 가득한 숙소 뜰에서 이성주와 트레킹 성공 자축 파티를 열었다. 파티라고 해봐야 디퍼플의 2011년 남미 순회공연 포스터 아래 쇠고기를 굽고 흥겨운 음악에 몸을 건들거리며 구름 낀 하늘 틈 따가운 햇볕을 나른하게 맞는

1. 파타고니아 쇠고기는 언제나 옳다. 푸에르토나탈레스 센트로에 있는 마트에서 쇠고기를 구입했다.
2. 피츠로이를 다녀온 뒤 햇빛 가득한 숙소 뜰에서 트레킹 성공 자축 파티를 조촐하게 열었다.

게 고작이었다. 그래도 오렌지빛 햇살이 비춰 춥지 않다는 자체가 행복한 저녁이었다. 뜨거운 물로 샤워하고, 따뜻한 방 푹신한 침대에 누우니 생기가 돌았다.

산속에서 보낸 사흘 동안 허술한 워터슈즈 구멍 사이로 토레스의 한기가 스며 뒤꿈치가 여섯 군데나 갈라졌다. 상처 하나의 길이가 대략 4~5cm 정도로 중상이다. 갈라진 틈에 모래가 박히고 피까지 맺혔다. 그 상태로 마트에서 카트를 끌다 뒤꿈치를 정통으로 찍혀 하마터면 오줌을 지리며 기절할 뻔했다. 마땅히 바를 약도 없어 2주 동안 까치발로 걸었다. 이선영을 만나기로 한 산티아고가 멀지 않았다.

**#13** / 토레스델파이네. 트레킹을 자체로 즐기는 사람은 W코스나 라운딩 6~7일짜리를 추천해야겠다. 정상의 파이네 3봉만 봐도 만족한다면 우리가 걸었던 1번 코스에 집중하며 날씨를 기다리는 편이 나

을 수 있다. 텐트와 식량을 배낭에 지고 모든 코스를 돌기는 힘들다. 밤에 텐트에서 자기는 너무 춥다. 호텔이나 산속 산장을 예약하면 추위에서 놓여날 수 있고, 무거운 배낭을 맡겨두고 가볍게 오를 수 있다. 에베레스트를 등반한다고 산 밑 마을부터 자기 짐을 모두 지고 올라가지 않듯 토레스델파이네 트레킹에 무거운 배낭을 지고 오르지 않는 것에 죄책감을 느낄 필요는 없어 보인다.

2박 3일 트레킹에 든 비용을 따져보니 우리 돈으로 약 18만 원, 역시 칠레는 비싸구나 생각하면서 동시에 무료였던 피츠로이의 넉넉한 인심이 새삼스러웠다. 캠프 칠레노 유료 캠핑장에서 2시간만 올라가면 무료 캠핑장이다.

파이네의 뿔을 보느라 너무 고생해서 남들 다 가는 나머지 코스를 돌지 못한 데 대한 미련은 없다. 다만 '페와Fewa 호수에서 바라보는 토레스델파이네의 모습이 그렇게 장엄하다던데, 살토그란데Salto Grande 폭포는 가볼 걸 그랬나? 그레이 빙하 호수의 떠다니는 빙하가 경국지색이었으면 어쩌지?' 하는 일말의 아쉬움은 있다.

## 02

**푼타아레나스**Punta Arenas

# 세계의 끝에 머무는 건
# **8할이 바람**

▚ 마젤란해협의 부둣가.

**#1** / 파타고니아의 심장, 토레스델파이네의 인상 깊은 계곡 그림자가 가장 얇아졌을 무렵 한때 영화로웠던 대륙의 끝 푼타아레나스를 향해 남으로 달렸다. 6,000페소 주고 탄 버스는 창이 넓었다. 지평선을 향해 3시간 동안 직진하며 똑같은 풍경을 차창 안으로 밀어넣었다. 억센 풀을 뜯는 말과 소와 양, 인간의 경계에 아랑곳없이 유랑하는 과나코와 난두ñandú(날지 못하는 타조과의 새), 회색 여우는 언덕 아래 엎드려 귓전을 스치는 파타고아의 바람을 즐기고 있다.

**#2** / 페르디난드 마젤란Ferdinand Magellan은 포르투갈의 항해가다. 1519년 스페인 카를로스 1세의 지원으로 빅토리아 호를 비롯한 배 다섯 척과 300여 명으로 구성된 선단을 이끌고 신대륙 탐험에 나섰다. 마젤란은 지금의 남미 대륙 해안을 따라 남진하다 가장 남쪽에서 해협을 발견한다. 해협에 들어선 마젤란은 폭풍우를 만나 산티아고 호를 잃고 갖은 고생 끝에 반대쪽 바다에 다다랐다. 마젤란은 험난하게 해협을 건넌 직후 마주한 잔잔한 바다에 감격해 '태평양'이라 이름 붙인다. 그가 지나온 해협은 푼타아레나스 앞을 흐르는 마젤란해협이 되었다. 마젤란은 1521년 3월 괌에 도착했고, 4월에 도착한 섬에는 스페인 국왕 필립 2세를 기념해 '필리핀'이라고 이름 붙였다. 마젤란은 세부 섬에서 추장 주아나 일족과 부족 800명을 가톨릭으로 개종시켰다. 마젤란은 1521년 4월 27일 막탄 섬에서 라푸라푸 추장이 이끄는 부족과 전투를 벌이다 창에 꿰여 죽었다.

**#3** / 재즈처럼 바람 부는 푼타아레나스의 8,632번째 주말이

다. 가로세로 사이즈가 엇비슷한 호스텔 미망인 여주인은 달달 볶은 아줌마 머리를 감고 몸매가 드러나는 격자무늬 스웨터에 몸을 끼우더니 아이 둘을 앞세워 성당으로 갔다. 페인트칠 하지 않아 회벽이 드러난 성당은 14만 푼타아레나스 주민 전체를 대피시킬 만큼 규모가 컸다. 성당은 수시로 종을 쳐 자칫 방탕으로 흐를지 모를 신도들의 삶에 경종을 울려댔다.

"길가에 서 있는 저 네모나고 둥글기도 한, 유순하기 이를 데 없어 보이는 커다란 나무의 이름이 뭐야?"

1520년 마젤란이 일주한 560km짜리 해협보다 더 푼타아레나스를 대표할 만한 것이 가로수다. 이제 막 네모를 그릴 줄 알게 된 어린이가 스케치북에 커다란 네모와 줄 하나를 긋고 나무라고 우기는 모양 그대로다. 이 나무는 곳에 따라 거대한 정육면체 모양으로 깎이고, 뭉툭한 원뿔로 깎이고, 긴 직사각형으로 깎여 다양한 용도로 사용됐다. 도시 한복판 공동묘지에 길게 도열해 죽음이 선사한 별리의 슬픔과 묘지라는 서늘한 선입관에 훈기를 불어넣기도 했다. 밤새 찬바람을 맞고 노숙한 한 남자는 오전 11시 반 얼어붙은 몸을 가까스로 일으켜 나무 기둥을 붙잡고 시비 붙듯 쥐어짜며 오줌을 흘렸다. 이 나무가 없다면 푼타아레나스 도심은 지금도 한껏 시들어버린 활력의 나머지 9할마저 잃을 게 분명하다.

"LEN-GA."

이제 막 여섯 장째 침대보를 다림질하던 호스텔 청소 아주머니는 모레노 빙하에서 막 가져온 파랑 볼펜으로 내 수첩에 또박또박 파랗게 나무 이름을 적어주었다. 알파벳 'G'를 그리는 순서가 우리와 정반대라 여기가 한국의 정반대편이라는 사실을 새삼 깨달았다.

"아, 렌가 나무."

**#4** / 유려한 렌가 나무가 줄지어 선 골목에 남극처럼 거칠게 바람이 불었다. 오후 1시, '평창 12,515km'라는 이정표가 붙은 도시 북쪽 언덕에 가위눌리는 흉몽같이 먹구름이 밀려들었다. 구름은 융단 폭격하겠다는 듯 후드득 비를 앞세워 도시를 덮쳤다.

유니마르크를 나온 우리는 비를 맞지 않으려고 신라면 파는 한국 사장님 가게를 지나 아직 하늘이 푸르게 빛나는 마젤란해협을 향해 채신머리없이 달렸다. 사람들은 비를 맞고 뛰는 사람을 처음 본다는 표정이었다. 늑대를 닮은 개가 안전한 철조망 안에서 습관처럼 짖었다. 유조선이 비스듬히 정박하고, 가마우지 떼가 오래된 항구의 여기저기를 풍향계처럼 날아다녔다. 성당의 쾡한 종소리가 뱃길을 유인하는 세이렌처럼 울렸다.

우리는 가뿐한 마음으로 달려 슈퍼그래픽Super Graphic 틈바구니에 몸을 숨겼다. 포경선이 정박해 있는 벽화는 1914년 파나마 운하가 개통되기 전 전성기를 구가했던 푼타아레나스의 왕년을 그립게 그려내고 있다.

시답지 않은 사건 사고가 한가득한 어제 신문이 휴지로 날리는 아르마스 광장에 마젤란이 시가를 닮은 대포를 밟고 자신의 이름이 붙은 해협을 목마르게 바라보고 있다. 고향을 목전에 두고 필리핀 막탄 섬에서 살해당한 마젤란의 영혼은 이 해협이 그리워 다시 돌아왔을까? 마젤란 아래 오랫동안 이곳의 주인이던 원주민이 발을 늘어뜨린 채 체념하듯 앉아 있다. 청년의 발은 관광객의 손을 타 황금처럼 빛났다. 오랜 항해와

1. 스산한 푼타아레나스에 활력을 불어넣는 역할을 하는 렝가 나무.
2. 직사각형으로 모양을 낸 렝가 나무는 공동묘지에 훈기를 불어넣기도 한다.
3. 공동묘지의 렝가 나무 숲을 돌자니 '이상한 나라의 앨리스'가 된 기분이 들었다.

물 부족, 식량 부족으로 생사를 넘나들던 마젤란에게 따뜻한 마테차와 바다사자 고기를 대접하며 조금만 견디면 잔잔한 바다가 나타날 것이라고 용기를 북돋아주었을 것이다. 덕분에 마젤란의 동상 아래 밟히듯 한 자리를 차지했고, 덕분에 청년의 부족은 멸종했다.

그 외에 푼타아레나스에서 무엇을 할 수 있을까? 무방비로 거센 북풍을 맞고, 비에 쫓겨 항구까지 달려가고, 두 개에 8,000페소 하는 신라면으로 두고 온 한국을 떠올리며 향수를 달래고, 세상 끝 언저리에 걸려 있는 항구 도시의 애잔함을 맛보는 정도. 나는 잠시 푼타아레나스의 무료함을 사랑하며 아무것도 하지 않을 수 있는 이 도시에 감사했다. 남극을 거치거나 남극으로 향발하는 바람 외에 내가 더 무엇을 볼 것인가? 나는 천리행군처럼 조급했던 일정을 잠시 접고 푸르게 번득이는 물푸레나무를 본다. 나무의 흔들림을 유년의 기억처럼 기쁘게 응시하며 이제 한 줄 쓸 용기를 낸다. 한때 그들의 땅이었고, 그다음 또 다른 그들의 땅이었고, 이제 나는 스쳐가며 보았으니 이제 온전한 주인 바람에 돌려줘야지.

안녕, 바람의 땅 파타고니아.

# 03

**바릴로체**Bariloche(아르헨티나)

## 먼 훗날 안데스의 속살이
## 환영처럼 떠오르리란 직감

◤ 캄파나리오 전망대에서 본 풍광.

**#1** / 푼타아레나스를 떠난 비행기는 2시간 만에 푸에르토몬트Puerto Montt에 도착했다. 푸에르토몬트는 바릴로체와 안데스 산맥을 가운데 둔 이웃 도시다. '남미의 스위스'라는 바릴로체에 가기 위해 '어쩔 수 없이 들르는' 도시라는 인상이 강했다. 푸에르토몬트는 파타고니아의 관문이라 하기에 지나치게 이질적이었다. 춥지 않고, 바람도 잔잔했다. 두꺼운 점퍼를 훌훌 벗어야 할 만큼 따뜻했다. 숲은 한층 풍성했고, 나무 이파리도 널찍널찍했다. 좀 더 관찰했다면 좋았을 텐데, 애초 큰 의미를 두지 않다 보니 푸에르토몬트는 어정쩡한 느낌의 도시가 되고 말았다.

한곳에 오래 머물지 못하는 여행자가 어떤 도시를 이미지화하는 가장 큰 기준 가운데 하나가 날씨다. 하루 열두 번씩 날씨가 뒤바뀌고, 우중충한 회색 분위기 일색이던 파타고니아에서 오래 머문 여행자라면 특히 그런 경향이 강해진다. 푸에르토몬트는 그런 의미에서만 특별했다. 전체적인 도시 분위기는 우리의 방문에 '볼 것도 없는데 뭐 여기까지 다 오냐'며 당황하는 기색이었다.

**#2** / 호스텔 앞이 하필 공동묘지다. 반갑게 우리를 맞이한 귀곡산장 호스텔 여주인은 무능한 남편을 대신해 생계를 꾸리는 비련의 여주인공 같았다. 표정에 생기나 활력보다 피로와 우울이 더 짙었다. 남편은 비좁은 거실 소파에 누워 소심하게 TV를 보았다. 마당에 키우는 셰퍼드는 손님이 오면 짖는 대신 조용히 뒤로 다가와 엉덩이 깊숙이 코를 쑥 들이박는 깜짝 텃세를 부렸다. 얼마나 정확하게 찌르는지 놀라 자빠지겠다는 표정으로 셰퍼드의 굵직한 코를 한참 내려다보았다.

집집마다 물고기비늘 모양으로 나무를 짜 붙여 만든 외벽.

볼품이라곤 크게 없는 이 동네에 특징이 있다면 집집이 벽에 물고기 비늘 모양으로 나무를 짜 붙였다는 점이다. 독일계 주민이 많이 이주해 살았다니 아마도 남부 독일풍이려니 했다. 그런 볼거리라도 있다는 것이 여간 다행스럽지 않았다. 연어가 많이 잡힌다는 푸에르토몬트는 여행자 를 위한 도시가 아닌 철저히 현지인들의 삶터로 복무하는 중이었다.

**#3** / 아침 일찍 이성주를 깨워 호스텔 조식을 먹고 버스 터미 널까지 20~30분 정도 걸었다. 버스에 타자마자 의자를 젖히고 무조건 잘 생각이었다. 그런데 바로 앞에 아기가 공갈 젖꼭지를 물고 나를 노 려본다. 불길한 조짐은 빗나가지 않았다. 버스에서 아기는 툭하면 격하 게 울었다. 나는 핏빛 눈에 완벽한 무방비 상태로 혼비하고 백산하는 상황을 수습하느라 내내 고군분투했다. 아르헨티나 페소라고는 동전 하나 없이 다시 아르헨티나 국경을 넘느라 안 그래도 입이 바짝바짝 마 르는데 아기는 그런 나의 예민한 신경을 천진난만하게 난도질하며 잘

도 울었다.

"어디서 왔어?"

"꼬레아."

"그래? 수르? 노르테?"

젊은 엄마는 아기가 자꾸 울어 버스 안에서 입지가 좁아지자 살갑게 말을 붙이며 분위기 반전을 꾀했다.

"수르."

"정말? 다행이다. 노르테 무서워."

"지구에서 노르테 제일 안 무서워하는 나라가 수르야."

"정말?"

"지구에서 일본을 제일 무시하는 나라는 어디인 줄 알아?"

"설마 수르?"

"왜 아니겠어!"

어느 정도 친밀감을 표시했다고 생각한 아기 엄마는 안도하며 우는 아이를 방치하고 의자에 길게 누워 빵을 뜯어 먹었다. 아기 엄마는 잠시 뒤 사레가 들리더니 5분 넘게 용처럼 거친 기침을 뿜어댔다. 엄마 때문에 놀란 아기는 아까보다 더 우렁차게 울음을 울었다. 이 아기가 장차 커서 핵전쟁을 일으키는 버튼을 누를지 모르는데 아예 지금 없애는 편이 낫지 않을까 하는 위험한 생각마저 들었다.

**#4** / 커다란 호수 너머 흰 눈을 덮어쓴 거대한 화산이 나타났다. 추측건대 오소르노Osorno화산이 아닌가 싶다. 하얗게 빛나는 뾰족 분화구를 중심으로 양쪽으로 완만하게 흘러내리는 능선이 보기 좋았

버스 안에서 오소르노 화산은 배경을 바꿔가며 다양한 모습을 보여주었다.

다. 아래로 드넓게 펼쳐진 호수와 화산은 제대로 조화를 이뤘다. 저 정도 크기면 푸에르토몬트에서도 보였을 텐데 그동안 구름에 가려 있던 모양이다. 잠시 쉬어 사진이라도 한 장 찍었으면 싶은데, 화장실과 주방까지 장착한 버스는 완벽한 논스톱이다.

감질나게 향수를 불러일으킨 오소르노에 이어 버스는 안데스의 속살을 정확히 관통하며 입이 쩍 벌어질 만한 풍광을 보여주었다. 수묵화같은 높은 바위산은 눈을 뒤집어쓴 것처럼 하얗게 빛났다. 빽빽하게 솟은 침엽수림은 그런 바위산을 에워싸며 함께 멋지게 늘어갔다. 길게 뻗은 개울이 햇볕을 반사하며 잔잔하게 흘렀다. 졸졸 흐르다가 숲 너머로 모습을 감추는가 싶더니 갑자기 낙차 큰 구간에서 거칠게 쏟아지며 물보라를 일으키기도 했다.

구불구불 안데스 산맥을 넘어 바릴로체까지 10시간은 전혀 지루할틈이 없다. 처음 칠레 쪽 안데스가 웅장한 산세로 여행자의 눈을 사로잡더니 안데스 넘어 아르헨티나 쪽은 보석처럼 박혀 있는 호수가 압권

나우엘우아피 호수. 지금까지 봤던 파랑 중 가장 순수한 파랑으로 일렁였다.

이다. 호수는 상상할 수 있는 가장 순수한 파랑으로 가득 채워진 거대한 젤리처럼 일렁거렸다. 세상의 모든 파랑을 모아 압착기에 넣어 꾹 눌러놓은 듯 어쩌면 저렇게 파랄 수 있을까? 이 구간을 며칠에 걸쳐 여행하는 상품까지 있다고 하니 이 길에 나서길 백번 잘했다.

자전거로 넘는 사람도 많이 눈에 띄었다. 안데스를 가운데 두고 극단적으로 대비되는 풍경은 칠레와 아르헨티나 국경에서 출입국심사를 기다리느라 오래 기다려야 하는 불편함을 충분히 보상해주고도 남았다. 특히 1시간 30분이나 지체한 칠레 국경 심사대에서 일일이 냄새를 맡아 가방을 검사하는 탐지견은 동물도 성실할 수 있다는 사실을 일깨워주었다.

**#5** / 마푸체 족은 지금의 칠레와 아르헨티나 땅에 살던 원주민이다. 마푸는 '땅', 체는 '사람'으로 '땅의 민족'이란 뜻이다. 마푸체 족

은 남아메리카 다른 여러 원주민과 달리 스페인 침략에 맞섰고, 스페인에서 독립한 칠레와 아르헨티나에도 맞서 19세기까지 독립을 유지했다. 마푸체는 시몬 볼리바르나 산마르틴보다 먼저 남미 최초의 독립을 이룬 민족이라는 자부심을 가졌다. 이런 마푸체를 몰살시키기 위한 전쟁을 지휘한 장군이 '로카Roca'다. 그의 동상이 바릴로체 광장에 온갖 낙서 세례를 받으며 서 있다. 당시 마푸체 족은 이런 농담을 주고받았다고 한다.

"유럽 침략자가 처음 왔을 때 그들에게는 바이블, 우리에게는 땅이 있었다. 그들이 말했다. '눈을 감고 기도하세요.' 눈을 뜨자 우리에게는 바이블이, 그들에게는 땅이 있었다."

"백인이 우리 조상 무덤을 파헤치면 고고학 박사학위를 받는다. 우리가 백인 조상 무덤을 파헤치면 쇠고랑을 찬다."

**#6** / 20번 버스를 타면 몇몇 전망대에 갈 수 있다고 들었다. 지도에는 세로오토Cerro Otto, 세로캄파나리오Cerro Campanario, 푼토파노라미코Punto panoramico, 야오야오Llao Llao 호텔 전망대가 표시돼 있다. 모든 전망대를 다 가보기는 귀찮아 캄파나리오 전망대 한곳을 찍었다. 세로오토는 시내에서 5km로 너무 가까웠고, 야오야오 호텔은 25km로 멀었고, 캄파나리오는 18km로 적당했다. 무엇보다 이름을 듣는 순간 등산화를 잃어버린 브라질 캄피나스가 생각나 거기에 가기로 결정했다. 버스를 타고 캄파나리오 가는 길에 한려해상 국립공원 같은 호수를 끼고 돌았다. 이제 막 개발에 눈떠 새로 지은 휴양시설이 빼곡했다. 전망 좋은 호숫가는 모두 돈 많은 사람이 높은 울타리를 치고 개인용으로

소장해버렸다.

캄파나리오 전망대 입구에서 내렸다. 산 정상까지 올라가는 짧은 리프트 탑승권을 사기 위한 줄이 길었다. 단체 관광객을 태운 버스가 끊임없이 밀려들어 북새통이었다. 리프트는 어른 120페소, 12세든가 13세든가 어린이는 절반인 60페소다. 이성주 무릎을 심하게 눌러 굽히고 생긋 웃었더니 'Menores'라고 표시된 빨간색 반값 티켓을 내주었다.

"내 나이를 언제까지 속일 셈이야?"

"시끄러워. 넌 아무리 커도 아빠의 영원한 아기 보물이야."

리프트를 타고 올라가는 데 걸리는 시간은 고작 5분. 리프트 아래 숲에 걸어 올라가는 사람이 여럿 보였다. 정상까지 높지 않기 때문에 리프트 값이 아깝거나 헐떡거리길 좋아하면 그냥 걸어도 좋을 듯했다. 나는 파타고니아에서 뒤꿈치가 쩍쩍 갈라지는 중상을 입었고, 이성주는 갑자기 나이가 줄어 둘 다 걷기는 무리였다.

리프트는 상당히 덜컹거리고 갑자기 멈춰 한동안 우리를 공중에 대롱대롱 매달아두었다. 그러면서 안데스의 푸른 보석 바릴로체 풍경을 베일 벗기듯 천천히 보여주었다. 정상에 내려서니 눈 쌓인 바위산이 병풍처럼 겹겹이 주변을 둘러싸고 그사이 크고 작은 호수가 펼쳐졌다. 물빛은 온통 파랗고, 수심이 낮은 물가는 에메랄드빛으로 번득였다. 바람이 파도를 일으켜 찰싹찰싹 산허리를 볼기치듯 올려붙였다. 해발 1,049m 캄파나리오 전망대 정상에 내려서자 풍경이 360° 파노라마로 시원하게 펼쳐졌다. 다도해를 내려다보는 기분이었다. 멀리 바릴로체 시내 모습도 들어왔다.

전망대 식당에서 산과 호수의 조화를 감상하며 스프라이트와 맥주

1. 캄파나리오 전망대를 오가다 보면 리프트를 타며 호수를 감상할 수 있다.
2. 바릴로체의 아르마스 광장에서 천하대장군, 지하여장군을 닮은 나무 조형물을 조우하자 피가 당겼다.

를 곁들인 피자를 먹었다. 전망대 식당은 통유리로 둥글게 둘러쳐 어느 자리든 선명하게 풍경을 감상할 수 있도록 배려해주었다. 갑자기 구름이 몰려들어 흐려지더니 호수의 물빛이 급격하게 신비한 푸른빛을 잃었다. 그 차이는 완벽한 메이크업을 한 여인과 화장을 지우고 몰라보게 변신한 민얼굴의 여인만큼 극단적이었다. 바릴로체는 아무래도 깊게 파란 하늘을 이고 있을 때만 진가를 발휘하나 보다.

**#7** / 다음날 호텔을 체크아웃하고 아르마스 광장에 나갔다. 보도블록에 덜 마른 빨래를 널고 일광욕을 했다. 천하대장군, 지하여장군을 닮은 나무 조형물 한 쌍이 눈에 들어왔다. 얼핏 이스터의 모아이를 닮았다. 릴리스포드John H. Relethford의 《유전자 인류학Reflections of Our Past》에 따르면 남아메리카 원주민과 유전자 거리가 가장 가까운 종족이 우

리가 속한 동북아시아다. 이어 북아프리카, 남아시아, 중동 아시아, 유럽, 동남아시아, 오스트레일리아 뉴기니, 태평양 폴리네시아, 사하라 남부 아프리카 순이다. 나무 조형물을 보고 있자니 슬쩍 피가 당겼다.

호숫가에 나가 자갈밭에 몸을 뉘어 햇볕을 쬈다. 호수를 향해 이성주가 물수제비를 날렸다. 햇볕이 따가워도 헤엄을 치기에 수온이 너무 낮았다. 첨벙대며 만용을 부린 몇몇은 시퍼런 호숫물을 입술에 잔뜩 묻히고 새파랗게 떨며 뛰쳐나왔다. 2005년 8월 평양에 갔을 때 천지 분간 없이 백두산 천지 물에 뛰어들었다가 심장마비를 일으킬 뻔한 기억이 떠올랐다. 당시 물이 어찌나 차가운지 몸이 톱에 썰리는 기분이었다. 여행자 틈에 끼여 망중한을 즐기던 검둥개 한 마리가 호수에 자맥질해 들어가 이성주가 물수제비로 날린 자갈을 물고 나왔다. 여행자가 호수에 던져넣은 모든 돌을 원래 자리에 가져다놓는 특이한 개였다. 물 위를 헤엄치는 개는 봤어도 잠수하는 개는 처음이라 우리는 바릴로체에서 거의 반나절을 호숫가에 머물며 개 하는 짓을 관찰했다.

바릴로체에 대해 나는 '남아메리카에는 세계에서 가장 높은 폭포인 앙헬 폭포, 가장 큰 강인 아마존, 가장 긴 산맥인 안데스, 가장 건조한 사막인 아타카마, 가장 넓은 아마존 우림, 가장 높은 수도 볼리비아 라파스, 가장 높은 호수 티티카카가 있고, 그리고 지구에서 가장 많은 파랑이 모여 사는 바릴로체가 있다'고 적어두었다.

04

**산티아고**Santiago

# 칠레의 감추고 싶은 비밀과 **드러내고 싶은 자랑**

지인들과 식사하며 담소를 나누고 있는 산티아고 시민들.

**#1**   /   12년 만에 다시 찾은 칠레 산티아고. 코모도로 아르투로 메리노 베니테스 국제공항Aeropuerto Internacional Comodoro Arturo Merino Benítez은 한결 복잡해져 예전 기억을 더듬어도 전혀 낯설었다. 출국장을 나서는데 전 칠레 한인회장님이 마중 나와 반겨주었다. 세월이 흘렀어도 예전 모습 거의 그대로여서 내가 먼저 알아봤다. 2003년 한-칠레 FTA 취재차 왔을 당시 한인회장으로 많은 도움을 주셨던 분이다. 12년 만에 가족과 남미 여행을 준비하며 혹시나 하는 마음에 연락처를 수소문했고, 공항에 마중하겠다고 흔쾌히 답을 주셨다. '아사코', '쉘부르의 노란 우산', '세 번째는 아니 만났어야 좋았을 것이다'에 버금갈 인연이다. 사람의 일이란 시공을 초월해 뜻하지 않은 기적을 만들어내기도 한다.

　회장님과 해후하고 잠시 뒤 공항에서 만난 또 한 사람은 이제 막 한국에서 날아온 이선영이다. 이선영은 우리보다 한 달 늦게 남미에 도착해 칠레부터 볼리비아, 페루, 쿠바, 멕시코까지 나머지 여행에 합류하기로 했다. 우리는 칠레 푸에르토몬트에서 산티아고로, 이선영은 인천에서 프랑크푸르트와 상파울루를 거쳐 산티아고로 각자 출발해 30분 차이로 착륙해 만나게 되었다.

**#2**   /   산티아고에 4박 5일을 배정해놓았다. 방금 도착한 이선영이 시차를 적응할 시간이 필요했다. 뜨거웠던 브라질과 아르헨티나, 혹독했던 파타고니아에서 고생한 이성주도 휴식이 필요했다. 더 중요한 일은 다음 행선지인 볼리비아 비자를 받는 일이다. 남미 국가 가운데 유일하게 볼리비아만 비자를 요구한다. 한국에서 받을 수도 있는데

여행 동선을 그리면서 산티아고 볼리비아 대사관에서 받기로 하고 미뤄두었다.

**#3**  /  남미 어느 도시를 가든 대부분 '아르마스'로 불리는 중앙광장에서 여행이 시작되기 마련이다. 볼만한 유적지와 성당, 박물관 대부분이 광장 주변에 있다. 산티아고의 한여름 오후는 햇볕이 너무 뜨거워 걷기 힘들다. 아르마스 광장 곳곳에 야자수와 유칼립투스가 그늘을 만들었다. Y자 모양으로 갈라지는 마푸체 강을 끼고 성장한 1554년, 1646년, 1712년 산티아고 모습을 담은 동판이 바닥에 새겨 있다. 아르마스는 산티아고가 건설될 때부터 모든 것의 중심지였다. 뜨거운 태양 아래 공원에는 거리의 악사, 그의 음악, 화가, 그들의 예술, 집시, 각국의 여행자, 체스를 두는 노인, 카리스마 넘치는 어릿광대와 소매치기, 구두닦이와 비둘기가 뒤섞여 북적였다. 아이들이 광장 분수에 너 나 할 것 없이 뛰어들어 물장구를 쳤다. 광장에 있는 대성당은 웅장한 만큼 시원한 그늘을 만들어 지나치게 거대한 종교 시설의 유용성을 일깨워주었다. 광장 한쪽에 이 도시를 세운 발디비아Pedro de Valdivia의 기마상이 서 있다. 발디비아 대각선 맞은편에 멸망한 원주민 부족의 지도자 알론소 라우타로Alonso Lautaro 조각상이 있다. 그는 처음 발디비아의 협력자였다가 도망쳐 1554년 발디비아를 죽이고, 1557년 스페인군에 잡혀 죽었다. 그런 운명으로 얽힌 두 사나이가 같은 아르마스 광장에서 영원히 마주 보고 있다니.

아르마스 광장을 지나 헌법광장으로 연결되는 아우마다Paseo Ahumada 거리를 걸었다. 아우마다는 인사동 분위기다. 늘어선 식민시대 건물이

아르마스 광장에 있는 원주민 부족의 지도자, 알론소 라우타로의 조각상 아래서 공연 중인 원주민 밴드.

그늘을 만들고, 그 사이 파라솔, 군데군데 벤치, 야한 잡지를 비닐 포장해 파는 노점, 과거에 그랬듯 앞으로도 쭉 가난할 예술가의 퍼포먼스까지, 온통 여행자의 지갑 다이어트에 포커스가 맞춰 있다.

아우마다와 연결된 누에바 요크Nueva York 거리까지 붙여 그냥 '남미의 뉴욕'이라 해야겠다. 여행과 전시로 서너 차례 뉴욕에 머문 적이 있는 이성주와 이선영은 잠시 걸어보더니 냄새까지 뉴욕을 닮았다며 놀라워했다. 뉴욕을 가본 적 없는 나는 '뉴욕이 이렇다니, 뉴욕은 이렇군' 생각했다.

**#4** / 뭐 하나 부족한 것 없는 이 거리에 딱 하나 복병이 숨어

있었으니 다름 아닌 화장실이다. 세상 어디를 가도 우리처럼 무료 화장실에 무료 화장지, 비데, 담당 청소원 사진과 청소 상태 일일 점검 카드까지 비치해둔 나라가 흔치 않다. 남미는 우리와 정반대로 피할 수 없는 인간의 배설 욕구를 보란 듯이 산업으로 승화시켰다. 아우마다 거리 지하에 공중화장실을 파놓고 입구에 '450페소'라고 붙여놓았다. 여행자는 물론이고 인근에서 장사하는 현지인도 따로 화장실을 두지 않고 이 공중화장실을 쓰는 모양이었다. 크든 작든 한 번 들어가면 450페소인데 누구 하나 쓰다 달다 말없이 열심히 드나들었다. 화장실 입구에 개찰구를 만들고 영수증 발행까지 하고 있다.

"화장실."

"참아."

"못 참아."

"그러게 집에서 다 비우고 나오랬잖아!"

화장실 이야기만 나오면 나는 신경질적인 반응을 보였다.

"일단 급하다니 한 번은 들여보내는데 들어가면 오래 앉아서 무조건 다 비우고 나와 알겠지! 그리고 이제 물 마시지 마!"

저 둘 중 하나가 뭘 잘못 먹고 설사병이라도 나면 우리는 화장실 입장료로 여행경비를 모두 날리고 산티아고 부랑자로 전락한 한국인 1호 가족이 될 것 같아 여산 조마조마하지 않았다.


**#5** / 칠레 국기가 펄럭이는 대통령 집무실 모네다 궁에서 강렬한 햇빛에 인상을 찡그리며 근위병과 사진을 찍었다. 대통령궁은 예전 조폐국 건물이어서 아직 '모네다Moneda('화폐', '재산'이라는 뜻)'로 불

린다. 모네다 궁은 칠레의 역사를 묵묵히 껴안은 채 우울한 흰 빛으로 빛났다.

'산티아고에 비가 내린다It Is Raining On Santiago'는 제목의 영화가 있다. 1975년 엘비오 소토Helvio Soto 감독이 만든 다큐멘터리 영화다. 영화는 칠레 군부 독재자 피노체트가 쿠데타를 일으켜 모네다 궁을 폭격하고 아옌데Salvador Allende Gossens 정권을 무너뜨리는 과정을 담고 있다. 영화의 시작은 이렇다. 맑은 어느 날 젊은이들이 오픈카를 타고 음악을 튼 채 신나게 달린다. 음악이 끝나고 라디오에서 "지금 산티아고에는 비가 내립니다"라는 멘트가 흘러나온다. 어리둥절한 젊은이들은 이 맑은 날에 비가 온다니 멍청한 소리를 다 한다며 다시 신나게 달린다. 잠시 뒤 이들이 달린 길 위로 탱크가 요란하게 질주한다. '산티아고에 비가 내린다'는 다름 아닌 피노체트 쿠데타군의 암호이자 작전개시 명령, 재앙의 비였다.

"모네다 궁은 1973년 미국을 등에 업고 쿠데타를 일으킨 피노체트 군부세력에 저항해 아옌데Salvador Allende 대통령이 끝까지 싸우다 전사한 곳이다."

모네다 궁에는 쿠데타군이 쏴댄 총탄 자국이 남아 있다는데 굳이 찾아보지 않았다.

우리는 헌법광장, 모네다 궁을 지나 산타루치아 언덕Cerro Santa Lucia 까지 계속 걸었다. 시차 적응이 안 된 이선영은 누울 곳만 보이면 가리지 않고 쓰러져 누웠다. 공원 야자수 아래 한창 레슬링 중인 연인 옆에도 누우려고 해 그때만큼은 말려야 했다. 너무 힘들어 하길래 아이스크림가게에 들어가 커다란 바닐라 아이스크림을 주문해놓고 바알Baal 신

1. 질곡의 칠레 현대사가 함축적으로 담겨 있는 모네다 대통령궁.
2. '대통령궁'이란 단어가 주는 엄숙함과 달리 근위병들의 표정은 나긋나긋하기만 하다.

모시듯 꾸벅꾸벅 머리를 조아리도록 놔두었다. 조금 시간이 지체돼도 또 화장실에 간다고 할까 봐 심기를 건드리지 않았다.

이선영은 좀 더 걸어 산타루치아 언덕에 도착하자 파리 쫓듯 손을 몇 번 휘젓더니 벤치 하나를 차지하고 그대로 잠들어버렸다. 야자나무 몇 그루가 초병처럼 버티고 서 있는, 아름다운 아이보리와 옐로, 그레이, 퍼플이 뒤섞인 아담한 돔과, 거인의 뒤통수처럼 불쑥 솟은 정상의 모난 바위, 침략자에게 끝까지 항거하던 마푸체 추장 카우폴리칸Caupolican 동상, 그 아래 미로처럼 연결된 사랑스러운 통로가 페르몬을 발산하고 있는데. 위대한 잠의 승리였다. 이성주도 덩달아 잠들어 산타루치아는 오로지 내 차지였다. 10여 년 전 레간자 택시를 타고 이 앞을 지나며 택시기사와 산타루치아 노래를 불렀던 기억이 새삼스러웠다. 실방귀처럼 피식 웃음이 났다. 도로 저기쯤일까? 빠르게 달리는 차창 밖으로 산타루치아 요새를 호기심 어린 눈으로 올려다보던 젊은 내가 있던 자리. 혹시 모르겠네. 그때 실은 지금의 내가 여기서 그때의 너를 내려다보고 있었을지도. 정상에서 바라본 산티아고 상공은 숨을 쉬고 싶지 않을 만

1. 산타루치아 언덕에 오르려면 어느 정도 발품을 팔 준비를 해야 한다.
2. 산타루치아 언덕 위의 오래된 출입구는 동화 속으로 우리를 끌어들일 것만 같다.
3. 마푸체 추장 카우폴리칸 동상 아래에는 사랑스러운 통로가 페르몬을 발산하고 있었다.

큼 뿌연 스모그로 가득 차 있다.

**#6** / 2014년 문을 연 그란토레산티아고Gran Torre Santiago는 남미 대륙에서 가장 높은 건물이다. 산티아고를 오가다 보면 못 보고 지나치기 불가능할 만큼 눈에 띈다. 이 건물은 여행자에게 뜻밖의 쓰임새가 있다. 비자를 받으러 볼리비아 대사관을 찾아갈 때다. 그란토레산티아고를 찾은 뒤 산크리스토발 쪽으로 조금만 걸으면 가정 주택처럼 아담한 2층짜리 볼리비아 대사관을 쉽게 찾을 수 있다. 옐로딥Yellow Deep과 옐로오커Yellow Ohre 중간색으로 칠한 건물로 주소는 Avenida Santa Maria 2796이다. 그란토레산티아고는 가난한 이웃 볼리비아 대사관을 위한 배려처럼 느껴진다.

"볼리비아 대사관을 쉽게 찾으라고 저렇게 크고 비싼 이정표를 꽂아 두다니!"

대사관 입구 철문에 달린 초인종을 눌렀다. 삑 하고 문이 열렸다. 대사관은 관공서라기보다 예민한 주인이 강박적으로 잘 관리하는 주택 같았다. 마당을 거쳐 안으로 들어가자 리셉션 간이 테이블에 다음과 같이 반가운 한글 안내문이 놓여 있다.

'스페인어도 안 되고 영어도 안 되고 많이 당황하셨지요? 볼리비아 비자 관광 구비 서류는 다음과 같습니다. 관광비자 신청서 1부(볼리비아 리셉션이나 홈페이지에서 다운받을 수 있습니다. 뒷면도 꼭 작성해주시고 하단에 사인해주세요!) 황열병 예방접종 증명서 사본 1부, 여권 사본 1부, 신용카드 앞뒤 복사본 1부, 볼리비아 입국 티켓 사본 1부(남미 아웃 티켓이 아닙니다) 볼리비아 입국 항공권을 미리 예매하시고 E-티켓을 인쇄하여 지참, 육로 이동시 볼리비아 출입국 경로가 포함된 볼리비아 여행계획표를 작성, 볼리비아 내 숙박 예약 증명서 1부(호스텔 예약 증빙 메일 인쇄하여 지참). 말 안 통하는 남미에서 고생 많으십니다. Bon voyage! 비자발급 소요시간 1일. 당일치기로 비자 신청하는 거 자제해달라고 영사 간절히 호소.'

다른 언어로 된 안내문은 없고 오로지 한글 안내문만 붙어 있다. 비자를 받으러 왔다 말이 안 통해 고생한 마음 착한 한국 여행자가 만들어 붙였거나 말이 안 통하는 한국 여행자 때문에 스트레스로 원형탈모증에 걸린 볼리비아 영사가 만들어 붙였거나 둘 중 하나일 것이다.

우리는 무슨 배짱인지 그렇게 맞고 오라는 황열병 예방 주사도 맞지

1. 산티아고의 랜드마크, 그란토레산티아고.
2. 관공서라기보다 강박적 주인이 잘 관리하는 주택 같은 볼리비아 대사관.

않았고, 여행 계획서는 10분 전 대기실에서 볼펜을 빌려 대충 적었으며, 숙박예약 확인증도 준비하지 않았다. 항공권 E-티켓도 없다. 가져간 서류라고는 현장에서 받은 신청서와 사진, 여권 정도였다. 나머지는 성의 표시로 들고 간 잡동사니 서류가 전부였다. 그런데도 약 5분 만에 영사는 좋은 여행하라며 30일짜리 비자 발급 도장을 쾅 찍어주었다.

　비용은 물론 무료다. 영사는 내일 오후에 오면 비자를 내준다고 했다. 우리는 일정이 급하다고 애처로운 표정을 지어 보였다. 영사는 서류 뭉치를 들어 보이며 "보다시피 바빠서"라며 난감해 했다. 조금 더 눈을 블링블링하게 굴리고 몸을 외로 꼬고 부탁하자 영사는 흔쾌히 "오케이. 오늘 오후 4시"로 시간을 당겨주었다. 너무 쉬웠나? 행운이 누구에게나 따라주는 것은 아니다. 우리 다음 들어간 젊은 한국 커플은 모든 서류를 완벽하게 준비했으나 사진을 가져오지 않아 퇴짜를 맞고 그란토레

산티아고 인근에 있다는 사진관으로 맥 빠진 발걸음을 옮겨야 했다.

운전면허시험에 합격한 것처럼 당당히 볼리비아 대사관을 빠져 나오며 나는 "내가 유창한 영어로 설명을 잘해서"라고 주장했고, 이선영은 "내가 영사와 계속 눈을 맞추며 시종일관 웃어준 덕"이라고 주장했으며, 이성주는 말없이 코로 방귀를 뀌었다.

영사에게 "아쉽게도 볼리비아의 아마존인 루레나바케Rurrenabaque는 가지 않을 거야"고 말하면 황열병 예방주사 증명서는 필요하지 않았다. 그리고 오후에는 영사가 피곤해 일을 하지 않으므로 비자를 받고 싶거든 오전에 가야 한다. 마지막으로 비자발급 증명 쪽지 같은 걸 함께 내주는데 국경에서 제출해야 하니까 잘 챙겨야 한다.


**#7**　/　파블로 네루다Pablo Neruda의 본명은 네프탈리 리카르도 레이에스 바소알토Neftalí Ricardo Reyes Basoalto다. 좋아하던 체코 작가 얀 네루다Jan Neruda의 이름을 따 파블로 네루다로 개명했다. 칠레에서 두 번째 노벨문학상을 받았고, 내가 아는 몇 안 되는 외국인 시인이다. 네루다는 열 살부터 시를 썼다. 열두 살에 칠레 첫 노벨문학상 수상자 가브리엘라 미스트랄Gabriela Mistral의 제자가 되었다. 이후 외교관이자 망명자이자 전투적 무정부주의자이자 상원의원이자 대통령 출마자이자 열렬한 공산주의자가 되었다.

나는 2003년 처음 칠레에 왔을 때 발파라이소 항구에 있는 네루다의 집을 우연히 방문했다. 그때는 '네루다가 누구인지 알게 뭐람?' 수준이었는데 통역을 맡은 친구가 칠레의 자랑, 발파라이소의 명소라고 추천했다. 집 이름은 '라세바스티아나La Sebastiana'. 네루다는 그 집에서 발파라이소 항구의 풍경을 보며 생의 마지막 날을 보냈다.

그 집 외에 산티아고에서 120km 떨어진 해안가에 영혼의 안식처 '이슬라네그라Isla Negra('검은 섬'이라는 뜻)'가 있다. 1937년 유럽 생활을 마치고 돌아와 마련한 집인데 주변에 검은 돌이 많아 이슬라 네그라라고 이름 붙였다. 네루다의 묘도 있고, 기념관으로 꾸며져 많은 여행자와 칠레 국민이 즐겨 찾는데 가보지 못했다.

네루다의 세 번째 집은 우리가 이제 막 볼리비아 비자 발급을 마치고 남는 시간에 가보려는 비밀의 정원 '라차스코나Casa Museo La Chascona'다. 볼리비아 대사관에서 택시로 10여 분 남짓, 산크리스토발 언덕 아래에 있다. 1953년 머릿결이 풍성한 정부情婦 마틸데 우루티아Matilde Urrutia 를 위해 지은 집이다.

네루다의 첫 부인은 네덜란드 출신의 마리아 안토니에타 아헤나르 María Antonieta Hagenaar, 두 번째 부인은 스무 살 연상의 델리아 델 카릴 Delia del Khalil이었다. 네루다는 카릴과 결별하고 차스코나로 이사해 마틸데와 살았다. 만 20세에 두 번째 시집《스무 편의 사랑의 시와 한 편의 절망의 노래Veinte poemas de amor y una cancion deseperada》를 펴낸 위대한 시인다웠다. 마틸데는 1985년 죽을 때까지 그 집에 살며 집을 관리했다.

**#8** / 라차스코나 가는 골목에 햇볕과 그라피티가 요란했다. 바람에 팔랑거리는 가로수는 쇼스타코비치Dmitrii Shostakovich의 왈츠처럼 우아한 그늘을 만들었다. 차스코나는 담쟁이 넝쿨에 깊이 은둔한 요새 같았다. 비밀의 정원이란 별칭답게 오밀조밀했고, 비밀 사랑을 나누기

1. 네루다의 세 번째 집, 라 차스코나. 방문객들은 오랜 친구의 집을 대하듯 드나들었다.
2. 라 차스코나 담벼락의 그라피티에서 네루다를 만났다.

적당해 보였다. 산크리스토발을 향해 여러 채로 나뉘어 서 있는 집 전체에서 청량한 아늑함이 감돌았다. 어수선하게 진열된 소품은 온화한 향수를 불러일으켰다. 네루다의 친구 피카소가 선물했을 법한 그림과 노벨문학상 수상 메달이 소품 속에 끼어 있다. 사람들은 오랜 친구의 집을 방문하듯 천천히 차스코나를 거닐었다. 소파, 낡은 쿠션, 침대, 테이블, 그림들, 알록달록한 물병과 컵, 접시들, 거칠고 투박한 나무의자, 어느 역사적인 순간 멈춰선 벽시계까지 새로 발견된 그의 유작 시를 읽듯 눈으로 조심스럽게 어루만졌다. 쪽문을 열고 금세라도 네루다와 마틸데가 반갑게 웃으며 손을 내밀 것처럼 공간은 격의 없는 친밀함을 뿜어냈다.

네루다는 1923년 시계를 판 돈으로 처녀시집《황혼의 노래 Crepusculario》를 출판했고, 이듬해《스무 편의 사랑 시와 한 편의 절망노래》를 펴냈다. 네루다의 시집 가운데 가장 널리 읽힌 작품이기도 하다. 이 두 시집으로 네루다는 약관의 나이에 칠레에서 가장 유명한 시인이 되었다. 정현종 시인은 "네루다의 시는 언어가 아니라 하나의 생동이다"라고 말했고, 스페인어 학자 민용태 시인은 네루다 시의 생동감을 '열대성' 또는 '다혈성'이라고 표현했다고 한다.

**#9** / 1972년 네루다는 지병인 전립선암으로 이슬라네그라에 머물렀다. 그러던 중 피노체트 쿠데타가 일어났고, 친구 아옌데 대통령의 죽음을 들었다. 충격과 상심, 절망이 병을 부추겨 12일 만인 9월 23일 네루다도 세상을 떠난다. 피노체트의 쿠데타 무리가 이슬라네그라에 들이닥쳤을 때 네루다가 했다는 말은 너무 유명하다.

"여기서 당신들에게 위험한 것은 하나밖에 없네. 그것은 '시'라네."

네루다의 비서였던 마누엘 아라야는 한 인터뷰에서 "네루다가 피노체트 정권에게 독살당했다"고 주장해 한때 독살설이 퍼지기도 했다. 2013년 4월 칠레 정부는 네루다의 시신을 발굴해 재조사를 벌였고, 독살이 아닌 암으로 사망했다는 결과를 발표했다. 네루다의 장례식에 모인 군중은 피노체트 독재 정권의 최초 항거로 기록됐다. 피노체트는 그 뒤로 18년간 독재를 이어갔다.

## 05

**발파라이소**Valparaiso **& 비냐델마르** Viña Del Mar

# 예술과 개똥이 난무하고,
# **파괴와 보존이 뒤엉킨 아이러니!**

⬛ 벽화가 가득한 발파라이소의 골목길.

**#1**    /    칠레는 북쪽이 건조한 아타카마Atakama 사막, 서쪽은 태평양, 동쪽은 안데스, 남쪽은 남극에 가로막혀 병해충도 어쩌지 못한 난공불락이다. 어떤 와인 애호가는 그래서 병해충으로 초토화된 유럽 와인의 정통을 남미가 계승했다고 말하기도 한다. 칠레 안데스 골짜기에는 골짜기 숫자만큼 많은 브랜드의 와인이 제조되고 있다. 칠레를 대표하는 와인은 '몬테스알파Montes Alpha Cabernet Sauvignon'다. 최근 기사에 따르면 몬테스알파는 우리나라에서 가장 많이 팔리는 와인이다. 칠레의 건조한 지역에서 재배되는 포도는 최소한의 물만 주는 '드라이 파밍Dry Farming' 기법을 쓴다. 나무를 목말라 죽기 직전까지 고문해 스스로 수분을 응축하고 집중도를 높여 품질을 최상급으로 끌어올리게 만든다. 이웃한 아르헨티나에는 말벡Malbec이 있다. 말벡은 만년설에 젖은 안데스 흙 냄새가 난다. 프랑스 보르도 출신인 말벡은 고향에서 천대받았지만, 아르헨티나에 정착하면서 남미를 대표하는 와인으로 성장했다.

**#2**    /    지하철 1호선 산티아고대학U.de Santiago 역에서 발파라이소로 넘어가는 68번 고속도로 주변은 온통 포도밭과 와이너리 천지다. 와즐Wazzle이라는 와인 동호회 멤버 자격으로 발파라이소 인근 와이너리를 순례하며 칠레의 모든 와인을 시음하고 싶은 마음 간절했다. 예전에 칠레에 왔을 때 산펠리페San Felipe 와이너리에서 고동색 선교사 망토를 쓴 와인을 한 잔 마시고 몇 초간 기절했던 기억도 생생하다. 와인 이름이 '산체스sanchez'였는데 와인이 문제라기보다 시차가 문제였다. 아쉽게도 바다처럼 펼쳐지는 포도밭을 물끄러미 바라만 보며 발파라이소 가는 버스에서 틈틈이 잤다. 거리는 120km, 2시간쯤 걸렸다. 우리나라

와 다른 점이라면 고속도로에 오토바이가 드나든다.

**#3** / 발파라이소Valparaiso는 태평양을 바라보는 탁 트인 만에 있다. 도시의 뜻은 '천국의 골짜기'다. 1536년 정복자 후안 데 사아베드라Juan de Saavedra가 스페인 고향 동네 이름을 따 세웠다. 스페인 정복자들은 도착한 도시에 이름을 붙일 때 상상력을 발휘하는 대신 지독한 향수병에 의지했다. 덕분에 남미 음악의 밑바닥에 지극한 노스탤지어가 고여 있나 보다.

버스가 발파라이소에 접어들었다. 대관령 넘어 속초 시내에 들어서는 느낌이 났다. 색색의 낡은 집이 바다에서 곧장 치솟은 구릉과 비탈, 언덕을 따라 촘촘하게 박혀 꼭대기까지 들어찼다. 파나마Panama 운하가 개통되기 전 남미에서 가장 분주한 항구였다는데 지금은 전성기가 한참 지나 해풍에 낡은 도시가 되었다. 거리에 무궤도 트롤리버스가 전선에 매달려 불꽃을 튀겼다. 발파라이소는 그 언제쯤 항구로서 역할이 지대했지만, 주거용 도시를 세우기에 땅이 지나치게 비좁아 보였다. 열악한 급경사에 도시를 세웠을 땐 뭔가 절박한 다른 이유가 있을 것이다. 펭귄이 혹독한 극지방에 가 살게 된 것처럼. 그래놓고 이름은 '천국의 골짜기'라니.

**#4** / 발파라이소 터미널에서 택시를 타고 호스텔 주소를 내밀었다. 택시는 가파른 언덕길로 접어들더니 꼭대기 부근 빈민촌에 우리를 내려놓았다. 판잣집 벽에 여러모로 놀라운 벽화가 가득했다. 동네 분위기는 우려스러운 비밀을 숨기고 있는 듯했다.

해가 지면서 골목부터 어두운 기운이 조금씩 번졌다. 부서진 담벼락 아래 고양이가 그르렁거리며 우리를 경계했다. 개는 늑대처럼 어슬렁거렸다. 서쪽 하늘에 노을이 괴기스러운 붉은 빛을 띠기 시작했다. 둘러봐도 호스텔 간판은 보이지 않았다.

"호스텔이 어디야?"

"호스텔은 모르겠고 주소는 여기가 맞아."

택시가 떠나고 우리는 산동네 판자촌에 버려졌다. 벽에 붙은 주소를 더듬는 수밖에. 이 골목 저 골목 두리번거리다 인적이 끊긴 지 50년은 족히 넘은 가파른 골목을 발견했다. 주소로 미루어 호스텔은 여기 어디엔가 있어야 한다. 막다른 곳까지 올라가도 호스텔은 보이지 않았다. 아무 벨을 눌렀다. 2층 창문이 드르륵 열리더니 호그와트 사냥터지기이자 신비한 동물 돌보기 과목의 해그리드 교수가 머리를 내밀었다.

"이봐, 유토피아 호스텔 알아?"

"유토피아? 바로 여기가 천국이야."

"장난 말고 유토피아 호스텔 몰라? 이 골목 어디인 것 같은데."

"하하! 바로 맞혔다고. 여기가 유토피아 호스텔이야. 문 열어줄 테니 올라와."

'부킹닷컴'에 버젓이 등록된 호스텔이 간판이 없다. 다행스러운 건 폭삭 낡은 주변 건물보다 1년 정도 새것처럼 보인다는 점이다. 2중 철창과 나무로 싸맨 대문은 유사시 적의 침투를 5분간 지연시키기 위한 벙커 같았다. 문에서 2층으로 연결된 나무 계단은 발파라이소 도시를 닮아 상당히 가팔랐다. 실내는 최근 돈을 써 고친 티가 희미하게 났다. 해그리드를 닮은 호스텔 주인 이름은 기분파 사진작가 오스카였다.

발파라이소의 골목. 곳곳의 가로등 불빛이 골목에 생동감을 불어넣었다.

**#5**    /    저녁거리를 사러 어둠이 주단처럼 깔린 발파라이소 골목을 걸었다. 머리 위로 전깃줄이 어지러웠다. 밤길에 어떤 위험이 도사리고 있을지 몰라 혼자 장보기에 나섰다. 골목을 따라 언덕 아래까지 길게 가로등이 켜졌다. 가로등 불빛이 생동감을 불어넣으며 벽화는 더 선명하고 화려하게 빛났다.

파나마 운하 개통으로 항구가 쇠락하자 시작한 게 이 벽화 그리기 운동이라고 한다. 지금은 많은 여행자가 '네루다의 집과 벽화 때문에' 발파라이소를 찾는다니 성공을 거둔 셈이다. 우리도 얼마 전 낡은 동네 벽에 벽화 그리기 유행이 번진 적이 있는데 발파라이소가 모델이 됐을지도 모르겠다.

날은 어두워지고 빗방울이 오락가락했다. 언덕 아래 평지로 내려오자 개와 거지가 공원 계단을 베개 삼아 널브러져 있다. 소련의 전설적인 스나이퍼 바실리 자이체프Василий Зайцев(2차대전 스탈린그라드 전투에서 활약한 저격수)에게 이제 막 저격당해 거꾸러진 자세다. 광장에서 저녁 공연을 준비하는 밴드가 악기를 조율하느라 꽤 시끄럽고, 비까지 내리는데 개와 거지 둘 다 꿈쩍하지 않는다. 누가 오래 버티나 오늘 밤 맥주 내기를 걸었나 보다 했다.

가게에 들어가 저녁 찬거리를 골랐다. 수확한 지 1년쯤 지나 보이는 풀죽은 채소와 체리, 딸기, 오리 알 세 개를 샀다.

골목을 오르내리는 동안 네 번 개똥을 밟았다. 발파라이소는 다른 시각에서 보면 거대한 개 변소다. 아프리카를 떠날 때부터 인류와 동고동락하며 먼 남미까지 여행한 개는 이 항구 도시에 터 잡고 살며 인간의 주거지에 배설할 자유를 얻었다. 욕구를 느끼면 1초도 지체하지 않고 괄약근을 열었다. 예술혼 넘치는 벽화를 보느라 5초만 전방 주시를 태만하면 여지없이 생 개똥 지뢰를 밟게 마련이다. 도시 전체에 비릿한 개똥 냄새가 배어 있다. 냄새는 개똥 밟은 신발을 따라 호스텔 주방과 침실까지 들어왔다. 이 멋진 항구 도시 발파라이소가 겨우 개똥 비린내로 기억되다니 슬픈 일이다.

**#6** / "앵글의 구도가 극단적 미니멀리즘을 추구하고 있군."

"발파라이소를 향한 오스카만의 오마주, 따뜻한 애정이 잘 드러났군."

"이 색감 좀 봐. 발파라이소 거리의 모든 소품을 유려한 미장센으로 승화시킨 노련함이 돋보이는걸!"

오스카는 자못 순수하고 진지한 예술가다. 우리는 그런 오스카의 와인을 빼먹기 위해 마구 던졌다. 이선영을 뉴욕에서 몇 차례 전시까지 한 화가라고 소개하자 예술 동지라며 반색했다. 오스카는 서랍장을 열어 아직 주목받지 못한 자신의 작품을 꺼내 보여주었다. 대부분 핏빛 노을이 번지는 발파라이소 하늘, 개똥 냄새가 배제된 요란한 벽화, 지진을 견디고 버틴 낡은 판잣집과 페이소스를 자아내는 문짝 사진이었다. 우리는 진지한 예술가의 순수성을 높이 사 강렬한 관심을 표명해주었다.

뜻밖의 몰입에 고무된 오스카는 감사의 뜻으로 그라피티와 감청색 나무 문짝을 걸어 찍은 사진 두 장을 선물했다. 호의가 고마우면서 한편 무겁지 않아 다행이었다. 오스카는 내가 사온 와인이 바닥을 드러내자 과연 레드와인 두 병과 1t쯤 되는 체리를 안주로 내왔다. 남미 여행 중에 가장 많은 술을 마시고, 가장 많은 허풍을 떨고, 가장 심한 숙취에 시달린 밤이었다. 깊어가는 발파라이소의 밤은 태평양에서 불어오는 북풍에 얼어갔다. 주방 창밖 지붕에 밉살맞은 고양이가 안으로 들어오려고 여전히 유리창을 긁어댔다.


**#7** / 발길 닿는 대로 걷다가 비냐델마르Viña del Mar 가는 파란 전철에 올라탔다. 나란히 붙어 있어도 발파라이소는 수출 항구 도시, 비냐델마르는 산티아고가 사랑하는 휴양 도시다. 바다를 끼고 미끄러지듯 달린 전철은 쾌적했고, 10분 만에 비냐델마르에 우리를 내려놓았다.

"저게 바로 모아이상이다."

"생각보다 작은데."

"실제 이스터에 가면 20m도 넘는 모아이도 있다."

"돌하르방 닮았네."

"태평양에 떠 있는 폴리네시안 섬은 대부분 비슷한 석상 문화가 있었던 듯해."

"우린 이스터에 가지 않으니까 실컷 봐두라고."

비냐델마르에 있는 리오 박물관을 끼고 돌면 아담한 고고학 박물관 Museo de Arqueológico e Historia Francisco Fonck이 나온다. 박물관 앞에 3m 크기의 모아이Moai가 서 있다. 모아이를 보려면 산티아고에서 비행기를 타고 이스터 섬까지 5시간을 날아가야 한다. 그런 수고 없이 모아이를 볼 수 있어 인기를 끄는 곳이 이 박물관이다. 이스터 섬에서 탈출한 모아이가 이 모아이를 포함해 딱 두 개라는 이야기가 있던데 아마 훨씬 더 많을 것이다. 섬에 가면 주인 잃은 돌 제단이 여러 곳 눈에 띈다. 피노체트 독재정권 시절 부패한 군인이 거액을 받고 모아이를 해외로 몰래 반출했다는 이야기를 들었다.

박물관 앞 모아이는 오랜 세월 풍화를 거치며 윤곽이 흐릿해 늙고 야위어 보였다. 석상도 세월을 비켜가지 못하는데 하물며 사람이 세월을 거스를 수 있을까. 모아이는 마침 흰 새똥 눈물마저 흘리고 있어 더 애처로웠다. 이 모아이는 이스터 섬에 흩어져 있는 800여 기의 석상 가운데 작은 축에 든다. 목까지 흙에 파묻힌 거인처럼 여기저기 서 있는 이스터의 모아이가 떠올라 뭉클했다.

**#8** / 베르가라 광장Plaza Vergara에서 가우초가 구애하는 춤을 구경했다. 짧은 춤 공연이 끝날 때마다 젊은 가우초가 모자를 들고 돌았다. 남미 사람은 거리 공연을 보면 너 나 할 것 없이 돈을 잘 주는 편이다. 공원에서 춤 공연을 하든지 지하철에서 기타연주를 하든지 빨간

1. 비냐델마르 고고학 박물관 앞에 있는 모아이.
2. 베르가라 광장에서 벌어진 가우초의 구애 춤 공연.

신호등에 걸린 차 앞에서 저글링을 하든지 대부분 동전을 꺼내 아낌없이 준다. 길거리 B급 예술도 존중하는 독특한 문화이다. 그러다 보니 남미의 젊은 친구들은 간단한 묘기나 저글링 기술을 익혀 거리 공연을 하고 동전을 받으며 대륙을 여행하는 경우가 많다. 나도 선뜻 동전 몇 개를 꺼내 모자에 넣었다. 그러자 가우초는 공연이 끝날 때마다 우리에게 가장 먼저 다가와 모자를 내밀었다. 네 번째 다가왔을 때 눈 밑이 파르르 떨리며 주먹에 불끈 힘이 들어갔다.

우리는 산티아고로 돌아와 나머지 시간을 프레 콜롬비아노Museo Pre-Colombiano 박물관과 현대미술관, 국립미술관을 순례했다. 찬란했다가 멸종한 문명과 그 무덤 위에 침략자가 새로 쌓은 문명의 이질감을 맛보았다. 몇백 년 동안 파괴하고 멸종시킨 문명을 박물관에 넣어놓고 이제와 위대한 문명이었다며 찬양하고 있으니 남미 자체가 아이러니였다.

06

**산페드로데아타카마**San Pedro de Atacama

# 날마다 한 시대가 종말하고,
# **새로운 시대의 문이 열리는 곳**

◤ 아타카마 사막 '달의 계곡'의 모래능선과 암층대.

#1　　/　　오후 3시를 나는 비행기 창 너머는 온통 척박, 척박이 무한 리플레이 됐다. 보이는 것은 사막, 사막, 사막이다. 부드러운 바람을 타고 우아하게 자태를 뽐내는, 낙타와 전갈, 방울뱀의 숨결이 배인, 황금 석양에 온갖 것의 그림자가 길게 울렁대는, 그런 로맨틱한 사막이 아니라 내일쯤 완벽한 사암으로 변할 예정인 거칠고 딱딱한, 거무튀튀한 느낌의 사막이다. 지긋지긋하게 모든 것을 포용하고야 마는 거대한 공간으로서의 '허무'만 계속됐다. 눈 덮인 안데스 고봉도 황량하기가 사막과 난형난제다. 지구에서 가장 건조한 땅이 아타카마 사막이라더니. 흐린 날이 거의 없어 천체 관측에 좋다더니. 그렇다면 오늘 밤 맨눈으로 토성의 고리나 목성의 유로파, 이오, 가니메데를 볼 수 있는 것인가?

#2　　/　　마을은 온통 붉은 단층 흙벽이다. 흰 페인트 벽이 일부, 대부분 날것 그대로 흙벽이다. 강렬한 햇볕에 종일 달궈진 벽은 삼투압처럼 열기를 뿜었다. 현상금 사냥꾼을 피해 우주를 떠도는 범죄자가 숨어들고 싶은 작고 외로운 도피처, 비밀 사랑과 찰나의 로맨스가 숨어 있는 거리를 돌며 운전기사는 각자의 숙소에 일일이 내려줬다. 아타카마 마을은 20분 정도 걸으면 돌아볼 크기였다. 규모는 작아도 버스회사, 슈퍼마켓, 여행사, 레스토랑, 호스텔, 피트니스까지 여행자에게 필요한 시설을 두루 갖췄다. 마을 중앙에 아르마스 광장과 교회, 박물관 같은 관광지도 있다. 누가 '볼거리'라고 지적하지 않으면 그냥 지나칠 만큼 평범했다.

#3　　/　　물은 신기하게 4°c 부근에서 밀도가 가장 높다. 4°c보다

날것 그대로의 흙벽이 가장 오래된 마을임을 증명하는 것 같은 산페드로데아타카마 마을.

높아져도, 낮아져도 물의 밀도는 떨어진다. 고체인 얼음이 물에 뜨는 이유도 액체인 물보다 밀도가 낮기 때문이다. 이 신비로운 현상은 범지구적인 시선에서 생명체 진화에 결정적인 역할을 했다. 얼음이 물에 떴기 때문에 생명체가 혹독한 빙하기에 얼음을 방패 삼아 얼음 밑에서 멸종을 면했다.

"세르베하Cerveja!"

오른손 엄지와 새끼를 쭉 편다. 검지, 중지, 약지는 자연스럽게 구부린다. 잘리기 전 헬 보이Hellboy 뿔 모양이다. 그 상태로 엄지 쪽을 입 가까이 가져간다. 손을 딸랑딸랑 흔들며 기쁘게 외친다.

"세르베하!"

남미에서 맥주 달라는 수신호다. 행여 통하겠지, "비어"라고 무뚝뚝하게 말하면 열에 아홉은 알아듣지 못한다. "세르베하"를 외쳐야 원하는 걸 얻을 수 있다. 아타카마에서는 아무 상점에서나 맥주를 팔지 않는다. 술만 전문으로 파는 리쿼스토어Liquor Store에 가야 맥주를 살 수 있다. 아마 레스토랑이나 식당에서 비싸게 맥주를 사 먹지 않고 슈퍼에서 싸게 사먹는 걸 조금 줄여보자는 취지가 아닐까. 길 가는 사람에게 '세르베하'를 물으니 저리로 가라고 손짓으로 가르쳐준다. 골목이 거미줄 같아 한동안 헤매지만 결국 찾아낸다. 냉장고에 들어 있는 여러 맥주 가운데 가장 맛있는 맥주 역시 4℃ 부근에 있는 맥주다. 브랜드는 그 다음이다. 4℃에서 물이 가장 밀도가 높으니 맥주 맛도 4℃에서 가장 농밀할 것이다.

**#4**  /  새벽 3시, 아타카마의 새벽은 영 몽롱했다. 해발 2,400m가 넘다 보니 작게 움직여도 큰 무기력이 또박또박 따라붙었다. 타티오 간헐천 투어 하는 날이다. 이성주와 이선영을 깨웠다. 타티오 간헐천에서 온천을 할 수 있다기에 수영복을 챙겨 호스텔을 나섰다.

버스는 어둠을 가르마 타고 포장도로와 비포장도로를 넘나들며 2시간 넘게 수직 상승했다. 보이는 거라고는 사막의 어둠뿐, 두통이 심해지는 것으로 미뤄 고도를 높여 가는 게 분명했다. 셋 중 그나마 고산병 항체가 있는 나조차 속이 메스껍고 숨이 가빴다. 추위에 대비해 얼굴까지 머플러와 모자로 칭칭 감은 둘은 이미 실신 직전이었다.

"화장실은 여기밖에 없으니 꼭 들르도록 해."

동이 트며 앞뒤 분간할 수 있을 즈음 버스가 멈췄다. 'TATIO MALLKU 2006'라고 쓰인 낡은 주황 나무 간판이 벽에 걸려 있다. 가이드는 매표소로 갔고, 우리는 무거운 방광을 달고 우르르 화장실로 갔다. 천천히 움직여도 숨이 가빠 20m 떨어진 화장실이 20광년은 돼 보였다. 이성주와 이선영은 아예 차에서 내리지도 못했다. 심각한 고산증세다. 투어를 멈추고 하산해야 하나 고민스러웠다. 새벽잠 설치며 나온 여행이 시작부터 녹록치 않았다. 고산병은 참, 답이 없다. 우리 가족의 고군분투와 무관하게 억센 풀은 누렇게 말라 바람에 흔들렸다. 날이 밝으며 볼리비아 쪽에서 구름이 밀려들었다. 나무 한 그루 없는 주변 산은 소금을 한 움큼 뿌린 소보로 빵 같았다.

**#5** / 타티오 간헐천이다. 간헐적으로 수증기와 뜨거운 물이 뿜어져 나와 간헐천이다. 가이드와 운전기사는 낮은 담장에 울긋불긋한 카펫을 깔고 아침상을 차렸다. 칼바람을 맞으며 타이어같이 질기고, 딱딱하고, 차가운 빵에 딸기잼과 치즈를 발라 먹는 무책임한 아침이었다. 인원수만큼 준비한 컵에 따뜻한 커피와 코카 차를 마실 수 있어 천만다행이었다. 이성주와 이선영은 입을 벌릴 힘도 없어 빵 부스러기조차 먹지 못했다.

"뭐라도 좀 먹는 게 낫지 않을까?"

옷을 잔뜩 껴입고 머리까지 뒤집어쓴 둘은 가까스로 몇 걸음 걸어보더니 서로 어깨에 기대앉아 돌처럼 굳었다. 폼페이Pompeii에서 막 캐낸, 어떤 일이 있어도 움직이지 않겠다고 결의한 모자 석고상 같았다. 눈을 내리깔고, 세상만사 귀찮아 죽겠다는 표정이다. 둘은 떨어져 각자 팔짱

1. 따뜻한 온천수를 생각해며 노천탕에 들어갔다가 냉수욕하는 느낌에 몸서리를 쳤다.
2. 한때 수십 미터까지 물기둥이 나왔다던 타티오 간헐천. 쇠락한 유적지를 보는 듯했다.

을 끼고 가랑이 사이로 머리를 박더니 천을 씌워놓은 둥근 쌍바위로 변신했다. 고산병이 안쓰러웠다. 근처 어디 '피자헛'이나 '경아 두 마리 치킨'이 있으면 2시간 떨어진 아타카마로 피자와 치킨을 주문하고 배달 가는 오토바이에 태워 보내고 싶을 정도였다.

"나 온천할 거야."

유황 냄새가 강렬한 타티오 간헐천은 땅속에서 뜨거운 물이 뿜어 나오고, 어떤 곳은 수증기가 피어올랐다. 물이 가장 많이 나는 곳은 우리 집 아파트 정원에 있는 분수 정도였다. 1m 조금 안 되는 높이로 물이 솟아올랐는데 볼수록 신기하다기보다 이걸 위해 새벽잠 설치고 고산병에 걸려가며 왔구나 싶은 처연함이 미세하게 우세했다. 체감온도 -20°쯤 되는 추위에 용기를 낸 10여 명이 수영복 차림으로 노천탕에 들어앉아 있다. 손을 넣어 보니 물이 생각보다 뜨겁지 않았다. 아니, 겨우 찬물을 면한 수준이랄까? 그래도 추억인데 간이탈의실에서 수영복으로 갈아입고 온천에 뛰어들었다. 딱 한겨울에 냉수욕하러 얼음 깬 개울에 뛰어드는 기분이었다. 들어가고 나니 더 낭패스러웠다. 뜨거운 물이 나오는 구멍에서 정확히 1m까지만 물이 따뜻하다. 나머지는 차갑다. 따뜻한 온천의 여유를 기대했던 여행자들은 얼어 죽지 않기 위해, 뜨거운 물구멍에 좀 더 가까이 가기 위해 꿈지럭대며 신경전을 벌였다. 젖은 몸으로 나갔다간 매서운 바람에 그대로 얼어버릴 만큼 물 밖은 더 추워 진퇴가 양난이었다.

**#6** / 가이드는 스페인어로 한 번, 영어로 한 번 타티오 온천이 세계에서 가장 높은 온천이며, 타티오의 뜻은 '올드 맨 크라잉Old Man Crying'이며, 60~70개의 분화구에서 물과 수증기가 뿜어져 나오며, 우유도 데워 먹고 달걀도 삶아 먹으며, 전성기에 물기둥이 수십 미터까지 치솟았다고 설명했다. 얼마 전 근처에 또 다른 인공 간헐천을 만든다고 구멍을 뚫어 수압이 급격히 낮아졌고, 엎친 데 덮친 격으로 근처 광산에서 뜨거운 물을 쓴다고 물을 끌어가면서 지금의 볼품없는 모습으로 전락했다고 아쉬워했다. 마지막 불꽃처럼 한때 60m짜리 물기둥이 일주일 넘게 뿜어져 나와 장관을 이루기도 했다는데 아마 생각보다 밋밋한 온천에 실망한 우리 표정이 너무 노골적이어서 해명할 필요를 느꼈던가 보다.

**#7** / 오전 타티오 간헐천 투어에 이어 오후에 '달의 계곡Valley de la luna' 투어다. 하루에 두 개 투어를 묶은 강행군. 새벽에 2시간 넘게 고지대로 움직여야 했던 타티오에 비해 달의 계곡 투어는 유한마담의 피크닉 수준이다. 오후 4시 마을을 출발해 20~30분이면 입구에 도착

한다. 일사병으로 쓰러지지 않을 자신만 있다면 자전거도 좋을 뻔했다.

버스 가이드는 살집 있는 말처럼 튼튼한 여자였다. 목청 좋고, 말 빠르고, 활력이 넘쳤다. 단점이라면 스페인어로 5분이나 설명하고 영어로 5초만 설명하는 언어 차별론자다. 예를 들어 스페인어로 "마을을 출발한 버스는 20분 뒤에 계곡 입구에 도착해. 우리는 소금 계곡, 달의 계곡, 죽음의 계곡을 보고 마지막 빅듄Big Dune에 올라 일몰을 보게 될 거야. 사막은 아주 뜨겁고, 그늘이 없어. 모자와 선크림, 선글라스는 반드시 챙겨야 해. 마실 충분한 물은 물론이고. 해가 지면 기온이 급격히 내려가니까 두툼한 옷도 준비해야 할 거야. 참, 어두운 동굴 같은 데도 가니까 손전등이 있으면 좋아. 아이들은 특히 소금 결정이 쩍쩍 갈라지는 소리를 들으면 재미있을걸!"라고 설명해놓고 영어로는 "오케이, 렛츠 고!(손뼉 두 번 짝짝)"이 고작이다.

마을을 벗어난 버스는 'Valley de la Luna'라고 쓰인 간판을 지나 멈췄다. 계곡은 온통 불규칙한 붉은 흙더미의 연속이다. 군데군데 박혀 하얗게 빛나는 결정은 소금이다. 뜨거운 오븐에서 갓 구워낸 빵 껍질 위에 서 있는 기분이다. 높게 치솟은 단층대와 그 앞에 펼쳐진 계곡은 흡사 그랜드캐니언을 연상시킨다. 어떤 곳은 거칠게 붉은 흙을 흩뿌려놓은 듯했고, 어떤 곳은 전형적인 모래사막 그대로인 곳도 있다.

낮고, 좁고, 어두운 바위 터널을 오리걸음으로 한참 걸으니 허벅지 근육에 젖산이 가득 흘렀다. 어두워 이리저리 부딪히며 옷은 먼지투성이다. 잠시 낮잠을 잔 덕에 둘의 몸 상태는 한결 나아졌다. 이성주는 계곡의 위험천만한 지형지물에서 놀이동산을 발견했다. 이리 뛰고 저리 날아올라 자주 아슬아슬했다.

아타카마의 해넘이를 보고 있노라면 한 시대가 종말하고, 한 시대가 탄생하는 기분이 든다.

조용하고 작은 계곡 안에서 모두 눈을 감고 소금 결정이 "쩍! 쩍!" 쪼개지는 소리를 들었다. 밤사이 낮은 기온에 응축됐던 결정이 한낮 뜨거운 햇볕을 받아 팽창하며 내는 소리다.

'달의 계곡'이라는 이름이 과장이 아닐 만큼 달 표면에 가까워 휑하니 외로움이 느껴졌다. 사구의 부드러운 능선을 따라 곧 바람에 사라질 발자국을 무심히 찍었다. 위태한 단층 끝에 짝다리 짚고 허공을 무심히 내려다보았다. 바람이 강렬해 모래가 수증기처럼 들고 일어섰다. 모자를 꾹꾹 눌러가며 계곡이 선사하는 풍화와 침식, 융기와 깊은 세월의 파노라마를 시속 4km 속도로 즐겼다.

**#8** / '달의 계곡' 투어의 하이라이트는 일몰이다. 일몰에 맞추

기 위해 투어 시작이 오후 4시이고, 일몰이 시작될 때까지 주변 계곡에 심심하지 않게 시간을 소비하는 오솔길을 내놓았다. 모든 여행사가 일몰이 시작될 즈음 예외 없이 빅듄으로 몰렸다. 서쪽 하늘을 멀리서 조망하는 높은 언덕이다.

구름이 잔뜩 끼어 있다. 태양은 두툼한 구름을 헤집고 묵직한 섬광을 가끔 내쏘았다. 가족과 연인, 친구, 또 전혀 남남은 펑퍼짐한 언덕에 삼삼오오 앉아 장엄할 마음의 준비를 했다. 간이 테이블을 놓고 파티를 즐기는 사람, 맥주와 전통주를 판매하는 상인, 즉석에서 칵테일을 만들어 파는 젊은이도 보였다. 모두 살짝 껴안고, 심각하게 부둥켜안고, 친절하게 어깨동무하고, 든든한 깍지 손을 잡고, 부드럽게 어깨를 기댔다.

구름 사이로 얼굴을 내민 태양이 붉은 사막을 더욱 붉게 물들었다.

뜨겁게 빛을 받은 사막은 온화한 오렌지 숨결을 공기 중에 토해냈다. 아타카마에 노을이 진다. 붉게, 더 붉게, 스러지며 노을이 진다. 우리는 아늑한 대기가 만들어지는 특별한 시간을 행복하게 상기된 얼굴로 천천히 오래 즐겼다. 이 순간을 분기로 한 시대가 종말을 고하고 새로운 또 하나의 시대가 문을 열 것 같은, 차분함과 설렘이 부드럽게 뒤섞이며 교차하는 나른한 기분이었다. 아타카마에 대한 예우인 것처럼 모두는 말을 잊고 한동안 바라보기만 했다.

그렇게 천천히 해가 지고 우리는 실루엣을 거쳐 곧 사막 어둠의 일원이 되었다. 파티가 끝났다. 기온이 급격히 떨어졌다. 각자 타고 온 호박마차에 올라 구두 벗겨진 신데렐라처럼 황급히 마을을 향해 길을 재촉했다. 지금은 한 장소에 머물지만, 내일은 모래바람처럼 각자의 방향으로 또 전진해 나갈 모두의 머리 위로 별이 아지랑이처럼 부드럽게 흔들렸다.

라파스 La Paz

**우유니** salar de uyuni

경계를 허물어트리는 지구 속의
## 거대하고 하얀 우주

▌ 우유니 사막의 소금호텔.

**#1**   /   아타카마에서 출발해 2시간쯤 달리자 볼리비아 국기가 펄럭이는 입국심사장이 나타났다. 빨강, 노랑, 녹색이 3단 웨딩케이크로 쌓인 볼리비아 국기는 아직 국가 이전인 부족의 영역을 표시하듯 강한 인상을 주었다. 입국심사를 받는 동안 바람 부는 마당에 즉석 식탁이 차려졌다. 언 손을 비비며 딱딱한 빵에 잼과 치즈를 끼워 먹었다. 고산병이 도지기 딱 좋은 환경에서 따뜻한 코카 차가 있어 다행이었다.

볼리비아 입국심사장 주변은 우시장 같은 거대한 여행자 거래소다. 여행사는 칠레에서 볼리비아로 가는 여행자와 볼리비아에서 칠레로 가는 여행자를 짐과 함께 마당에 쏟아놓고 물물거래를 했다. 우리를 태우고 온 파멜라 사장의 차는 국경 넘어 우유니까지 가지 않는다. 우유니에서 온 지프에 우리를 태우고 자신은 반대로 아타카마 가는 여행자를 태운다. 각자 손님을 태워 와서 국경에서 바꿔 태워 가는 식이다. 2박 3일짜리 투어를 하지 않고 우유니까지 12시간을 직행하는 여행자는 인기가 없는지 우리는 찬바람 부는 우시장이 파할 때쯤 어렵사리 지프를 구했다. 찬곳에 오래 머문 덕에 이선영과 이성주, 둘은 즉각 고산병에 걸려버렸다.

**#2**   /   생각만 해도 기분이 좋아지는 곳이 있다. 볼리비아 국경이다. 고백하건대 남미 여행을 마친 뒤 받은 첫 질문, 어디가 가장 좋았느냐는 질문에 서른 번쯤 '아타카마에서 국경 넘어 우유니 가는 길'이라고 답했다. 그곳은 해발 4,400m 고원이라서가 아니라 풍광 때문에 숨이 막혔다. 거대한 텅 빔. 아무것도 없는 것처럼 보이지만 볼수록 엄청난 것으로 꽉 찬 이율배반적인 공간. 드넓은 평원과 멀찌감치 늘어선 만년설 봉우리는 '끝'에 대한 호기심을 불러일으켰다. 고원에 여러 갈래

길이 하얗게 빛났다. 어디로 갈지는 우리 마음이다. 천국으로 소풍 가는 기분이다. 시시각각, 형형색색, 절경이 잇따라 펼쳐지며 누구도 잠들지 않았다. 잠들 수 없었다. 아찔할 만큼 극단적으로 파란 하늘, 파도치는 완벽하게 흰 구름, 구름 그림자가 검게 얹힌 들판, 눈부시게 빛나는 만년설, 습하게 푸른 초지대, 맑게 졸졸 흐르는 도랑, 물을 마시느라 잔뜩 구부린 라마의 어깨 위로 펼쳐지는 아득한 산맥, 바람, 공기, 지구의 끝에 와 있는 호젓한 외로움. 모든 것이 완벽하게 버무려져 눈을 깜박이는 순간도 아까울 지경이다. 말로 표현하자면 '말로 표현할 수 없는' 대자연을 원 없이, 마음껏 만끽했다.

원시의 모습 그대로 남아 있는 국경의 색은 파랑, 하양, 노랑, 검정이다. 우리의 오방색과 비슷하다. 스치는 풍경을 보다가 내 속에서 성분을 알 수 없는 엄청난 것이 쏟아져 나오는 느낌을 받았다. 고이고, 엉키고, 좀처럼 드러나지 않는 것이었는데 볼리비아 국경 가는 길에서 봉인이 줄줄이 해제되는 기분이었다. 우리가 여행을 통해 보고 싶은 거의 모든 것이 이 길 위에 있다. 글 쓰는 사람들은 왜 이 절경의 아이콘에 대비해 주옥같은 언어를 엮어 미리 대비하지 않았을까?

**#3** / 지프 룸미러에 빨간 크리스마스트리가 흔들렸다. 도로 양옆은 하얀 만년설로 뒤덮여 있다. 바람을 타고 구름과 안개가 좌에서 우로 해일처럼 흔들리며 지나갔다. 전방 시야는 50m에서 100m 사이를 오갔다. 흙탕물이 튀면 튀는 대로 달렸다. 거의 앞이 보이지 않으면 차를 세우고 마른 수건으로 쓱쓱 닦아냈다. 평원과 드문드문 나타나는 산은 태고부터 바람과 눈, 햇볕 이외에 무엇에도 곁을 허락하지 않은

페루 아타카마에서 볼리비아 우유니 가는 길은 아무것도 없지만 엄청난 것으로 꽉 채워져 있다.

듯했다. 구름은 부족의 저녁 짓는 연기처럼 피어오르고, 세찬 바람 자체가 되어 억센 풀을 흔들기도 했다. 온통 파랗고, 하얗고, 검고, 누런 공간이 연속해 펼쳐졌다. 호수 라구나Laguna에 모든 풍경이 시시각각 반사됐다. 플라밍고가 호수를 거닐며 짙은 페이소스를 건져 올렸다.

태초의 먼지를 뒤집어쓴 지프가 휴게소 앞에 줄지어 늘어섰다. 카라반의 낙타 떼 같다. 휴게소 유리창에 비밀 메시지를 한 장 붙였다. 머지않아 바람에 날리고 비에 젖어 사라지겠지만, 우리는 가는 곳마다 순간의 느낌을 담은 메모 숨겨두기를 멈추지 않았다. 바위틈, 유리창 틀, 모래 속, 나뭇가지, 무수한 인공물 틈바구니. 이성주가 다시 사랑하는 사람과 남미를 여행할 때 하나라도 찾아내면 재미있겠다 싶어 시작한 소박한 의식이다. 설령 찾지 못해도 어딘가 메시지가 존재한다는 자체만으로 남미와 우리를 연결해주는 끈이 될 것이다.

**#4**　/　벌판에 사람이 보였다. 아이를 업고, 농사를 짓고, 갓길을 걷는 안데스 여인들. 미야자키 하야오의 애니메이션에서 튀어나온 것 같은 특이한 복장을 하고 있다. 공기가 희박해 유난히 폐가 발달해서인지 모두 상반신이 우람했다. 블라우스 위에 망토를 두르고 주름 잡힌 치마를 입었다. 치마를 펴면 6m가 넘는 것도 있다고 한다. 그 위에 커다란 앞치마를 둘렀다. 머리를 두 갈래로 땋아 늘였고, 검은 중절모를 썼다. 고산지대의 강한 자외선과 추위를 막기 위한 용도로는 부족해 보이는 모자다. 옷차림은 사는 지역 날씨와 지형에 영향을 받기 마련인데 아무리 봐도 이들은 낯설고 어색해 단박에 눈길을 끈다. 안데스의 척박함과 전혀 조화롭지 않다.

"어디서 많이 보던 옷이네. 여전히 어색하고."

"맞아. 원래 안데스 원주민은 이런 옷을 입지 않았어. 18세기 스페인 카를로스 3세Carlos III가 스페인 농민 옷을 본떠 강제로 입게 했지. 한가운데 가르마 타고 양쪽으로 쪽을 지은 머리 모양도 그때 바꾼 거야. 우리가 안데스 전통 의상으로 잘못 아는 이 옷차림은 사실 피지배 민족의 아픈 역사가 담겨 있는 셈이지."

지프는 우유니 가는 길에 두 번 더 멈춰 쉬었다. 처음 멈춰선 마을은 'Mallku villa mar'라는 이름이 붙어 있다. 흙벽돌집 몇 개가 늘어선 작은 마을이다. 어린 꼬마가 화장실을 지키며 요금을 받는 식당에서 늦은 점심을 먹었다. 옥수수와 오이, 버섯 위에 참치 통조림을 따놓은 반찬이 나왔다.

1. 안데스의 척박함과 전혀 어울리지 않는 복장의 안데스 여인.
2. 우유니의 마을. 우리나라 1960년대 분위기다.


두 번째 멈춘 곳은 주유소가 딸린 제법 큰 마을이다. 우유니에 도착하기 1시간쯤 전이었다. 지프는 기름을 넣고, 우리는 마을 공판장에서 과일을 샀다. 아이를 낀 아낙들이 파라솔에 앉아 물건을 팔았다. 국지성 비를 뿌리는 먹구름 아래 하나의 도시가 눈에 들어오기 시작했다. 우유니였다. 아타카마에서 출발해 12시간을 달려 우리는 뭇사람이 꿈이라고 호들갑 떠는 우유니에 도착한 것이다.


**#5** / 우유니 소금사막은 '살라르 데 우유니Salar de Uyuni' 또는 '살라르 데 투누파Salar de Tunupa'로 불린다. 크기는 10,582km², 내가 사는 충청북도 면적 7,433km²보다도 크다. 우유니 마을은 그런 소금사막의 동쪽, 해발 3,665m에 있다. 1890년에 세워진 마을로 남북 횡단 철도 지선이 지나간다. 북동쪽으로 폴라카요Pulacayo, 우안차카 은광이 있다.

나 혼자 번화한 캄비오 거리까지 가로 여섯, 세로 여섯 블록을 걸었다. 도로는 널찍하다. 개똥이 여기저기 밟혔다. 고도가 높아 머리가 어지럽다. 거리는 내 아버지가 아직 청년이던 우리나라 1960년대 분위기다. 흙벽과 시멘트벽이 어깨를 맞대고 엉거주춤 늘어서 있다. 가장 번화한 한두 곳을 제외하고 모두 흙길이다. 개가 멋대로 돌아다녔다. 아이들은 호기심 어린 눈으로 '흑인 겸 치노'인 나를 넌지시 훑었다. 풍경이 불편하거나 싫지 않았다. 가난하지만 조만간 변화의 바람Wind of change이 불며 가슴 뛰는 일이 일어날 것 같은 기대감이 거리를 메운 느낌이다. 한 걸음 걸을 때마다 솜사탕 같은 미소가 피어났다.

"환전해줘."

캄비오 거리 환전소에 달러를 내밀었다. 꼼꼼히 살펴보던 환전상은 흠집이 있는 지폐는 여지없이 퇴짜를 놓았다.

"이 돈은 환전 안 돼."

"배가 불렀군."

몇 집을 돌아보니 반응이 한결같다. 우유니에 도착해 배운 두 가지 불문율, '흠집 난 달러는 위조지폐 취급을 해준다.(작은 단위 달러도 찬밥이다.)', '깨끗한 100달러는 환율을 더 잘 쳐준다.' 100달러를 690볼리비아 페소로 환전했다.


**#6** / "내일 우유니 소금사막 투어를 가려고."

가장 작고 허름하고 볼품없는 골목 여행사를 택했다. 여주인 혼자 아기를 안고 사무실을 지키고 있다. 가내 수공업 같은 온기가 풍겼다. 이류도 살고 삼류도 살아야지 일류만 배 터지면 불공평하니까.

"하루 투어는 170페소야. 아침 10시 반 호텔 픽업, 왕복 지프에 점심제공, 오후 4~5시에 돌아오지. 일출, 일몰 투어도 따로 팔아."

"우리는 우유니에서 하루만 머물 거야. 내일 저녁엔 라파스로 가거든. 아쉽지만 일출, 일몰은 됐고, 낮 투어만 할게."

예약자 카드를 보니 일본 친구 한 명만 이름이 올라 있다. 인원이 안 찼다고 갑자기 취소되거나 하진 않겠지. 이름을 적고 요금 전액을 선불로 줬다.

'이거 너무 쉽게 가는 거 아냐?'

이선영이라면 가격을 물어보고, 옆 여행사에 가서 또 물어보고, 옆옆 여행사에 가서 또 물어보고, 그중에 가장 싼 여행사를 찾아가 가격을 깎아달라고 끈질기게 흥정했을 것이다. 나는 발품 팔고, 신경 쓰고, 스트레스 받고, 시간을 허비하느니 딱 보이는 첫 집에 들어가 바로 거래를 터 늘 욕을 먹는 편이다. 어차피 혼자 나왔겠다, 몇 집 돌아본 결과 이 집이 가장 싸서 예약했다고 둘러댈 참이다.

**#7** / 오전 10시 30분, 호텔 앞에 지프가 도착했다. 아르헨티나 청년 셋, 우수에 찬 일본 청년 하나가 타고 있다. 우리까지 일곱 명이 우유니 투어 동지가 됐다. 아르헨티나 청년 1, 2, 3은 친구 사이로 활력이 넘쳤다. 반면 1년 넘게 지구를 돌고 있다는 일본 젊은이는 성 정체성 때문에 수도원을 갓 탈출한 수도승 느낌이다. 조용히 저만치 떨어져 카메라 셔터를 누르는 게 전부다. 천성인지 오래 혼자 여행하며 몸에 배었는지 달달한 외로움을 즐기는 스타일이다. 엄청난 레게머리는 감은 지여섯 달, 청바지는 세탁한 지 1년쯤 돼 보였다. 이성주는 그런 형이 좀 멋지다며 호기심 어린 눈길을 주었다.

우유니 소금사막으로 가는 길은 지나치게 황량했다. 먼지가 풀풀 날리고, 간혹 질퍽한 붉은 평야가 나타났다. 40~50분쯤 달리자 소금사막 입구 콜차니Colchani 마을이 나왔다.

"여기서 30분 쉰다. 화장실 다녀오고. 기념품 사고 구경해."

콜차니 마을의 무너진 거리를 뒤로하고 뻥 뚫린 평지로 접어들었다. 바닥에 물이 괸 소금사막은 경계도 없이 곧바로 펼쳐졌다. 지프 타이어가 발목 높이 물을 슬며시 밀며 배처럼 나아갔다. 사르락. 차에 밟힌 소금 결정이 수억 년 된 목소리로 입구부터 아는 체하며 따라붙었다. 먼저 도착한 사람과 지프 행렬이 지평선상에 작은 점으로 박혀 신기루처럼 일렁거렸다.

얼마쯤 나아가자 우리가 탄 지프가 슬며시 허공으로 날아올랐나 싶더니 그대로 멈춰 섰다. 일순, 무중력 상태에서 어디가 위고 어디가 아래인지, 어디가 좌고 어디가 우인지, 어디가 원이고 어디가 근인지 어리둥절한 코마 상태에 빠져들었다. 심지어 무엇이 삶이고 무엇이 죽음인지 그 명료한 경계마저 모두 허물어지는 기분이었다. 거대하고 하얀 우주 한가운데 둥둥 떠 있는 당황스러운 느낌. 벽에 온통 거울을 붙인 둥근 공 한가운데 갇혀 있는 느낌. 공간 지각이 무기력해지고, 눈을 가늘게 뜬 채 사방을 둘러보며 모두가 어리둥절했다. 구름이 빠르게 흘러 방향 감각에 혼선을 부추겼다.

우유니는 우유니의 모든 것을 서로 반사했다. 파란 하늘, 하얀 구름, 바람, 지프, 이성주, 이선영, 사람의 탄성까지 뒤섞어 불규칙 파동을 퍼트렸다. 지프가 물살을 거슬러 오르듯 느리게 좌로, 우로 방향을 틀었다. 모든 것을 머금은 호수는 바스락거리며 순순히 부서져갔다. 우유니

우유니, 모든 것이 서로를 반사해서 모든 경계가 허물어지는 곳.

는 그냥 그랬다. 아! 멋지구나.

"이성주, 이곳이 세상에서 가장 큰 거울, 우유니 소금사막이다!"

지프에서 내린 이성주는 신발과 양말을 벗고 우유니의 품으로 걸어 들어가더니 그대로 우유니의 한 부분이 되었다. 우유니는 아무렇게나 아무 곳이나 셔터를 누르면 그냥 작품이 되었다. 행복했다.

나도 신발과 양말을 벗고 소금호수에 발을 담갔다. 파타고니아를 여행하며 입은 뒤꿈치 상처에 소금물이 닿으며 무당 작두 타듯 펄쩍 뛰었다. 상처가 아니라도 물속 소금 결정이 날카로워 장화나 워터슈즈가 필요했다. 경험 많은 여행사는 미리 장화를 준비해 손님에게 나눠주었다. 아무것도 준비하지 않은 우리 운전기사는 핸들에 두 발을 올린 자세로 잠이나 잤다.

**#8**  /  　사막 한가운데 소금호텔은 다행히 빈방이 없다. 방이 있었다면 우리는 저녁 버스로 우유니를 떠나야 하는 처지를 한층 비관했을 것이다. 소금호텔에서 하루 묵으며 상상도 못 할 우유니의 일몰과 야경, 일출을 봤더라면!

　호텔 앞에 태극기를 포함한 만국기가 소금 바람에 펄럭였다. 태극기 앞에서 사진을 찍으며 조촐하게 애국심을 고양했다. 사막 가운데 선인장으로 가득 찬 '물고기 섬Isla Incahuasi'에 들어가려고 했는데 물이 너무 많이 차올라 차가 건너갈 수 없다고 했다. 친절한 지프 기사는 물고기 섬 대신 우리가 그만 가자고 할 때까지 하얀 소금사막을 멀리 돌아주었다. 마을 꼬마가 튜브 없는 자전거를 타고 소금사막을 가로질렀다. 자전거 탄 꼬마는 구름 위를 유영하는 잠자리 같았다. 맨발로는 제대로 걸을 수 없는 거대한 소금 결정 위에서 우리는 그윽하고 황홀하게, 시시각각 자연이 만들어내는 환영을 부드러운 미소와 함께 즐기고 또 즐겼다. 우유니는 충만했다. '형언할 수 없다'는 표현이 더없이 적절했다. 처음에는 눈이 휘둥그레지며 눈물이 나더니, 떠날 때는 아쉬움에 콧등이 시큰해 눈물이 났다.

　라파스로 가는 버스가 출발하자 구름이 살짝 낀 우유니 소금사막 쪽으로 굉장한 노을이 펼쳐졌다. 우유니 한가운데서 쏟아져 나올 탄성이 1시간 거리에 버스까지 들리는 듯했다. 우유니 일몰과 일출 투어를 하지 못했는데 마침 일몰이 아름답다니 심술이 났다. 낮에도 더없이 아름다웠던 우유니. 붉은 노을이 가득 퍼져 있을 우유니를 못 보고 떠난다니 억울한 마음에 기우제라도 지내고 싶은 심정이었다.

# 고산도시의 서민들이 뿜어내는
# **이토록 따뜻한 야경**

▼ 킬리킬리 전망대에서 바라본 라파즈의 야경.

**#1**　　　/　　　운전기사 두 명이 번갈아 운전하며 한 번도 쉬지 않고 밤새 버스는 달렸다. 두통을 참아가며 모처럼 한숨 잘 잤다. 밤은 비교적 짧게 지나갔다. 사물이 막 잠에서 깨어나려는 듯 부스럭거리는 소리가 명료해져 실눈을 떴을 때 버스는 깊은 골짜기를 향해 하강하는 중이었다. 오른쪽 계곡 아래 온통 짙은 황토색 물결이 일렁거렸다. 성냥갑과 라면상자 수만 개를 무질서하게 들이부은 것처럼 빼곡하게 집이 들어서 있다. 지었다기보다 쌓아놓았다는 표현이 더 적절했다. 지붕 색은 일사불란하게 짙은 황토색. 평화라는 뜻의 하늘 아래 첫 수도, 세계에서 가장 높은 수도, 볼리비아 라파스다. 만년설을 이고 있는 저 산은 아마 해발 6,480m 일리마니Illimani일 것이다. 해발 3,200m에서 4,100m에 걸쳐 있는 지구에서 가장 공기가 희박한 도시, 숨쉬기 버거운 라파스의 아침은 쌀쌀맞고 어질했다. 장거리 버스터미널은 노란 칠을 한 무너진 성당 외벽 느낌이었다. 터미널 주변은 이제 막 라파스에 내린 여행자와 이제 막 라파스를 떠나는 여행자가 어수선하게 교차했다. 도시는 초케야푸 강Rio Choqueyapu이 만든 깊고 좁은 협곡에 은둔하듯 자리 잡고 있다. 도로는 평평한 곳 없이 시종 오르막이거나 내리막이다. 모든 게 좁고 가팔랐다. 고산도시 특유의 계단식 집은 꼭대기까지 빼곡했다. 관중석으로 빙 둘러쳐진 축구장 한가운데를 걷는 기분이다. 좁은 협곡에 더 팽창할 곳이 없자 라파스는 알티플라노 고원지대까지 흘러넘쳤다. 낮은 곳에 부자가 살고, 높은 곳에 가난한 사람이 살아간다.

홍수처럼 차가 흘러넘쳤다. 매연은 도시 전체의 가시거리를 한껏 좁혀놓았다. 남미를 통틀어 이런 교통체증은 라파스가 유일했다. 주황 타일을 인 오래된 지붕과 뜬금없이 들어선 고층 빌딩, 전통 의상을 입은 볼리비아 사람은 과거와 현재가 뒤섞인 묘한 분위기를 연출했다. 신비로운 어수선함. 오래된 성당 첨탑 위로 비둘기가 푸드덕거리며 종횡으로 날아오르자 나는 수첩을 꺼내 '라파스는 흑마술사가 지배하는 산정 요새'라고 메모했다.

**#2**  /  산프란시스코San Francisco 성당 광장에 울긋불긋 천막을 친 노점이 걸을 수 없을 만큼 빽빽했다. 산꼭대기 마을에 사는 가난한 사람이 낮이면 시내로 내려와 장사하고 밤이면 다시 집으로 돌아가 별처럼 박히는 삶이었다. 수직으로 내리쬐는 강렬한 해는 성당 벽돌의 음영을 도드라져 보이게 했다. 비좁고 울퉁불퉁한 골목마다 낡은 전깃줄이 어지럽게 걸려 라파스의 하늘을 사분오열했다. 광장은 흥청댔다. 제를 올릴 때 쓴다는 가짜 돈과 향불, 새끼 알파카 미라, 즉석에서 액운을 쫓아내는 의식 천지였다. 사기꾼과 협잡꾼, 소매치기와 퍽치기도 가끔 섞여 있을 것이다. 검은 복면을 쓴 구두닦이는 오래 쳐다보게 만드는 경계 대상 1호다. 여러 번 구두를 닦으라고 손짓했지만, 브라질에서 등산화를 잃어버린 뒤 구멍이 숭숭 난 워터슈즈여서 호응하지 않았다.

산프란시스코 성당 뒤쪽으로 가파른 골목을 타고 걸었다. 마녀시장이다. 주술에 필요한 강력한 마법 도구를 파는 상점이 몰려 있다. 알파카 새끼 미라가 붉은 차일 아래 바짝 마른 채 주렁주렁 매달려 서늘했다. 해리포터의 매직 스틱이 있으면 하나 살까 했는데 보이지 않았다. 케냐Queña(안데스 지역에서 연주되는 세로형 목관악기)와 차랑고 Charango(남미 안데스 지방의 소형 기타풍의 현악기)를 만지작거리다 얇은 대나무 통을 여러 개 잘라 붙인 전통악기 삼포냐Zampoña를 샀다. 바로

1. 산프란시스코 성당 뒤 가파른 골목에서 시작되는 마녀시장.
2. 상점에는 알파카 새끼 미라가 붉은 차일 아래 주렁주렁 매달려 있다.

입에 붙여 '콘도르는 날아가고El Condor Pasa'를 연주했다. 처음치고 그
럴듯해 모두가 동시에 깜짝 놀랐다. 이성주는 저글링 묘기에 쓰는 오색
주머니 공을 세 개 샀다. 언제나 빼먹지 않는 코끼리 상은 물론 빼먹지
않았다. 여행 중 생필품 외에 기념품을 사기는 오랜만이다.

　마녀시장을 거쳐 아무 여행사에 들어가 시내 시티 투어와 '달의 계곡'
으로 가는 시외 시티 투어 티켓을 샀다. 마요르 광장에 앉아 볼수록 정
교한 라파스 여인의 멋진 화장술에 감탄했다. 피부색이 거무스름해 얼
핏 봐서는 모르는데 자세히 들여다보면 라파스 여인들은 상당히 멋을
부리고 있다. 그런 여인들 머리 위로 비둘기가 무리 지어 날아다녔다.
대통령궁을 지키는 근위병은 붉은 상의에 붉은 책가방을 메고 있어 어
린이라면 누구나 소지하고 싶은 장난감 병정 같았다. 전통 복장을 한
우람한 아주머니는 물 찬 제비처럼 생긴 젊은이와 그늘 벤치에 붙어 서
로의 귓불에 뜨거운 김을 불어넣었다. 독립전쟁의 영웅이었다가 이 광

장에서 교수형을 당한 페드로 도밍고 무리요Pedro Domingo Murillo의 동상은 비둘기 똥 세례를 견디며 무심하게 자기 이름이 붙은 광장에서 라파스의 하늘을 떠받치고 있다. 주먹만 한 콩과 옥수수가 들어간 전통 요리를 먹고 어두워지도록 콘도르처럼 시내를 돌아다녔다. 간간이 먹구름이 휘몰아치며 라파스에 한기를 더했다.

#3      /      라파스 시내를 도는 시티 투어 버스를 탔다. 시티 투어 버스는 인도나 다름없는 좁고 가파른 라파스의 골목을 거침없이 오르내리고, 경적을 울려 엄청난 인파를 헤치고, 90° 커브를 서슴없이 돌면서도 단 한 명도 치어죽이지 않는 신기에 가까운 운전 기술을 보여주었다. 시티 투어는 걸으면서 보던 차와 인파, 교통 체증, 매연, 좁은 골목길, 낡은 전신주, 지저분한 전깃줄의 재탕이었다. 다만 강렬한 햇빛을 받아 붉게 빛나는 언덕의 집들은 모옌莫言(중국현대문학의 거장으로 중국 최초로 노벨문학상을 수상한 작가)이 그렇게 절절하게 묘사했던 붉은 수수밭을 닮아 조금 감동적이었다. 또 킬리킬리 전망대Kilikili mirador에서 본 라파스 부감은 배경으로 사진을 찍을 만했다. 커다란 축구장도 보였다. 가이드는 전 세계 국가대표팀이 여기만 오면 고산병에 시달리다 볼리비아 대표팀에게 무참히 패하고 돌아간다고 활짝 웃었다. 그리고 볼리비아가 칠레와 전쟁에서 지는 바람이 내륙국으로 전락한 태평양전쟁을 언급하며 언젠가 잃어버린 영토를 회복하겠다는 결의를 빼놓지 않았다. 졸지에 칠레에 대한 적개심이 불타오른 시티 투어는 끝이 났다.

#4      /      고산 지대의 저녁 해는 빠르게 졌다. 라파스의 밤도 빠르

게 찾아왔다. 우리는 개똥 냄새 나는 골목을 거쳐 다시 산프란시스코 광장으로 가 사람 속에 섞였다. 볼리비아 최고 여가수가 무대에서 저질 오디오 시스템에 저주를 퍼붓듯 열정적으로 노래했다. 관중은 까치발에 고개를 길게 뺀 채 여가수를 구경했다. 한 꼬마는 마이클잭슨과 똑같은 복장을 하고 그와 똑같이 춤을 춰 라파스의 동전을 휩쓸었다. 한 곡 출 때마다 저 정도 속도로 동전을 받으면 롤스로이스를 타고 퇴근할지 모르겠다는 생각이 들었다.

계획 없이 라파스를 걷다가 우연히 고개를 들어 하늘을 보았다. 산 꼭대기까지 빼곡하게 들어찬 집이 내뿜는 수십만 개의 불빛. 숨이 멎는 듯했다. 브라질 리우 빵산에서 본 파벨라 야경에 버금가는 장관이다. 반딧불처럼 춤추듯 일렁이는 불빛 하나하나마다 가장의 늦은 귀가를 기다리는 가족이 있겠지. 따뜻함이 밀려왔다. 잘하면 라파스도 살 만하겠다는 기분이 들었다.

# '집 나가면 개고생'이라는 진리를 증명한
## 3인조 가족여행단

▟ 코파카바나 호숫가에서 만난 당나귀들.

**#1** /　　　라파스 버스터미널 16번 창구 여직원은 아담하게 예쁜 데다 영어마저 잘했다. 어리바리한 여행자의 혼을 쏙 빼놓는 능수능란함도 지녔다. 상대가 무얼 원하는지 한눈에 알았다. 솜씨가 좋다. 모든 걸 내맡기고 충성하고 싶은 복종심을 불러일으키는 카리스마도 있다. 내가 하고 싶은 일정을 더듬더듬 설명하자 여직원은 자기 마음처럼 하얀 백지를 꺼내더니 볼리비아 라파스에서 국경 너머 페루 쿠스코까지 3일에 걸쳐 버스로 주파하는 최적의 로드맵을 마술처럼 적어 내려갔다. 시간과 돈 낭비가 전혀 발생할 수 없는 배낭여행자용 일정이다.

　일목요연하고 오차도 없는 일정표를 받아든 나는 다른 회사와 반드시 가격을 비교하라는 이선영의 지상명령도 잊은 채 그 자리에서 모든 표를 일괄 구매했다. 하루하루 여행 동선을 짜고, 이동 수단을 선택하고, 숙소를 예약해야 하는 스트레스가 단숨에 날아간 것만 해도 감지덕지했다. 그녀가 제안한 일정은 이랬다.

　"아침 7시 40분, 라파스 터미널에서 코파카바나까지 버스로 이동해. 늦어도 7시까지는 와야 해. 코파카바나 가는 길에 잠시 배로 호수를 건널 거야. 사람과 버스가 따로 건너지. 건널 때 항구 이용료를 내야 하니 주머니 속에 동전 한두 개를 넣어두라고. 코파카바나까지 3시간쯤 걸려. 도착하면 곧바로 '태양의 섬Isla del Sol'에 들어가는 오후 1시 반 배표를 사. 선착장에 표 파는 사람이 있어. 한 명에 20볼. 항구에서 태양의 섬까지 배로 1시간 반 걸려. 섬에 내려 하루를 머무는 거지. 숙소는 충분해. 마음에 드는 곳을 고르면 돼. 태양의 섬에서 1박하고 다음 날 아침 10시 반 배로 코파카바나로 나와. 항구에 12시 도착. 오후 1시 반 푸노로 출발하는 버스표 여기 보이지? 이걸 타고 푸노로 가다 보면 국경 검문소를 통과할 거야. 볼리비아 검문소와 페루 검문소를 통과하니 번거롭기는 해도 뭐 형식이니까. 푸노에 도착하면 우로스 섬 들어가는 배표도 내가 예약해놨어. 3~4시간 우로스 섬을 둘러보는 거지. (그런 다음) 푸노 터미널에서 밤 11시 쿠스코로 출발하는 버스에 올라 타. 자다 보면 다음 날 새벽 5시쯤 쿠스코에 내려줄 거야. 어때 쉽지?"

"넘버 16. 넌, 천재야."

다소 빡빡한 느낌이 없지 않지만 오랜 경험이 묻어나는, 안성에서 맞춘 배낭 여행자를 위한 속성 일정이다. 그렇게 머리가 복잡하던 동선인데 불과 몇 분 만에 해결해주다니. 기름 쪽 뺀 닭가슴살 같은 일정을 받아들고 진심으로 존경하는 눈빛을 뻐꾸기처럼 은근히 날려주었다. 이런 행운을 얻으려면 조금 서둘러야 한다. 라파스에 도착하면 곧바로 16번 창구에 가서 다음 행선지 버스표를 미리 예매하는 것이 좋다.

'도착하는 터미널에서 곧바로 다음 행선지 표를 구입한다.'

이 규칙은 바쁘게 움직이는 배낭 여행자라면 어디를 가든 지켜야 할 금과옥조다.


**#2** /   크지 않은 코파카바나는 낮에도 흥청댔다. 거리에 여행자가 넘치고, 식당과 가게는 돈 버는 재미에 활력이 넘쳤다. 호수가 크고 바람도 세 파도가 제법 일었다. 너울대는 수면에 오리배가 춤췄다. 사람들은 자갈이 깔린 호숫가에서 하릴없이 일광욕을 즐겼다. 브라질 리우의 코파카바나와 영 딴판인 이 코파카바나를 보자 상상력 부족한 유럽 침략자들이 남미 대륙에 도대체 몇 개의 코파카바나를 만들어두었을지 짐작이 가지 않았다.

1. 첫날 티티카카 호숫가는 햇볕 좋고, 바람 시원하고 평온하기만 했다.
2. 티티카카 호숫가에서 사람들은 일광욕을 즐겼다.

배가 출발했다. 코파카바나가 점점 멀어진다. 태양의 섬이 차츰 다가온다. 이성주와 배 지붕 상갑판에 걸터앉아 바람에 펄럭이는 볼리비아 국기를 구경했다. 햇볕이 좋다. 바람이 시원하다. 저절로 유쾌한 기분이 들어 라파스에서 산 삼포냐를 꺼내 '콘도르는 날아가고'를 연습했다.

발아래 조타수가 엄지를 들어 보였다. 젊은 조타수는 엔진 두 개 가운데 하나가 고장 나 말썽을 일으켰는데도 내내 기분이 좋았다. 혼자 여행 온 매력적인 중년 여자가 사진을 찍어달라고 하고, 허리를 감싸 함께 사진 찍자고 하며 1시간째 추근댔기 때문이다. 남자는 '필요해서' 보여주는 여자의 제한적 호의를 자신의 능력으로 오해하곤 한다.

1시간 넘게 나아가자 11시 방향으로 태양의 섬이 나타났다. 가파르기만 한 평범한 섬은 외로워 보였다. 나무가 없이 헐벗은 민둥산 느낌. 비탈을 따라 집이 듬성듬성 버티고 섰고, 칼집 내듯 길이 오르내렸다. 가만, 나는 이 태양의 섬을 어떻게 알았고, 왜 여행 동선에 넣었더라? 기억이 나지 않았다.

"티티카카Titi Caca 호수는 해발 3,810m에 있다. 백두산보다 높은 하늘에 떠 있는 호수다. 평균 수심 200m, 수온은 10°c를 유지한다. 한낮 뜨거운 햇볕으로 증발량이 많아도 수십 개의 하천이 호수에 물을 공급해준다. 타완틴수유 훨씬 이전부터 문명의 흔적이 나타났다. 그런 티티카카 호수에 떠 있는 섬 중 하나가 태양의 섬이다. 잉카 제국의 시조인 망코 카팍이 여동생이자 아내인(?) 마마 오크요Mama Ocllo와 태양의 섬에 강림했다는 전설이 있다."

그래서 어쨌다는 것인지. 뭔가에 이끌리듯 왔지만, 선뜻 이해되지 않았다. 그리고 태양의 섬 남쪽 선착장에 내리자 곧장 돌이킬 수 없는 실수를 저질렀다는 사실을 알게 되었다.

산더미 같은 짐을 모두 가져온 것은 패착이었다. 생각이 있는 여행자 대부분은 코파카바나 버스 터미널에 큰 짐을 모두 맡기고 1박 할 간편한 짐만 챙겨왔다. 반면 짐을 맡길 수 있다는 사실을 모른 우리는 모든 짐을 지고 왔다. 문제는 태양의 섬의 지형이다. 선착장부터 정상까지 온통 수직에 가까운 경사로 이뤄져 있다. 가파른 계단을 걸어 오르는 것이 아니라 숫제 기어올라야 한다. 각자 62ℓ짜리 배낭을 멨고, 나는 가슴에 배낭 한 개와 1t쯤 되는 바퀴 달린 캐리어도 갖고 있다. 한 개의 높이가 50~60cm는 족히 넘는 계단에서 캐리어를 끌기란 불가능하다. 게다가 티티카카 호수면이 해발 3,800m, 섬 정상은 해발 4,000m가 넘는다. 그냥 서 있기도 미칠 듯이 숨 가쁜 곳에서 배낭을 지고, 안고, 캐리어를 '들고' 이 벼랑을 기어올라야 한다. 한 발 한 발 뗄 때마다 심장이 터질 듯했다. 아무 풍경도 눈에 들어오지 않았다. 내가 왜 이 섬에 오기로 했지? 이 말만 머릿속에서 끝없이 되풀이했다.

　우리가 처한 곤경은 곧바로 섬 아이들의 먹잇감이 됐다. 바람처럼 섬을 오르내릴 줄 아는 아이들이 달라붙었다. 짐을 대신 들어줄 테니 돈을 내라고 꼬드겼다. 처음에는 웃으며 사양했다. 아이들은 계속 따라붙었다. 10분쯤 뒤엔 약간 이를 악물고 사양했다. 아이들은 웃으며 "포터?"라며 악마처럼 속삭였다. 30분쯤 뒤에는 잠시 짐을 내려놓고 아이들을 비행기로 접어 섬 아래로 날려버리고 싶은 심정이었다. 아이들은 우리가 섬 정상까지 사투를 벌이는 내내 달라붙어 생글생글 웃으며 "포터? 포터?" 하고 재잘거렸다. 함께 배에서 내린 여행자들은 우리가 고행을 자처하는 수도승인 양 측은하게 바라보았다. 30분이면 오른다는 정상 부근까지 2시간이 걸렸다. 더는 한 발도 떼지 못할 만큼 지치고 나서야 나는 끝까지 따라붙은 가장 작은 아이에게 바퀴 달린 캐리어를 내던졌다. 아이는 쾌재를 부르더니 캐리어를 머리에 이고 순식간에 산등성이 넘어 유칼립투스 숲 속으로 사라져버렸다.

**#3**　/　　섬 정상을 넘어서 10분을 더 걷자 호스텔이 나타났다. 아이는 벌써 로비에 캐리어를 부려놓고 호구 일행을 기다렸다. 그사이 구름이 많이 끼어 전망은 시원치 않았다. 섬 북쪽에 검은 구름이 무겁게 깔리며 이따금 번개까지 번쩍거렸다. 하늘이 잿빛이니 호수도 빛이 바랬다.

　제 몸보다 더 큰 캐리어를 맡아준 아이 손에 지폐를 쥐여주고 한숨 돌리고 나니 왠지 억울한 기분이 들었다. 울컥했다. 호스텔은 시설이 낡아 바람이 숭숭 들어오지, 보이는 풍경은 나쁘지 않았지 '끝내주는' 정도는 아니었다. 올라오느라 기력을 소진해 고산병으로 숨을 제대로 쉬

1. '태양의 섬' 정상을 향하는 계단. 하나가 족히 50~60cm은 된다.
2. '태양의 섬'에서 내려다본 풍경. 먹구름이 깔리기 전, 잠시나마 답답한 가슴이 트였다.

지 못해 고통스러웠다. 이럴 바엔 선착장 가까운 아무 곳에 숙소를 잡고 맨몸으로 올라와도 되지 않았을까? 그랬다면 섬에 대한 분노가 얼마간 호감으로 바뀔 수도 있었을 텐데.

냉기가 뚝뚝 떨어지는 방에 짐을 부리고 유칼립투스 숲 속 식당에 찾아가 연어 요리를 주문했다. 'Las Velas(촛불)' 간판이 붙은 식당은 이름처럼 전기가 들어오지 않아 테이블마다 촛불을 켜놓았다. 저녁을 먹고 깜깜한 숲길을 따라 숙소로 돌아오는 길에 후드득 비가 쏟아졌다. 밤이 되자 날씨는 한겨울보다 더 추웠다. 바람이 창문에서 휘파람을 불었다. 우리를 감싼 두꺼운 구름에서 번개가 번쩍번쩍했다. 뜨거운 물을 끓여 페트병에 담아 이성주와 이선영의 침대에 넣어주었다. 페트병이 식으면 또 물을 끓여서 넣어주었다. 페트병이 식으면 또 물을 끓여서 넣어주었다. 페트병이 식으면 또 물을 끓여 넣어주자 밖이 뿌옇게 밝아왔다. 저녁식사로 비릴까 말까 한 연어요리에 레몬즙을 뿌린 것이 태양의 섬에 와 우리가 한 유일한 즐거움이었다.

**#4  /**   고난은 혼자 오지 않는다. 늘 패거리를 몰고 온다. 그래서 엎친 데 덮친다.

　태양의 섬에서 맞은 처음이자 마지막 아침, 우리의 기분 상태는 행복과 다소 거리가 멀어 보였다. 밤사이 내린 비로 기온이 떨어져 고산증세는 심각한 수준에 이르렀다. 호흡 곤란으로 정신이 혼미해진 가운데 무심코 코를 파던 이성주는 와락 코피를 쏟았다. 이선영은 침대에 누워 이성주를 낳았을 때처럼 방언을 해댔다. 냉기 가득한 호스텔 안은 중환자실 느낌을 물씬 풍기며 1초라도 빨리 벗어나야 한다는 절박함을 불러일으켰다. 뜨거운 물이라도 있다면 한결 수월할 텐데, 오줌 줄기처럼 졸졸대는 샤워기는 처음에는 찬물이 나오다 나중에 더 찬물이 나왔다. 비 탓인지 기분 탓인지 티티카카 호수는 어제보다 18cm는 높아 보였다. 무기력에 외로움이 훅 끼쳐왔다.

　창밖으로 내다보니 선착장으로 가는 가파른 흙길은 진창이었다. 다시 쏟아지기 시작한 비로 나귀와 알파카 똥은 경계가 허물어져 길과 일체가 되었다. 몇몇 여행자는 갑자기 퍼붓는 빗줄기에 처마 밑에 달라붙어 우왕좌왕했다. 어린 포터마저 이런 날씨는 공치기 십상이다 싶었는지 보이지 않았다. 비 맞는 태양의 섬은 음산했다. 우산도, 우비도 없이 고산병에 중독된 이성주와 이선영을 끌고 200m 아래 선착장에 가야 한다고 생각하니 조금 시끄럽게 울어도 부끄럽지 않을 기분이 들었다.

해발 4,000m라는 압박은 생각보다 대단했다. 내리막이 아무렴 오르막보다 낫겠지 싶다가도 가파른 언덕을 긋고 있는 진창과 돌길을 보자니 한숨부터 나왔다.

**#5** / 무중력으로 걸어 고양이마냥 세수하고 나무늘보같이 짐을 쌌다. 이번 여행에서 가장 히트 친 전기 쿠커로 달걀을 몇 개 삶아 조금 먹었다. 몸살 걸린 상태로 한겨울 새벽 칼바람 부는 골짜기에서 냉수욕하는 기분을 떨치기 힘들었다. 이런 따위도 교훈 축에 드는 거라면 '태양의 섬에 갈 땐 반드시 날씨를 확인할 것'이라고 뼈에 새기고 싶었다.

섬을 벗어날 수 있는 유일한 배가 오전 10시 반에 있다. 살려면 죽어도 타야 한다. 무성영화 화면처럼 주룩주룩 비 내리는 마을은 텅 비었다. 길을 나섰다. 62ℓ짜리 배낭을 등에 지고 보조배낭을 가슴에 안고 바퀴 달린 캐리어를 번쩍 들고 걸었다. 내 뒤로 62ℓ짜리 배낭을 멘 이성주와 이선영이 치렁치렁한 치맛단처럼 끌려왔다. 문제는 망할 캐리어다. 바퀴 덕 좀 보려고 가장 무거운 짐만 골라 넣었는데 진창에서도, 울퉁불퉁한 돌길에서도, 알파카 똥 위에서도, 그 어디에서도 바퀴는 단 한 번도 굴러주는 미덕을 보여주지 않았다. 한 걸음 걸을 때마다 가방을 들었다 놔야 했다. 할 수 있다면 저 아래 망코 카팍Manco Capac 동상을 향해 가방을 냅다 던져놓고—가능하면 동상의 뒤통수를 맞히고 싶다—가봐서 쓸 수 있는 것만 거둬갈까 생각도 했다. 아무 집에나 들어가 이 무거운 가방을 기꺼이 기증할까도 생각했다. 티티카카 풍광을 보겠다고 섬 꼭대기에 숙소를 잡은 어제의 나를 때려주고 싶었다. 그냥 선착장에서 가까운 깨끗한 숙소를 잡아 짐을 풀고 정상까지 맨몸으로 홀가분하게 올라가 실컷 보고 올 생각은 왜 하지 않은 것일까?

**#6**     /     태양의 섬 남쪽 항구에 여행자가 북적였다. 몇몇 젊은이는 잉카 제국을 건설한 전설의 왕 망코 카팍 동상을 배경으로 요란스레 사진을 찍으며 희희낙락했다. 한 백인 여자가 선착장에 앉아 우쿨렐레를 연주하며 모두의 귀를 고통스럽게 하는 노래를 불렀다. 살면서 아무도 그녀에게 "노래를 했다간 본의 아니게 상대를 해칠 수도 있다"는 진심 어린 조언을 하지 않았나 보다. 선착장 식당에서 늦은 아침을 먹는 노인 단체 관광객이 보였다. 돌에 찍혀 만신창이가 된 캐리어를 깔고 앉아 이를 가는 한국인 가족도 보였다. 몇몇 한국인을 만나 지난밤이 얼마나 끔찍했는지 하소연을 해도 '우린 나름 좋았는데'라는 배신감 넘치는 반응이 돌아왔다.

60볼을 주고 섬을 탈출하는 표 석 장을 샀다. 배는 한 척에 여행자를 태우고 자리가 부족하면 또 한 척을 대는 식이었다. 우리는 어정쩡한 중간에 줄을 서다 보니 첫 배의 거의 마지막 탑승자가 됐다. 배에 오르자 기다렸다는 듯 비가 내리기 시작했다. 선실은 짐과 사람으로 가득 차 지붕 없는 배 뒤편과 선실 지붕 위 갑판에 비를 맞고 서 있는 방법밖에 도리가 없었다. 둘에게 조금 미안한 기분이 들어 코파카바나까지 1시간 반이면 도착하니 서서 가도 크게 힘들지 않을 거라고 말했다. 하지만 둘은 가족에게 닥친 불운한 기운을 무능한 가장의 탓으로 돌리는 표정이었다.

북적대는 뱃전에 징글맞은 가방을 부려놓고 2층 갑판으로 올라 널빤지로 만든 의자에 지친 몸을 부렸다. 그래, 여행하다 보면 우여곡절도 있는 것이고 그래야 이성주가 세상의 쓴맛도 알게 되는 것이지. 그게 여행의 묘미 아닌가. 공자님 말씀을 혼자 중얼거리고 있는데, "정말?"이라고 말하는 것처럼 빗줄기가 굵어지더니 한여름 소나기처럼 쏟아졌다.

해발 3,800m 티티카카 호수 한가운데 떠 있는 배 갑판에서 낙락장송처럼 우두커니 서 온몸으로 비를 맞는 모습은 극도의 절망을 불러일으켰다. 삽시간에 쫄딱 젖고 나니 너무 추워 온몸의 털이 수직으로 일어섰다. 가까스로 털어냈던 고산증세가 다시 도졌다. 이선영은 안면 몰수하고 이미 가득 찬 선실에 몸을 접어넣었다. 이성주와 나는 2층 갑판에서 비를 맞아도 좋다고 웃어대는 젊은이들과 꼼짝없이 비를 맞았다. 마지막 속옷까지 흠뻑 젖자 호수에 몸을 던져버리고 싶은 충동이 일었다. 호수는 비에 젖지 않으니까.

이성주의 입술이 새파랗게 질렸다. 누군가 배낭에서 깔개용 자리를 꺼내 지붕처럼 이었고, 10여 명이 그 아래 몸을 최대한 붙여 앉았다. 체온이 따뜻해 조금 견딜 만했다. 어제 따뜻한 햇볕을 받으며 뱃전에 앉아 티티카카 호수의 풍광을 예찬했던 우리였다. 하루 만에 패잔병이 되어 비 맞은 개꼴로 코파카바나에 돌아가다니. 동요하지 않는 수면을 살기 어린 눈빛으로 바라본 1시간 반이 15년 같았다.

#7 / 비에 불어 더 무거워진 배낭을 메고 선착장에 내려서자 언제 비가 내렸느냐는 듯 구름이 걷히고 파란 하늘이 모습을 드러냈다. 얄궂은 운명의 덫에 빠진 기분은 구제되지 않았다. 시간은 정오, 국경을 넘어 푸노까지 가는 버스는 오후 1시 30분 출발이다. 코파카바나 버스 터미널 여직원은 1시 30분 출발이라도 1시까지 버스에 탑승하라고 말

했다. 지각하는 여행자를 채비시키나 했다.

버스터미널 사무실에 짐을 맡기고 근처 식당에 들어가 점심을 주문했다. 주문을 받아간 지 1시간이 다 되도록 음식은 나오지 않았다. 몇 번 채근해도 생글거리며 알았다는 말뿐이다. 1시가 다 돼서야 최대한 맛없게 생긴 피자가 나왔다. 이걸 먹고 일어섰다간 버스를 놓치는 게 아닐까 걱정스러웠다. 둘은 음식을 먹고, 나는 먼저 나와 버스로 뛰어갔다. 아니나 다를까 정식 출발 시각은 30분이나 남았는데 터미널 직원이 양 떼 몰이 하듯 여행자를 보챘다. 출발이 1시 반 아니냐고 물었지만 "치노, 치노! 빨리 가야 해!"라며 성화를 부렸다. 우선 버스 짐칸에 모든 짐을 싣고 가족이 밥을 먹고 있으니 얼른 가서 데려오겠다고 말했다.

"치노! 빨리 빨리!"

직원은 화를 내다시피 하며 보챘다. 그동안 좋은 의미로 받아들였던 '치노'가 듣기 거슬렸다. 조금 기다리라고 한 뒤 식당 쪽으로 달렸다. 둘은 식사를 마치고 나와 기념품 가게에서 남은 볼리비아 돈을 모두 쓰는 중이었다. 볼리비아 돈은 국경을 넘는 순간 휴지이니까.

"어이! 빨리 오라고. 버스 출발한다잖아!"

둘은 산 기념품을 들여다보며 마지못해 시속 1km로 걸어왔다. 약간의 부아가 치미는 순간, 여행은 어디를 가느냐보다 누구와 가느냐가 중요하다는 말이 떠올랐다.

불운한 예감이 적중했다. 우리의 모든 것을 싣고 버스는 바람처럼 사라져버렸다. 말문이 막혔다. 신은 인간에게 감당할 수 있는 무게만큼만 시련을 준다는데 대체 나의 능력을 얼마나 과대평가하는 것인지 앞이 캄캄했다. 기다리라고 말했던 버스회사 직원이 입술을 앙다문 결연한 표정으로 서 있다.

"버스 어디 갔어?"

"갔어."

"내가 기다리라고 했잖아. 그리고 출발 시간도 15분이나 남았잖아."

"몰라. 버스는 갔어. 내 책임 아냐."

버스 회사 사무실로 달려가 여직원에게 항의했다.

"버스가 우리 짐만 싣고 15분이나 일찍 출발해버렸잖아!"

순박하게 생긴 여직원은 눈만 껌벅이며 "그래서 어쩌라고?", 또는 "어쩔 수 없네"라는 표정으로 숫제 남 일 취급이다. 소리 지르고 손짓 발짓으로 항의를 해봐도 '버스가 우리를 버리고 갔다'는 현실은 바뀌지 않았다.

내가 아무나 붙잡고 욕을 해대는 사이 이선영이 뛰어나가 길 가던 승용차를 막아 세웠다. 묻지도 않고 올라타더니 나와 이성주를 다급하게 불렀다. 이 낯선 코파카바나에 아는 사람이 있을 리 없는데 무슨 상황인지 어리둥절했지만, 일단 올라탔다.

비좁고 낡은 닛산 승용차 안에 눈이 휘둥그레진 가족 네 명이 타고 있다. 일가족은 우리가 "렛츠 고!" 할 때까지도 상황 판단이 안 돼 어리둥절했다. 우리는 손짓, 발짓으로 자초지종을 설명했다. 결론은 "우리를 버리고 간 버스를 따라잡아야 한다"였다. 착한 볼리비아 가족은 그제야 상황 파악이 된 듯 기꺼이 추격전에 가담해주었다. 가속 페달을 힘차게 밟았는데 일곱 명이 타서인지 연식이 지나치게 오래돼서인지 속도는 시속 70km 언저리였다.

**#8**    /    버스는 보이지 않았다. 우리가 따라올 걸 예상해 더 빨리 도망간 게 분명했다. 본의 아니게 추격전에 말려든 볼리비아 가족은 고개를 설레설레 흔들더니 더 갈 수 없다고 차를 세웠다. 위기였다. 구겨탔던 승용차에서 내렸다. 호수를 따라 난 아름다운 볼리비아의 시골 길에 햇살이 작렬했다. 모든 짐을 잃어버릴 경우 앞으로 닥쳐올 고난의 상황이 머릿속에서 빠르게 요동쳤다. 입이 바짝바짝 탔다. 이대로 버스를 영영 놓쳐버리면 어쩐담.

순간 놀라운 일이 벌어졌다. 내가 생성 가능한 모든 낙담을 도로 위에 쏟아놓고 망연자실하는 사이 볼리비아 아저씨가 도로에 뛰어나가 2층 버스를 가로막아 세웠다. 그런 영웅 아저씨를 우리는 깜짝 놀라 바라볼 뿐이었다.

"이 치노가 버스를 놓쳤대. 국경까지 태워줘."

"돈 내."

볼리비아 돈은 이미 다 써버려 달러를 흔들자 치익 하며 재빨리 문이 열렸다. 우리는 앞뒤 잴 것 없이 올라탔다. 버스에 타고 있던 승객들은 '이런 무모한 오리엔탈 히치하이커 떼를 다 보겠네' 하는 눈길로 우리를 흥미롭게 올려다봤다.

빈자리를 찾아 일단 한숨을 돌렸다. 우리를 위해 시속 70km로 전력질주해주고, 길 가던 버스도 강제로 세워 태워준 볼리비아 가족에게 고맙다는 인사도 제대로 못 했다는 생각이 났다. 고개를 길게 빼고 돌아보니 일가족은 길가에 서서 손을 흔들고 있다. 미안하고 고마웠다. 말끔히 사라졌던 볼리비아에 애정 지수가 다시 움텄다. 동시에 불끈, 전투욕구도 불타올랐다.

1. 우리를 떼놓고 간 버스는 페루 국경 검문소 앞에서 출입국 절차를 밟는 중이었다.
2. 운전기사는 뻔뻔스럽게도 뉘우치는 기색이 전혀 없었다.

**#9** / 추격전은 뜻밖에 금세 끝났다. 볼리비아에서 페루로 넘어가기 위해 국경 검문소를 통과해야 하다 보니 우리를 버리고 도망간 버스도 검문소 앞에 차를 대고 출입국 절차를 밟는 중이었다. 문제의 운전기사는 아무 일 없다는 듯 선글라스를 끼고 둔덕에 쪼그리고 앉아 맛있게 담배를 피웠다. 눈에서 광선이 뿜어져나왔다. 버스가 멈추자마자 〈어벤져스〉의 '퀵실버'처럼 순간 이동으로 날아가 운전기사의 멱살을 움켜쥐었다.

"야! 이 ××야!"

출입국심사를 받기 위해 무료하게 줄을 섰던 여행자의 시선이 순식간에 집중됐다. 당황한 기사는 버둥거리며 스페인말로 떠들었다. 뉘앙스는 "늦은 건 너잖아!"였다. 분이 풀리지 않았다. 국경 사무소 옆 경찰서로 운전기사를 끌고 갔다. 한국사람 잘못 건드리면 어떻게 되는지 매운맛을 보여줘야겠다 싶었다. 책상에 다리를 꼬아 올리고 낮잠을 즐기던 경찰은 매우 귀찮은 표정이었다. 긴장했던 운전기사는 경찰에게 거

수경례를 올려붙이더니 유창한 스페인말로 사건을 조작해 고해바치기
시작했다.

"자기가 늦어서 버스를 놓치고는 뒤늦게 나타나 제 멱살을 잡지 않겠
어요. 이 멍청한 치노가!"

경찰은 귀를 몇 번 더 후벼 파더니 나를 보고 "그래서 어쩌라고?"라는
표정을 지어 보였다. 한참 고래고래 소리를 지르며 경찰에게 하소연해도
전혀 알아듣지 못해 운전기사를 혼쭐내겠다는 계획은 수포가 되었다.

"그만해. 됐어. 가방 찾았으니 다행이지."

이성주와 이선영도 옆에서 이쯤 하면 됐다고 달랬다. 나는 운전기사
에게 손날로 목을 치는 시늉을 하며 "내가 너희 버스회사에 항의해서
너 해고하라고 할 거야!"라고 말했지만, 말하면서도 딱히 그럴 수 있을
것 같지 않았다.

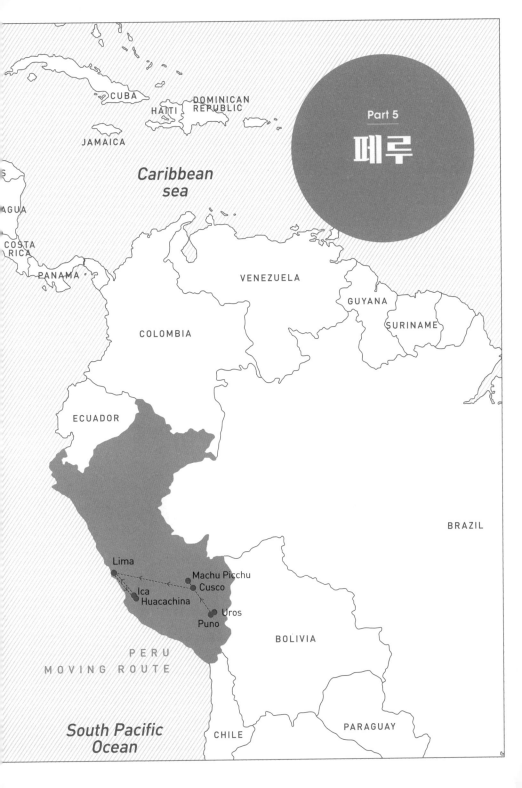

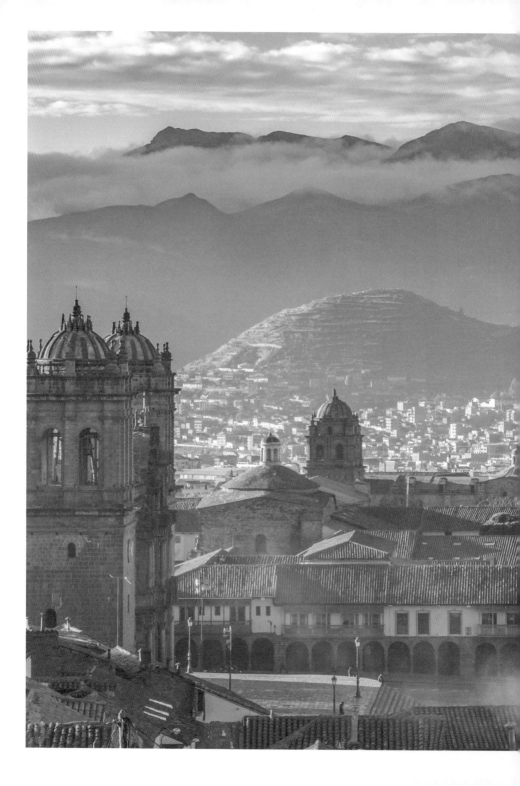

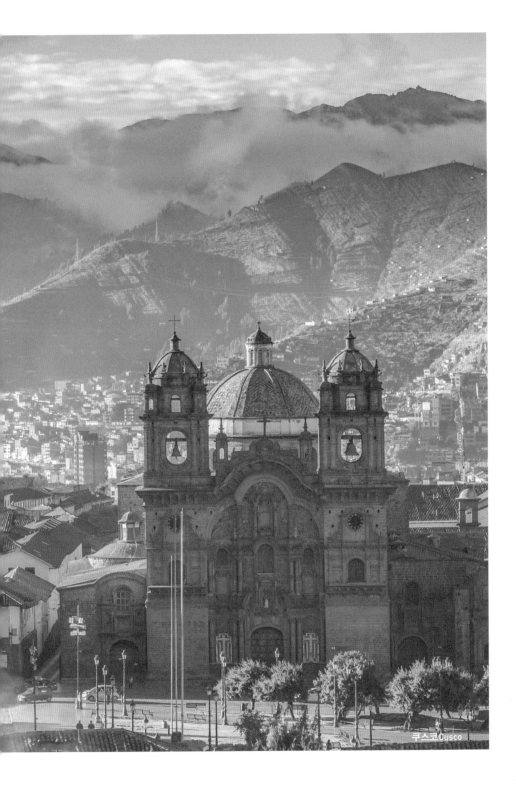
쿠스코Cusco

# 01

푸노Puno & 우로스Uros

## 여행지가 '은둔'이라는 최고의 매력을
## 잃어버리게 되면?

▟ 티티카카 호수의 인공섬, 우로스.

남미 여행

**#1** / 국경을 통과하자 길 오른쪽으로 햇볕을 가득 머금은 티티카카 호수가 빛났다. 불과 오늘 아침 태양의 섬을 나오는 배에서 그렇게 비를 뿌려대 우리를 사지로 몰아넣더니 지금은 여봐란 듯 강렬한 태양이 열기를 뿜어댔다. 호수의 배가 가볍게 일렁이는 민물 파도에 몸을 맡긴 채 일광욕을 즐겼다. 길가에 드문드문 보이는 페루의 집은 여전히 가난했다. 그래도 볼리비아보다는 사정이 나아 보였다. 볼리비아가 그냥 '가난'이라면 페루는 '잘하면 벗어날 수도 있을 것 같은 가난' 느낌이랄까? 국경을 넘고 2시간 넘게 달렸다. 온통 주황색 칠을 한 티티카카 회사 소속 버스는 서서히 한 도시로 접어들었다. 페루의 첫 도시 푸노Puno다.

**#2** / 푸노는 티티카카 호수Lago Titicaca 서쪽, 해발 3,826m에 있다. 티티Titi는 '퓨마'란 뜻이고, 카카Caca는 '호수'라는 뜻이다('카카'가 돌이라는 뜻이 있다는 이야기도 있다). 호수 크기는 제주도의 절반이다. 푸노는 티티카카 호수를 끼고 만들어진 도시인데 색 바랜 발파라이소를 연상시켰다. 광장이 있고, 성당이 있고, 식민지 잔재 문화재가 있지만 이 도시에 오는 가장 큰 목적은 아무래도 우로스Uros 섬이지 싶다. 호수에 떠 있는 갈대 섬 우로스. 우로스는 '산의 신'이다. 호수 위에 갈대로 인공 섬을 만들었으니 마치 섬이 산처럼 보여 우로스라는 거창한 이름을 붙였나 보다. 또는 물에 닿는 갈대 부분이 계속 썩어 들어가 수시로 교체해줘야 하므로 '매일 새롭게'라는 의미도 우로스에 담겨 있다고 한다. 멀쩡한 땅을 두고 왜 호수 한가운데 갈대로 인공 섬을 만들어 살았는지 짐작이 갔다. 펭귄이 혹독한 극지방을 택해 살아가는 이유와 비슷

하지 않을까? 천적의 공격에서 살아남기 위해 천적이 쉽게 접근할 수 없는 곳으로 들어가 고난을 자처하는 방식의 삶. 티티카카 호숫가에 살던 우로 족이 호전적인 잉카 족에 쫓겨, 또는 인근 꼬야 족에 쫓겨, 또는 스페인의 침략에 쫓겨 인공 섬을 만들고 숨어 살았다는 설이 있다.

**#3** / 쿠스코 가는 밤 11시 30분 버스를 타기 전에 푸노에서 7~8시간을 머물며 잠시 우로스 섬을 다녀오는 일정이다. 우로스 섬 외에 타킬레Taquile 섬과 아만타니Amantani 섬을 돌아보는 투어도 있는데 우리는 우로스 섬만 돌아보기로 했다. 택시를 타자 다시 엄청난 비가 쏟아졌다. 집이 빼곡하게 들어차 있는 푸노 언덕 너머에서 그믐밤 색 구름 떼가 해일처럼 밀려들었다.

"배만 타면 비가 오네."

선착장에서 배까지 비를 맞으며 뛰었다. 호숫가라고 해도 해발 3,800m가 훌쩍 넘는다. 이런 곳에서 차가운 비를 맞고 뛴다는 건 5분 안에 고산병에 걸린다는 뜻이다. 태양의 섬 새벽 추위에 떨며 깨고, 무거운 가방을 짊어지고 섬을 내려오고, 섬을 나오면서 억수 같은 비를 맞고, 도망간 버스를 추격하느라 국경까지 정신 줄을 놓고, 가까스로 푸노에 도착해 우로스 섬에 가려니 다시 엄청난 비가 내린다. 어떻게 하루 안에 이런 일이 몰아서 발생할 수 있는지……. 티티카카 호수 태양의 섬에서 우로스 섬까지가 남미 여행 전체를 통틀어 가장 서글프고 의기소침한 구간이 되었다.

원시적인 삶을 팔아 삶을 파는 우로스 섬의 사람들. 보는 내내 씁쓸했다.

#4 / 티티카카 호수 지도를 보면 볼리비아 쪽에 태양의 섬과 달의 섬이 있고, 페루 쪽에 우로스, 타킬레, 아만타니 섬이 있다. 볼리비아 쪽에서 태양의 섬을 보고 페루 쪽에서 우로스 섬을 보면 기본은 하는 것이다.

푸노 선착장을 떠난 배는 티티카카 호수를 가로질러 30분 만에 우로스 섬에 닿았다. 호수 위에 '토토라'라는 갈대를 묶어 인공 섬을 만들었다. 토토라는 빨아들이는 성질이 있다. 호수의 오물을 흡수해 분해한다. 그 위에 '티피'라고 부르는 원뿔꼴 움막은 기둥을 세우고 동물가죽을 덮어 이동하기가 쉽다.

우로스 섬은 갈대로 만든 인공 섬이 약 40개 정도 된다. 원주민 300여 명이 680년째 살고 있다. 원시적인 삶을 유지하며 산다는 데 내가 보기에 원시적인 삶을 팔아 삶을 사는 사람들이다.

푹신푹신한 갈대 섬은 수확을 끝내고 낟가리 정리가 안 된 논바닥 같다. 울긋불긋 색동옷을 입은 원주민이 알 수 없는 노래를 영혼 없이 부르며 환영했다. 날도 궂은데 뭐하러 왔느냐는, 많이 귀찮은 표정이다. 조촐한 환영식이 끝나자 곧바로 바닥에 덮어 둔 파란 천막이 열렸다. 기념품 판매 영업이 시작됐다.

어떤 원주민은 우리를 움막으로 이끌었다. 주술사 같은 할머니가 반가사유상 자세로 버티고 앉은 집에도 같은 기념품이 가득했다. 손으로 짠 원색의 강렬한 카펫이 눈에 들어오긴 했지만, 딱히 사고 싶지 않았다. 원주민은 힘들여 손으로 만든 이 좋은 것을 왜 빨리 사지 않고 구경만 하느냐는 표정이다. 활발한 상거래가 펼쳐지기엔 날씨가 너무 우중충하고, 을씨년스럽고, 저기압이다. 나는 끝까지 버텼다. 인내심 약한 몇몇은 이것저것 사 가이드의 체면을 세워주었다.

우로스는 잦은 여행자의 왕래로 베일에 싸인 '은둔'이라는 최고 매력을 잃어버린 섬이 되었다. 여기기까지 왔는데 안 보고 가긴 좀 그런 평범한 섬으로 색이 바래가는 중이다. 움막집 일부는 사람이 사는 냄새가 전혀 나지 않았다. 혹시 밤이면 푸노로 퇴근했다 아침에 출근하는 직업인 아닐까 의구심이 들 정도다.

## 02

**쿠스코**Cusco **& 마추픽추**Machu Picchu

# 마음준비 할 새 없이
# 모퉁이 돌자마자 신비한 과거가 나타났다

▌ 구름 위에 지어진 신비한 잉카의 도시, 마추픽추.

#1　/　새벽이었다. 도시는 완전한 어둠에 잠겨 있다. 안개 같은 비가 가로등 주변을 돌고래처럼 부드럽게 순환했다. 가로등은 시공을 빨아들이는 블랙홀이 되어 흐릿하고 몽롱하게 흔들렸다. 음울한 도시의 새벽은 하데스Hades(그리스 신화에 나오는 지하세계)의 경계로 넘어가는 마지막 나루터 같은 불길함으로 가득했다. 싸락눈을 몰고 오는 스산한 바람이 불었다. 스페인 군대의 탐욕에 살육당한 잉카의 혼이 어둠만큼 깊은 두께로 쌓여 우우 소리치는 듯했다.

푸노를 떠난 버스가 밤새 달린 지 6시간 남짓. 세계의 배꼽, 잉카의 황금도시 쿠스코Cusco에 도착했다. 칠레 아타카마 사막에서 시작된 두통은 쿠스코까지 연장됐다. 해발 3,600m가 넘는 쿠스코의 희박한 공기를 들이켜자 고산병이 또 얼마나 무기력하게 만들까 걱정이 앞섰다. 이 둘에게 고산병은 유난했다. 티티카카 호수 태양의 섬과 우로스 섬에서 이틀 연속 맞은 비 때문에 나 역시 39.7°c짜리 물에 들어가 눕고 싶은 마음뿐이었다. 비오는 새벽에 도착한 쿠스코의 첫인상은 그래서 밤길을 걷다 무명씨의 묘지석에 정강이를 오지게 까인 느낌이었다.

새벽 6시에 호텔에 짐을 풀고 날이 밝기를 기다렸다가 쿠스코로 걸어 들어갔다. 구름이 끼어 하늘은 여전히 어두웠다. 도시를 휘감은 붉은 황토빛 건물은 물 먹은 수세미처럼 축축해 보였다. 눈여겨볼 만한 몇몇 종교시설을 제외하고 쿠스코의 건물 대부분은 낮게 깔려 서로 의지했다. 지진 탓이다. 지진은 쿠스코에 오랜 세월 겸양을 가르쳤다. 안쪽으로 좁혀가며 담을 쌓는 지혜도 일러주었다. 면도칼 하나 들어가지 않는 잉카의 석벽 제조술은 위대한 스승 지진의 조련을 받아 가능했다.

1534년 3월 23일 프란시스코 피사로Francisco Pizarro는 이 도시에 입성해 '매우 고상하고 위대한 도시 쿠스코'라고 이름 붙였다. 도시는 잉카식 벽돌 기초 위에 스페인식 건물을 올린 식이다. 잉카의 수많은 건축, 사원, 궁전을 파괴하고 파괴 과정에 나온 벽돌로 교회와 수도원, 성당, 대학을 세웠다. 도시의 벽 자체가 잉카의 굴곡진 역사의 증거가 되는 나이테다.

쿠스코는 전체 분위기가 잉카의 심장이 아니라 잘 관리된 스페인 콩팥 같다. 아르마스 광장을 중심으로 펼쳐진 성당과 각종 건물의 배열은 당시 유럽인의 편집증적 '고향 복제' 강박증의 재판이다.

**#2** / 쿠스코가 아무리 나를 실망시켜도 연연하지 말고 하나의 목표에 집중하자. '빛나는 마추픽추를 배경으로 증명사진 찍기'. 우리는 태양의 거리Av. Del Sol를 따라 세상의 배꼽을 배회했다. 잉카인이 숭배했던 퓨마 모습을 본떠 도시를 세웠다는데 좁고 기다란 도시는 퓨마 가죽을 벗겨 만든 양탄자에 가까웠다.

"사실 지금의 콜롬비아와 에콰도르, 볼리비아, 칠레 북부까지 이어지는 광활한 제국을 건설한 나라 이름은 '잉카'가 아니라 '타완틴수유Tawantinsuyu'였대. 타완틴은 '4'를, 수유는 '방향'을 뜻해서 4방국이라는 의미지. 스페인은 제국을 무너뜨린 뒤 타완틴수유 대신 일개 부족 왕의 나라라는 뜻의 '잉카Inca'라고 이름 붙였다는군."

"모든 사람이 우주가 자기를 중심으로 돌아간다고 생각하듯 이 나라도 그렇게 생각했어. 잉카의 심장 쿠스코를 세상의 배꼽이라고 여겼지. 지금 멕시코시티가 들어앉아 있는 아즈텍 문명의 중심지 테노치티틀란Tenochtitlan도 '세계의 중심'이라는 뜻이야."

"16세기 스페인이 도착했을 때 타완틴수유 군대는 10만 명이 넘었어. 그들의 무기는 몽둥이, 나무창, 돌이었지. 피사로 군대는 180명뿐인데 쇠로 만든 칼과 갑옷, 화살촉, 거기에다 총포도 갖췄어. 결정적으로 남미에는 말이 없는데 피사로 군대는 스물일곱 필의 말을 갖고 있었지. 처음 보는 거대한 동물을 타고 번쩍거리는 옷과 무기를 든 백인. 타완틴수유 사람들은 언젠가 하얀 피부를 가진 신이 나타나 (구해줄 거라는) 오래된 신화가 실현된 것으로 믿을 수밖에 없었을 거야. 참, 잉카는 해가 지면 전쟁을 하지 않았어."

잉카 석벽이 그대로 남아 있는 로레토Calle Loreto 거리는 조금 오래 두고 걸었다. 옛것 그대로인 골목은 어느 곳이나 과거를 가장 오래 머금고 있는 기억창고 같다. 조각처럼 정교하게 쌓은 석벽을 쓰다듬자 쿠스코의 오래된 비밀 이야기가 삼투압으로 내 속에 스며들었다. 한가로운 오후 골목을 내달리며 잠자리를 잡는 잉카의 꼬마, 침략자에 쫓겨 황급히 숨어든 겁에 질린 잉카의 처녀, 평화의 시대 사랑을 속삭이던 연인, 지금 이 골목 위를 나는 새의 한참 조상 새의 그림자까지. 제법 생생한 상상이다. 내친김에 석벽을 쌓은 잉카의 손재주에 감탄하고 싶었는데 잘하면 나도 할 수 있을 것 같아 큰 감흥은 일지 않았다.

**#3** / 마추픽추까지 대략 110km. 쿠스코에서 출발한 버스는 근교에 있는 삭사이우아만Sacsayhuaman과 탐보마차이Tambomachay, 푸카 푸카라Puka Pukara 같은 유적지를 일순한 뒤 '성스러운 계곡Valle Sagrado de Los Incas'을 흐르는 우르밤바Urbamba 강을 따라 마추픽추까지 이동했다. 자칫 행복할 수 있던 이 여행은 '쿠스코 관광 입장권'이라는 해괴한

1. 아르마스 광장을 둘러보면 쿠스코는 잉카의 심장이 아니라 스페인의 콩팥 같다.
2. 잉카 석벽이 남아 있는 로레토 거리. 과거를 머금고 있는 기억의 창고 같다.

제도로 곧장 파투가 났다. 관광 입장권이란 쿠스코 시내에 있는 고만고
만한 박물관과 시 외곽에 있는 몇몇 유적지를 한 장으로 모두 볼 수 있
는 티켓이다. 그럴싸해 보이지만 문제는 유적지 한 군데만 보고 싶다고
한 군데 입장권만 살 수 없다. 한 곳을 보든 모든 곳을 보든 가격이 같다
는 건 우리처럼 쿠스코 시내에서 하루만 머물고 마추픽추로 떠나는 여
행자에겐 지나치게 파쇼적이다. 쿠스코 시내를 벗어나 첫 번째 유적지
인 삭사이우아만에서 일이 꼬였다.

“이곳은 삭사이우아만. 우리는 발음이 비슷해 ‘섹시 우먼Sexy Waman’이
라고도 하지. 각자 사 온 종합 입장권 티켓을 보여주면 들어갈 수 있어.”

“우리는 표를 안 샀는데 어떻게 해? 이곳 입장권만 사면 안 돼?”

“그런 건 없어. 종합 관광 티켓을 사야 해.”

뜻밖에도 투어 비용에 유적지 입장료가 포함되지 않았다. 시련이 시

작됐다. 삭사이우아만에서 가이드는 이제라도 종합 티켓 구입을 권했다. 우리는 너무 비싼 데다 여행자의 자율 선택권을 지나치게 제약한다는 이유로 버텼다.

"그럼 들어갈 수 없어. 투어를 마치고 나올 때까지 밖에서 기다려."

"오케이, 페루의 잘못된 관광정책으로 한낱 돌무더기나 보자고 돈을 쓰지 않겠어. 기다릴 테니 실컷 보고 나오라고! 후레이Hurray 페루!"

오기를 부리기 시작해 쿠스코 인근 유적지를 "그깟 돌무더기"로 폄하해 하나둘 지나쳤다. 사람들은 깔깔 웃으며 버스에서 내리고, 우리 셋은 버스에 쭈그리고 앉아 소외감을 맛보는 어처구니없는 상황이 반복됐다. 유적지 입구의 검표원이 단체 관광객이 입장하고 나면 자리를 비운다는 사실을 알고 나서야 우리는 가까스로 잉카의 유적을 무상으로 천천히 돌아볼 여유를 갖게 되었다.

**#4** / 쿠스코 주변 유적지를 순회한 버스는 우르밤바 강을 따라 성스러운 계곡으로 접어들었다. 높은 산 중턱에서 내려다본 성스러운 계곡은 전성기 잉카의 왕이 아직 저 안에서 철권을 휘두르고 있을 것 같은 위엄을 풍겼다.

해발 6,000m 위에 우뚝 선 산맥은 평안하게 오수를 즐기는 거인의 등 같다. 산맥 한가운데 황토빛 우루밤바 강이 혈관처럼 구불거리며 관통했다. 강 양쪽으로 비옥한 농지가 펼쳐지고, 집이 오밀조밀 별처럼 박혀 있다. 산에 걸린 구름은 잉카 전설에 재미를 돋우기 위해 쳐놓은 연막 같았다. 산꼭대기부터 계단식 밭이 층지어 늘어섰다. 노인의 이마 주름이거나 외계인이 장난쳐놓은 미스터리 서클 같았다. 가파른 언덕 7부 능

고지대의 산등성이는 평안하게 오수를 즐기는 거인의 등 같다.

선을 따라 아슬아슬하게 난 길을 걸으며 탁 트인 잉카의 들판을 조망했다. 제국에 소식을 전하기 위해 달렸던 차스키Chaski의 가쁜 숨소리가 바람으로 귓전에 스쳤다. 신성하고, 평화로웠다.

"타완틴수유 시대 쿠스코를 중심으로 사방으로 통신로가 뚫렸어. 당시 전령을 '차스키'라고 불렀지. 타완틴수유 도로에는 1.4km마다 초소가 있었대. 말하자면 릴레이 달리기로 중요한 정보나 물건을 전달하는 시스템이지. 차스키가 달리기 실력이 얼마나 대단했는지 아침에 태평양에서 잡은 생선이 210km 떨어진 쿠스코 왕의 저녁 밥상에 오를 정도였대. 당시 차스키의 달리기 실력을 계산해보니 1시간에 17.5km쯤 달렸대. 산소도 부족한 고산지대에서 엄청난 속도였지."

당시 차스키가 달린 길을 따라 마추픽추까지 걷는 잉카 트레일 여행 상품이 있다. 2박 3일인가 3박 4일이 걸린다던데 만약 내가 이걸 해보자고 제안했다면 동반자들의 성향으로 미뤄 남미여행 자체가 취소됐을 것이다. 버스는 우루밤바 강을 따라 아래로 아래로 내려갔다. 느낌은 마추픽추를 향해 위로 위로 가는 기분이다. 내리막인데 오르막인 제주도 도깨비도로 같은 느낌이랄까?

**#5** / 드디어 오얀타이탐보Ollantaytambo다. 스페인에 대항한 잉카의 마지막 항전지, 마추픽추로 걸어 들어가는 잉카 트레일의 출발점, 마추픽추로 가는 기차를 탈 수 있는 성스러운 계곡의 중심 마을. 집, 길, 벽, 수로까지 사람 빼고 온통 돌이다. 파타칸차 강Rio Patacancha에서 흘러나온 물이 수로를 따라 마을 전체에 흘렀다. 마을 위로 정삼각형 모양의 거대한 바위산이 겹겹으로 쌓여 세상으로 통하는 입구를 막고 있다. 잉카의 마을이 이렇게 완벽하게 통째로 보존돼 있다니! 쿠스코에서 멀어 도시는 고스란히 살아남았을 것이다.

가파른 계단을 따라 정상에 서자 오얀타이탐보 전경이 한눈에 들어온다. 바람이 휘이 불더니 이제야 잉카에 온 실감이 났다. 그렇게 쿠스코 주변 여기저기 흩어져 있는 돌무더기 유적지를 순회하며 짜지지도 않는 페이소스를 애써 흡착하느니 깔끔하게 오얀타이탐보에서 며칠 머무는 편이 훨씬 잉카답다니까! 가이드는 마을 왼쪽 산 중턱에 비죽 나온 바위가 비라코차 신Viracocha의 얼굴이라는 둥 잉카 전사의 얼굴이라는 둥 전형적인 가이드표 억지를 부렸다. 잘 믿지 않는 눈치를 주자 이

번에는 오얀타이탐보 마을 전체가 잉카의 귀중한 식량이던 옥수수를 본떠 만들었다고 우겼다.

대학에서 잉카 역사를 전공한 가이드는 전공 서적을 들고 나와 잉카를 향한 순수한 열정을 토해냈다. 기억나는 거라곤 태양신을 숭배했던 잉카가 태양에 가까이 가기 위해 높은 곳에 신전을 지었고, 혹시 내일 태양이 다시 뜨지 않을까 두려워 산 사람의 심장을 빼내 신에게 바치는 인신 공양 풍습이 있었고, 하늘은 콘도르가, 땅은 퓨마가, 땅속은 뱀이 지배한다고 믿었다는 것 정도다.

한참을 진정한 잉카 마니아로 열정을 내뿜던 가이드는 갑자기 시계를 뚫어지게 보더니 암사자처럼 포효했다.

"앗, 너희 셋! 마추픽추로 가는 마지막 기차. 곧 출발. 안 돼! 달려!"

함께 버스를 타고 온 다른 여행자는 모두 쿠스코로 되돌아가는 일정. 우리만 오얀타이탐보에서 기차를 타고 마추픽추로 가는 일정이었다. 잉카를 향한 열정에 눈먼 가이드가 우리를 기차에 태워야 한다는 사실을 깜빡 잊었다. 앞장서 뛰는 가이드를 따라 우리는 높은 돌계단에서 차스키처럼 달렸다. 속도는 자유낙하에 가까웠고 사람들은 영문도 모른 채 줄지어 달리는 우리 넷을 향해 셔터를 눌러댔다. 돌계단을 내려와 평지가 나타나자 가이드는 도무지 안되겠다며 오토바이 택시를 불러 세웠다. 기사 얼굴에 동전을 몇 개를 날리더니 소리쳤다.

"기차역! 빨리!"

오토바이 택시는 영화 〈쿨러닝〉에 나오는 자메이카 선수들의 봅슬레이 속도로 오얀타이탐보 골목을 직활강했다. 차로 약 3분 거리에 있는 역에는 기차가 출발을 알리는 경적을 울려댔다. 탈 수 있을까? 못 타면 어떻게 해야 하는 거지? 뇌 주름이 하얗게 탈색됐다. 다행히 기차역 입구에 도착했을 때 기차는 아직 움직이지 않았다. 얼마나 허둥댔는지 탑승수속을 한 기억이 나지 않는다. 택시에서 내려 기차까지 달리며 막아서는 역무원에게 승차권이 인쇄된 종이 뭉치를 내던진 기억만 얼핏 난다.

#6 / "여기 초콜릿. 커피 줄까, 차 줄까?"

페루 레일 직원은 르 브리스톨Le Bristol Hotel(세계적인 권위의 여행정보 안내서 《미슐랭 가이드》에서 최고 평점을 받은 프랑스의 레스토랑 겸 호텔)에서 일하는 것마냥 서빙했다. 초콜릿도 주고, 비스킷도 주고, 뜨거운 커피와 차도 주었다. 커피 향으로 은은한 기차는 창이 넓었다. 시야가 탁트여 시원했다. 지붕에 창을 내 성스러운 계곡을 올려보게 했다. 옆 창으로 산이 보이고 윗 창으로도 산이 보였다. 계곡이 얼마나 깊고 수려한지 잠수함을 타고 성스러운 계곡의 산호초 지대를 훑는 기분이다. 양옆으로 높은 바위산은 쓰나미처럼 까마득했다. 이따금 나타나는 좁은 들판에 다 자란 옥수수가 빼곡하게 서 바람에 흔들렸다. 험준한 바위산에 구름이 치렁치렁한 그림자를 넣어 두었다. 어떤 구간에서 기차는 마주 오는 기차를 보내기 위해 예비 선로에 들어가 한참 기다리기도 했다. 우리를 기다리게 한 잉카 레일 기차는 안팎이 온통 상아색이다. 어찌나 고급스러워 보이는지 '승객 모두 로마네 콩티Romanee Conti(최고가의 와인)를 생수처럼 마시는 건 아닐까?' 생각했다. 우리가 탄 기차는 왼쪽으로 오른쪽으로 계곡을 휘휘 감아 돌며 착실하게 전진했다. 도무지 사람이 살 수 없을 것 같은 깊은 산중에 가끔 집이 보였다. 잉카의 아이는 숲에서 물끄러미 기차를 보았다. 마추픽추가 가까워질수록 풍경은 점점 기묘해졌다. 오얀타이탐보에서 아과스칼리엔테스Aguas Calientes까지 가는 산악기차는 마추픽추 못지않게 훌륭했다.

**#7** / 아과스칼리엔테스에 도착했을 때 해는 거의 졌다. 마추픽추 그림자가 떨어지는 산 아랫마을, '뜨거운 물'이라는 뜻이니 온천이 있을 것이다. 역에 내려서자 공기가 차가웠다. 천천히 숨을 깊게 들이마셨다. 수백 년 전 잉카 사람의 날숨과 맞닿은 듯 친밀감이 들었다. 아과스칼리엔테스 집은 바위에 촘촘히 늘어선 이끼 같았다. 순박한 거인이 되어 마을을 굽어보는 뾰족 바위산은 어느 골목에서나 보였다. 거인의 이마에 구름 한 줄기가 감아 돌았다. 너무 깊은 곳에 오래 고립된 탓에 모든 것에서 태생적인 외로움이 배어났다.

끝날 줄 알았던 기찻길은 마을을 관통한 뒤에도 계곡 너머로 굽이돌아 이어졌다. 아직도 은둔하는 잉카의 영토까지 내처 이어지는 건 아닐까 짐작해 보았다. 기찻길과 함께 마을 앞을 흐르는 강은 커다란 낙차 탓에 유난히 쿵쾅거리며 아마존을 향해 나아갔다.

역을 나서자 곧바로 차일을 뒤집어쓴 커다란 시장이 나타났다. 미로는 이정표 없이 비좁고, 가파르고, 요란해 아리아드네Ariadne(그리스신화에 나오는 공주. 테세우스에게 붉은 칼과 실타래를 주어 미궁을 빠져나와 미노타우로스를 죽이는 데 도움을 주었다)의 실 없이 벗어나기 어려워 보였다. 우리는 흔쾌히 길을 잃어주었다.

복잡한 골목 한복판에 자리 잡은 호텔은 한껏 낡고, 비좁고, 어둡고, 시끄럽고, 무엇보다 유난히 추웠다. 2층 방에서 창문을 열자 골목의 소음과 함께 온갖 몹쓸 것들이 한꺼번에 밀려들었다.

1. 저녁에 도착한 아과스칼리엔타스 역.
2. 역을 벗어나자 미로 같은 거대한 시장이 나타났다. 우리는 흔쾌히 길을 잃어주었다.


쉽게 어두워진 거리로 나와 군것질로 저녁을 대신했다. 환전하고, 과일을 사고, 내일 아침 마추픽추로 가는 버스표도 샀다. 골목을 이리저리 쏘다녀도 아과스칼리엔테스의 밤은 딱히 즐거울 만한 일이 없다. 호텔로 돌아왔다. 눅눅한 침대에 침낭을 깔고 엎어졌다.


**#8**  /  강을 건너 마을을 벗어난 버스는 비포장 오르막에 접어들었다. 마추픽추를 세상에 알린 호놀룰루 출신 하이럼 빙엄Hiram Bingham의 이름을 딴 길이다. 버스는 안전 펜스도 없는 위태한 비포장을 열네 번이나 오가며 고도를 높였다. 옆으로 아찔한 낭떠러지가 이어져 버스가 흔들릴 때마다 괄약근이 움찔했다.

걸어서 오르는 사람이 보이면 '우리도 걸어갈 걸 그랬나?' 후회가 들었다. 편하게 앉아 공포에 시달리느니 안전하게 헐떡거리는 편이 나아 보였다. 칼리엔테스는 작아지고, 마추픽추를 오래 숨겨준 안데스의 산은 웅장해졌다. 산은 병풍처럼 둘러쳤다. 산허리를 감싸 도는 우르밤바강은 여전히 흙탕물로 흘렀다. 강을 따라 우리가 타고 들어온 기찻길이 실지렁이처럼 가늘게 이어졌다.

"모두 내려. 마추픽추야. 마추픽추 안에는 화장실이 없으니까 꼭 들렀다 입장하도록 해. 물론 유료야."

20분 남짓 갈팡질팡하던 버스는 해발 2,300m 산 정상에 우리를 내려놓았다. 이른 아침인데 비밀에 싸인 공중도시, 잃어버린 잉카의 도시, 세계 최대 불가사의를 보려고 몰려온 사람들로 북적댔다. 새해 첫 일출을 보려고 몰려온 해돋이 인파 수준이다. 심지어 칼리엔테스의 개도 운동 삼아 여러 마리가 올라왔다.

"도를 아십니까?"처럼 슬쩍 다가와 "영어로 가이드 해줄까?" 하는 프리랜서 가이드가 여럿 보였다. 이들의 사전 설명을 종합해보면 해마다 관광객이 늘어나 마추픽추는 지반 침하로 점점 가라앉고 있다. 어떤 가이드는 한 달에 1cm씩 가라앉는다며 너스레를 떨었다. 유네스코는 마추픽추 문을 닫든지 입장객 수를 제한하든지 양자택일하라고 페루 정부를 압박하는 중이라고도 했다.

하늘은 흐렸고, 날씨는 후텁지근했다. 깃발 든 가이드의 설명을 귓등으로 들으며 입구에 들어섰다. 행여 너무 놀라워 숨이 멎으면 어쩌지? 다리에 힘이 풀려 주저앉는 건 아닐까? 돌담을 따라 걸으며 행복한 걱정이 불쑥불쑥 튀어나왔다.

그러다 잠깐 모퉁이를 도는가 싶더니, 어라? 이런! 미처 마음의 준비도 없이 봐버렸다.

마추픽추.

"뭐야, 사진하고 똑같잖아!"

수없이 보아온 마추픽추 사진 그대로다. 눈으로 보고 있는데 사진 같다. 마추픽추는 그랬다. 조금 뻔하게 비현실적이고, 조금 몽롱하고 대담하게, 각설하고 마추픽추는 무뚝뚝하게 자신의 위대함을 불쑥 드러냈다. 머릿속에 사이먼 앤 가펑클Simon & Garfunkel의 '콘도르는 날아가고El Condor Pasa'가 자동 연주됐다.

"마추픽추는 늙은 봉우리라는 뜻이야. 늙었다는 건 위대하다는 뜻이기도 하지. 잉카의 마지막 요새인 빌카밤바Vilcabamba를 찾아 나섰던 미국 예일대의 서른다섯 살 젊은 고고학자 하이럼 빙엄이 우연히 발견해 세상에 알렸어. 빙엄은 1911년, 12년, 15년 이렇게 세 차례 마추픽추를 탐험했지."

빙엄은 빌카밤바를 찾았다고 확신했다. 이 도시가 스페인군에 쫓긴 잉카 황제의 피난처이자 저항의 근거지로 삼은 최후의 수도라고 믿었다. 대단한 발견이라고 생각한 빙엄은 마추픽추에서 나온 사람의 유골 173구(여자 150구, 남자 23구)를 포함한 5,000여 점의 유물을 세 차례에 걸쳐 미국으로 모조리 반출했다. 그는 아우구스토 레기아 당시 페루 대통령에게 1년 기한으로 반출을 허가받았다. 이후 18개월 동안 연장 허가를 받았다. 이후 유물은 한 점도 마추픽추에 돌아오지 않았다. 지금도 예일대 박물관에서 보관 중이다. 마추픽추의 껍질은 페루에, 속살은 예일대 박물관에 있는 셈이다.

#9 / 우리는 잉카의 공중도시를 호젓하게 걸었다. 수백 미터씩 이어진 돌 축대를 가로지르고 화강암을 정교하게 깎아 세운 벽과 집을 어루만졌다. 농사짓던 계단식 밭을 지나 도시로 들어가는 문을 오래 관찰했다. 돌을 깎아 촘촘하게 이어붙인 수로에 감탄했다. 지반침하로 갈

라지고 내려앉은 벽은 진심으로 안타까웠다. 왕의 목소리가 가장 잘 들리게 벽을 배치한 광장에서 왕처럼 헛기침도 해보았다. 쪼개다 만 채석장의 돌과 쌓아놓고 다듬지 않은 바위벽은 당시 급박한 상황이 벌어졌던 게 아닐까 짐작하게 했다. 태양의 신전과 잉카의 제단, 멀리 앞산 모양대로 깎은 신성한 바위, 해와 별을 관측하던 천문장치까지 온통 돌이어서 놀라웠다.

쿠스코에서 물자와 식량을 실어 나르던 진짜 잉카 트레일이 위대한 도시의 뒤쪽 산에 유성의 긴 꼬리처럼 연결됐다. 당장에라도 대상 행렬이 모퉁이를 돌아 모습을 드러내거나 차스키가 새로운 왕의 명령을 전하러 달려 내려올 듯했다.

고개를 돌려보니 마추픽추 건너편에 젊은 봉우리 와이나픽추Wayna Picchu가 웅장했다. 와이나픽추는 코끼리 머리를 연상시켰다. 거대한 코끼리가 코와 상아로 마추픽추를 떠받치는 형국이다.

"마추픽추를 건설한 목적은 아직도 밝혀지지 않았어. 대제국을 건설했던 타완틴수유 왕이 스페인 침략자를 피해 황금을 갖고 도망쳐 건설했다는 설과 종교시설이다, 아마존과 무역을 위한 교역 중심지다, 잉카의 여름 별장이다, 군사적 요새다 등등. 도시를 언제, 누가, 왜 세웠는지 밝혀지지 않은 덕분에 2007년 세계 7대 불가사의로 선정됐지. 이걸 좀 보라고. '태양을 묶는 기둥'이라는 뜻의 인티와타나Intiwatana야. 태양의 신을 믿은 잉카인은 태양과 이 바위가 보이지 않는 끈으로 연결돼 있다고 생각했지. 해시계나 천체 관측소로 이용됐을 거야. 그런데 얼마 전 망할 방송사에서 촬영한다고 올라와 지미집Jimmy Jib을 넘어뜨려 이 귀중한 보물 한 귀퉁이가 깨져버렸다고! 망할 방송사 같으니라고!"

1. 코끼리를 닮은 와이나픽추. 코와 상아로 마추픽추를 떠받치고 있다.
2. 안개비 맞은 야생 과나코가 잉카의 폐허에서 무심하게 풀을 뜯고 있었다.
3. 잉카의 폐허 한가운데 우뚝 솟은 나무. 잉카문명 역사의 증인처럼 느껴졌다.

방송사에서 일하고 있는 나는 죄지은 것처럼 눈을 깔고 쭈뼛거리며 열정적인 가이드의 설명을 경청했다. 1시간가량 설명한 가이드는 각자 마추픽추를 실컷 즐기라는 말을 남기고 사라졌다. 우리는 마추픽추가 가장 잘 내려다보이는 담벼락 아래 비스듬히 앉아 타완틴수유의 3대 계명 '거짓말하지 마라, 도둑질하지 마라, 게으르지 마라'를 읊조리며 준비해 온 달걀을 까먹었다. 코카나무 잎에 비가 후드득 떨어졌다.

"마야인은 상형문자를 썼거든. 그런데 잉카인은 문자 대신 현자 아마우타Amauta를 썼어. 아마우타는 간단해. 영민한 사람을 골라 필요한 것을 달달 외우게 해서 후세에 전하는 거야. 제사 때 쓰는 기원문이나 조상의 전통 같은 모든 걸 외워서 입으로 전하는 거지."

우리는 거의 반나절 넘게 망지기의 집 같은 전망 좋은 곳에 자리를 깔고 마추픽추의 구석구석을 알뜰하게 마음에 새겨넣었다. 유행가 가사처럼 보고 있어도 보고 싶은 풍경이다. 행여 시간이 남는 사람은 예약해 와이나픽추까지 올라갔다 온다는데 다행히 우리는 시간도 없고 예약도 하지 않아 마음 편히 마추픽추에 집중했다. 아슬아슬한 절벽에서 풀을 뜯던 과나코 몇 마리가 순박한 눈망울로 우리를 올려다보곤 했다.

**#10** / 쿠스코로 돌아가는 기차 시간보다 2시간쯤 일찍 마추픽추에서 내려왔다. 아과스칼리엔테스가 '뜨거운 물'이니 온천을 즐겨야 했다. 마을 뒷산으로 나 있는 포장길을 따라 올라가자 매표소가 나왔다. 표를 사고 한참을 더 올라가니 과연 노천 온천이다. 물색이 음흉하긴 해도 많은 사람이 이 고립된 섬 같은 산속에서 뜨거운 온천을 즐기는 호사를 누리고 있다. 수온에 따라 여러 개의 탕으로 나뉘어 있는데

가장 뜨거운 물은 우리나라 대중탕의 온탕 수온 39.7℃와 맞먹었다. 물은 생각보다 뜨끈해 남미여행에서 쌓인 피로를 말끔히 녹여냈다. 기차 표를 포기하고 하코네箱根 료칸旅館에 효도관광 온 노인처럼 며칠 머무를까 고민할 만큼 온천은 이름값을 했다.

## 03

두 달 속성으로 숙달된
# 남미 여행자의 여유 혹은 게으름

▚ 리마에 있는 미라플로레스의 해양공원.

**#1** / 마추픽추를 보고 나자 나머지 페루는 시들해졌다. 중간 도시를 건너뛰고 쿠스코에서 수도 리마로 곧장 날아가자. 리마에 며칠 머물며 쿠바 들어갈 준비나 해야지. 우리에게 리마는 쿠바 진격을 위한 베이스캠프 정도의 의미였다. 물론 리마 주변 몇 곳을 보긴 하겠지만 큰 기대는 하지 않기로 했다. 오래 꿈꿨던 나스카Nazca 대평원은 일정에서 제외했다. 길에서 만난 여행자의 말을 종합하면 지상 전망대에 올라가 보나 비싼 경비행기를 타고 기름 냄새 맡으며 하늘로 날아올라 보나 나스카는 우리가 사진으로 봤던 것처럼 절대 선명하지 않다고 했다. 나스카를 빼고 이카Ica, 우아카치나Huacachina 오아시스, 가난한 배낭여행자의 갈라파고스 파라카스 바예스타 군도Paracas Islas Ballestas 정도만 보기로 했다.

**#2** / 하늘에서 바라본 리마는 좀 위태했다. 거칠게 대륙을 두들기는 태평양 파도에 맥없이 휩쓸리는 모래언덕에 도시가 서 있다. 자갈 구르는 소리가 유난해 '말하는 강'이라는 뜻의 '리막Rimac'에서 도시 이름이 유래됐다더니 강은 어디로 가고 모래 위에 널어놓은 푸석푸석한 도시만 우두커니 보였다.

수십 개의 크고 작은 보자기를 얼기설기 엮어놓은 듯 리마는 한눈에 봐도 거대하게 황량했다. 남극에서 올라오는 차가운 해류 영향으로 해수 증발이 안 되고 구름도 안 만들어져 강수량이 적은 탓에 해안가는 온통 사막 지대다. 암회색으로 낮게 깔린 연무는 사악한 것의 은신처 같은 기분 나쁜 한기가 느껴졌다.

"가족을 데리고 다니면서 그날 밤 숙소조차 예약하지 않는 배짱은 뭔가?"

호르헤 차베스 국제공항Jorge Chavez Internacional Aeropuerto에 도착해 택시를 타고 리마 시내로 들어오며 던진 이선영의 말에도 한기가 서렸다. 택시는 러시아워에 엮여 도로 위에서 오래 주차상태다. 해는 이미 졌고, 낯선 리마의 어둠은 막 포장을 뜯어낸 신상처럼 유난히 짙었다. 거리에 빼곡한 가로등과 앞뒤로 정신없는 자동차의 전조등, 후미등, 브레이크 등, 경적 소리, 건물에 매달린 휘황한 네온등까지 도시의 모든 것이 우리를 향해 돌진해왔다. 먹이를 향해 빛나는 굶주린 늑대 가족의 안광같이 느껴졌다. 왜냐? 우리가 아직 오늘 밤 어디서 잘지 결정하지 못했기 때문이다. 특별한 이유 없이 나는 리마에서 잘 곳을 정하지 않고 리마에 내렸다. 귀찮았거나 숙소를 고르려던 순간 인터넷 사정이 좋지 않았을 것이다.

"일단 미라플로레스Miraflores로!"

미라플로레스 지역은 해안가에 있고, '리마의 강남'이니 어둡지는 않겠지. 리마는 공항에서 시내로 들어오는 대중교통이 마땅치 않아 택시를 타야 한다. 우리가 탄 택시는 택시 표시도 없는 근사한 세단이다. 미터기도 없다. 기사는 낮에 변호사로 일하다 저녁이면 정부情婦의 생활비 마련을 위해 고급 승용차로 택시 영업을 하는 로맨티시스트 같았다. 차에 대한 자부심만큼 두 번째 직업에 긍지를 가진 모범 기사다. 여행책을 펴고 미라 플로레스 추천 호스텔 주소를 보여주니 금세 알아챘다.

"이것 보라고. 숙소를 정하지 않아도 길에서 자는 일은 없다니까!"

**#3**    /    바닥 조명이 흰 벽을 우러러 밝게 빛나는 호스텔은 근사

했다. 태극기를 포함해 여러 나라 국기가 가늘게 흔들려 포근한 느낌이 났다. 로비에 있는 젊은 한국인 여행자가 자기 집 거실에 있는 것처럼 평화로워 보였다. 인테리어도 구질구질하지 않아 딱 마음에 들었다.

"하지만 미안. 늘 그렇듯 이미 만실이야. 우리 호스텔은 제법 인기 거든."

"그럼 우리는 어디서 자라고? 호스텔 이름이 유목민Nomad인데 이렇게 길 잃은 양을 방치할 거야? 의리 없이?"

빈방이 없는 게 죄라며 호스텔 프런트를 가로막고 떼를 썼다. 무거운 가방과 무거운 몸을 이끌고 갈 곳도 없다. 수틀리면 호스텔 거실 소파에서 노숙하겠다는 결연한 눈빛을 쏘아 보냈다. 본래 심성이 착하고 성실함이 몸에 밴 여직원은 연필 꽁지를 물고 잠시 고민하더니 양심의 가책을 참아내지 못했다. 전화기를 들고 여섯 군데 호스텔에 전화를 걸어 빈방을 찾아주었다.

"응. 그래? 고마워. 우리 호스텔은 이미 다 찼거든. 웬 흑인계 한국 아저씨가 가족을 이끌고 와 어지간히 진상을 부려야지. 하는 짓은 얄미운데 뒤에 서 있는 가족이 불쌍해서 그래. 응, 고마워. 부탁 좀 할게."

통화 도중 나를 흘끔거리는 여직원의 표정은 딱 저런 통화인 것 같았다. 그리고 마지막 통화에서 빈방이 남아 있는 호스텔을 찾아냈다. 궁하면 통한다.

"자, 택시기사에게 이 주소를 보여주면 데려다줄 거야."

"고마워. 착한 세뇨리따."

주소를 받아든 기사는 고개를 갸우뚱하며 미라플로레스의 모든 골목을 뒤적거렸다. 참다못한 내가 주머니칼을 꺼내 목에 대려는 순간 택시

1. 리마의 쇼핑센터, 라르코마르. 해안가 끄트머리에 콘크리트와 철심으로 붙어 있어 아찔하다.
2. 늦은 저녁을 먹다가 페루의 전통주 '피스코' 칵테일을 곁들였다.

는 한 어두운 골목에 멈췄다. 호스텔 표시도 없는 하얀 3층 집이다.

"띵동. 여기가 호스텔 맞니? 맞아? 돈 벌면 간판 하나쯤 붙이고 영업하렴."

거실 벽에 알파카 털실로 짠 커다란 태양 문양이 페루다웠다. 소파는 푹신했고, 주방 쪽방에 살며 잔일을 하는 작은 여자애는 뭐가 급했는지 벌써 애가 딸렸다. 리마 주변의 유명 관광지를 담은 사진이 액자에 담겨 벽을 장식했다. 이 호스텔을 어떻게 찾아왔을까 궁금한 칠레 여행자 무리가 좁은 식탁에서 크래커에 잼을 발라 늦은 야식을 먹었다. 호스텔 주인은 첫인상이 무능력해 보이는 뚱뚱한 젊은이였는데 마당에 서 있는 랜드로버를 보자 리마 밤의 실력자처럼 위대해 보였다.

방에 짐을 던져놓고 리마의 밤거리로 나왔다. 늦어서 배도 고팠고, 늦었지만 리마도 궁금했다. 호스텔이 있는 골목은 가로등도 없이 어둑하고 조용했다. 전형적인 주택가다. 그런데 걸어서 2분 만에 골목을 벗어나자 놀라운 일이 벌어졌다. 골목의 끝은 대도시의 엄청난 주요 간선도로와 맞붙어 있다. 조용한 골목이 어떻게 이 거대한 혼잡함과 극적으로 단절돼 있을까 싶을 만큼 대조적이다. 거리는 천지개벽이었다. 노천카페와 술집, 은행, 카지노, 카지노, 카지노, 카지노, 식료품점이 눈부셨다.

10분 정도 내려가니 태평양이 훤하게 보이는 해안이 나왔다. 페루라고 믿을 수 없는 현대식 쇼핑센터가 즐비한 라르코마르LarcoMar다. 건물은 금세 무너질 듯 위태한 해단 단구에 콘크리트와 철심에 의지해 붙어 있다. 건물이 들어서지 않은 해안 절벽은 곳곳이 무너져 내렸다. 어째서 리마는 안전하고 평평한 땅 대신 이 위험한 천애 절벽에 극단의 욕망을 새겨넣었을까? 건물 아래 해안도로가 남북으로 길게 뻗어 있다. 그 너머는 온통 태평양이다.

**#4**  /  리마에서 우리는 오래된 토박이처럼 굴었다. 늦잠을 자고 일어나 휘파람을 불며 느긋하게 샤워했다. 햇볕이 사선으로 들이치는 식탁에서 설탕이 듬뿍 들어간 뜨거운 커피로 남은 잠을 마저 물렸다. 어젯밤 우리를 반겨준 칠레 젊은이들과 남미에서만 느끼는 칠레의 거만함에 대해 우스갯소리를 나눴다. 배낭 바닥에 구겨놓은 빨래를 빨래방에 맡기고, 마트에서 카트를 끌며 잔뜩 장을 봤다. 노란 잉카콜라를 마시고, 환전하고, 미라플로레스 거리를 천천히 걸었다. 시장에 들러 과일을 샀다. 리마에 가면 꼭 들르라던 세비체Ceviche 식당 골목에 찾아가 매콤한 해물 요리를 먹었다. 돌아오는 길에 바람난 남편의 정부를 찾아 내 머리채를 잡고 치도곤을 내는 여장부와 그녀를 거드는 가족의 난장을 구경했다. 호스텔 근처 여행사에서 이카 가는 왕복 버스표, 우아카치오아시스 마을 호텔, 파라카스 바예스타 섬을 돌아보는 여행 상품을 흥

아르마스 광장의 풍경. 리마는 차와 사람과 매연이 넘쳐나지만, 건축물이 충분히 아름다웠다.

정하느라 반나절을 보냈다.

오후에는 케네디 공원Parque Kenedy에서 시티 투어 버스를 타고 센트로 지역을 돌았다. 리마는 거리에 차와 사람이 넘쳤다. 매연도 넘쳤다. 그사이 잘 정돈된 아름다운 건축은 충분히 매력적이고 아름다웠다. 지붕 없는 2층 시티버스에서 또 아르마스 광장과 또 대통령궁과 아무렴 또 산토도밍고 교회와 수도원, 그러면 그렇지 산프란시스코 교회, 몇 번째인지 모를 산마르틴 광장을 보았다.

딱 한 번 산프란시스코 교회에서 내렸다. 7만 개의 유골이 보관된 지하 무덤 카타콤Catacomb은 더위를 피하기에 여러모로 딱 맞았다. 리마가 남미 여행의 첫 도시라면 아마 수많은 사진을 찍었을 것이다. 아쉽게도 남미여행의 막바지였던 우리는 기계적으로 열여섯 장만 찍었다.

# 새똥 위에도 숟가락을 얹으려는
## 인간의 탐욕

▶ 구아노로 뒤덮여 하얗게 빛나는 바예스타 군도의 섬들.

**#1** / 새벽 3시. 우리는 리마 버스터미널 4번 게이트에 서 있다. 입구에 'ICA 03:30'이란 푯말이 붙어 있다. 1박 2일로 나선 이카 여행. 큰 짐은 호스텔 창고에 넣어두고 간편한 배낭 하나씩 들고 나섰다. 여행사 여사장은 그 새벽에 손수 승합차를 몰고 호스텔 앞에서 우리를 기다리는 친절함을 보여주었다. 택시비에 준하는 요금을 받았지만, 정성이 고마웠다.

우리는 호스텔에서 버스터미널 가는 내내 잤다. 세계에서 가장 긴 팬-아메리카 하이웨이를 타고 남하하는 2층 버스에서도 내내 잤다. 리마에서 이카까지 275km인데 대체 버스가 몇 시간을 달려 도착했는지 기억도 없다.

"자, 모두 내려. 파라카스 도착이야!"

터미널에서 가까운 선착장은 우리나라 남해안의 흔한 어촌 마을을 닮았다. 다른 게 있다면 주변 산이 나무 한 그루 없는 사막이라는 점이다. 오전 7시 59분 59초에 카드로 결제한 바예스타 군도 보트 탑승권은 1인당 10솔Sol. 그 외 1인당 3솔씩 더 냈는데 아마 선착장 이용료일 것이다. 페루 돈 1솔을 330원으로 계산해도 뱃삯이나 선착장 이용료나 지나치게 싸다. 바예스타 군도를 두고 '가난한 배낭여행자의 갈라파고스'라는 말은 괜한 찬사가 아니다.

배는 10여 명이 탈 수 있는 뚜껑 없는 소형 보트다. 햇볕이 따가워 선글라스를 끼고 커다란 수건을 차도르와 부르카, 히잡처럼 뒤집어썼다. 배가 출발하자 갈매기가 따라붙었고, 잔잔한 파도가 배 안으로 물을 튀겼다. 듣기로 오후는 강한 모래바람이 불고 물살이 거세 바예스타 군도 투어는 아침 일찍 출발한다고 했다.

**#2**   /   왼쪽 커다란 모래 산에 칠지도七枝刀를 닮은 지상화가 나타났다. 여행책에 빠지지 않고 등장하는 '칸델라브로Candelabro' 촛대다. 세 갈래 나뭇가지 위에 뭔가를 널어놓은 모습인데 피스코의 촛대, 작은 나스카라는 수식어는 조금 과해 보였다. 그림의 크기는 길이 189m, 폭 70m, 선의 깊이 1m, 선의 폭 4m인데 멀리서 보면 어린아이가 모래 장난을 하다 3초 만에 그린 그림 같다. 비가 내리지 않아 딱딱하게 굳어버린 모래언덕에 누군가 상상력을 발휘하고 심혈까지 기울여 그렸을 텐데 왜 저 모양을 택했는지 아무리 들여다봐도 이해할 수 없다. 차라리 당시 피스코 최고 미인의 얼굴을 새겨넣었더라면 한결 로맨틱한 상상을 했을 텐데. 그저 비가 좀 내려 이 삭막한 모래언덕에 이렇게 생긴 나무가 자랐으면 좋겠다는 기우제 느낌이 났다.

배가 조금 더 나아가자 하늘이 시커멓게 변했다. 가마우지와 갈매기, 펠리컨 등등 놀라울 만큼 많은 새가 종횡무진, 좌충우돌하며 머리 위를 어지럽게 날았다. 겨울 천수만에 나타나는 가창오리의 화려한 군무를 50개쯤 겹쳐놓은 듯 어수선했다.

멀리 수면 위에 점점으로 작은 바위섬이 모습을 드러냈다. 바위마다 흰 새똥이 만년설로 쌓였다. 가까이 다가가자 새똥 비린내가 진동했다. 평평한 곳이든 급경사든 바위섬 어디에나 물개와 펭귄, 바다사자가 햇볕을 받으며 낮잠을 잤다. 저 몸으로 어떻게 저기까지 올라갔을까 싶을 만큼 위태한 곳도 어김없이 늘어진 바다 동물의 차지였다.

에콰도르의 갈라파고스는 대륙에서 1,000km 떨어져 있고 바예스타 군도는 21km 떨어져 있다. 바예스타 군도에 섬이 100개가 넘고 서식하는 새 종류만 60종이 넘는다니 굳이 에콰도르 갈라파고스까지 2박

1. 어린아이가 모래 장난하다가 만 것 같은 그림, 칸델라브로 촛대.
2. 바예스타 군도의 기묘한 바위섬은 하얀 새똥을 맞아 더욱 하얗게 빛났다.

3일 걸려 갈 필요가 있을까 싶다. 가난한 여행자는 바예스타 군도에 오면 늘 이렇게 위안 삼기 마련이다. 안 그러면 갈라파고스를 가기 위해 에콰도르를 여행에 끼워넣어야 하니까.

바예스타가 '활'이란 뜻이라더니 과연 활처럼 커다란 아치를 거느린 제법 큰 섬이 나타났다. 한때 섬과 섬을 연결했을 여러 구조물의 폐허가 보였다. 새똥 구아노가 전 세계 자원 전쟁의 빌미가 될 만큼 인기를 끌던 시기의 흔적이다.

"구아노는 새똥 덩어리야. 천연 비료로 본래 잉카의 보물이었고, 전쟁의 원인이었고, 한때 페루 경제의 모든 것이기도 했지."

**#3** / 바예스타 군도는 대단한 역사를 지닌 온통 새똥 지대다. 기묘한 바위섬은 하얀 새똥을 맞아 더욱 하얗게 빛났다. 어떤 섬은 코를 맞대고 싸우는 코끼리 같기도 하고, 어떤 섬은 오륙도 같기도 하고, 어떤 섬은 이제 막 대륙간 탄도미사일을 맞고 추락해 비스듬히 가라앉

는 UFO 같기도 하다.

　관광객을 실은 보트는 제멋대로 굴곡진 섬 주위를 부지런히 들락거리며 바다 동물의 평화로운 안식처를 더 가까이 보여주지 못해 안달했다. 바위 위에 새는, 아, 정말 지겹도록 많다. 파란 하늘, 하얀 새똥 바위섬 군락, 온갖 바다 동물과 새 떼, 태평양의 짙푸른 파도, 그리고 멀리 촛대 낙서가 그려진 황량한 모래언덕까지 완벽한 조화를 이룬 바예스타 군도다. 배에 탄 모두가 카메라 셔터를 눌러대며 만국어로 감탄했다.

　바예스타 섬을 우리의 여행 동선에 넣은 스스로가 대견스러워 잔뜩 고무된 표정으로 이성주와 이선영을 돌아보았다. 안타깝게도 둘은 거북이처럼 주황색 구명조끼 안에 머리를 파묻고 비몽사몽 뱃멀미 중이었다. 높은 곳에 올라가면 고산증이더니 해발 0m에 다다르자 뱃멀미다. 야속했다.

**우아카치나**Huacachina

# 텅 빈 사막이 채워주는
# **충만한 밤**

� 어둠이 차츰 내려앉는 오아시스 마을, 우아카치나.

**#1** / 우아카치나 오아시스 마을은 실망스럽게도 시내에서 택시로 5분 안쪽에 있다. 거대한 사구 하나를 휘이 굽이돌아가니 곧바로 우아카치나다. 사막 깊숙하게 숨어 있는 은둔의 오아시스를 기대했는데 도시에서 가까운 곳에 있어 지나치게 세속적인 느낌이 났다.

사막 한가운데 커다란 웅덩이와 주변에 늘어선 초록 야자나무, 호수를 돌며 들어선 마을은 사진에서 본 것만큼 강렬한 인상을 주었다. 이곳에서 1박은 바예스타 군도와 함께 연속 안타를 친 좋은 선택이었다.

"일단 숙소는 마음에 드네."

"난 하루 종일 수영만 하겠어."

우아카치나 오아시스 마을에 예약한 호텔은 다행히 비싼 돈을 준 값을 했다. 사막가옥의 전통미를 살린 2층 객실이 늘어서 있고, 호텔 한가운데 그럭저럭 구색을 갖춘 수영장도 딸렸다. 수영장에서 불과 몇 미터 떨어진 후문은 곧바로 거대한 사구 초입과 붙어 있다. 이성주는 45° 가까이 가파른 모래언덕을 지그재그로 걸으며 단숨에 비닐봉지 쓰레기가 날리는 정상까지 올라갔다. 사막답게 햇볕은 숨이 멎을 듯 뜨거웠다. 우리는 수영복으로 갈아입고 허기질 때까지 수영을 즐겼다.

**#2** / "버기Buggy가 곧 출발해. 서둘러."

호텔마다 출발 시간이 엇비슷해 삽시간에 우아카치나는 버기가 내뿜는 굉음으로 붕붕거렸다. 버기는 네 바퀴와 엔진, 좌석을 제외한 나머지 부분을 철골로 비계처럼 얼기설기 엮은 차다. 어느 면에서 보나 장난기 가득하고, 괴팍하고, 심술궂어 보였다. 10명 정도 탈 좌석이 있는데 우리는 맨 앞자리를 차지했다. 이선영은 놀이동산의 놀이기구로 담력을

우아카치나 오아시스 마을의 호텔. 사막가옥의 전통미를 살리고 수영장까지 딸려 있다.

쌓았고, 나를 닮아 겁이 많은 이성주는 어떤 반응을 보일지 걱정이었다. 지금까지 하늘에 떠다니는 어떤 놀이기구도 타 본 적 없는 나 역시 버기에 어떤 반응을 보일지 장담할 수 없어 잔뜩 긴장했다. 오줌을 싼다거나 토한다거나 해서 아빠의 체면을 구기는 일은 발생하지 않아야 한다는 게 나의 분명한 마지노선이었다. 1년에 비 한 방울 내리지 않는 사막지대라는데 우리가 도착한 이후 계속 흐리고 틈틈이 비가 왔다.

오아시스를 출발한 버기는 가파른 모래언덕을 연어처럼 가차 없이 박차 올랐다. 겹겹이 둘러친 사막의 능선은 부드럽게 일렁거렸다. 버기는 모래 파도 숲을 헤치고 능선을 희롱하며 잽싸게 관통해 나갔다. 상당히 가파른 오르막을 치고 오르더니 이어지는 수직의 내리막을 자유낙하 하듯 곤두박질 쳤다. 곳곳에 버기가 지난 흔적이 실크로드로 펼쳐졌다. 밀가루 같은 모래가 눈과 입으로 밀려들었다. 모래는 별사탕 식감이었다. 버기가 요동칠 때마다 급작스런 고도 변화를 끔찍하게 싫어하는 나는 눈을 질끈 감았다. 내장의 위치가 바뀌는 기분 나쁜 느낌에 안전벨트를 꽉 움켜쥐고 온몸에 힘을 주었다. 그런데 어? 생각보다 스릴감이 별로다. 아무래도 부드러운 모래를 오르내리다보니 짜릿한 속도감은 없다. 놀이터에서 그네를 타는 허전함 정도 수준이랄까? 많은 사람이 버기에서 스릴을 맛봤다고 하던데 나는 낙타 등에 올라타 사막을 주유하는 호젓함이 느껴졌다.

**#3** / 쇠똥구리처럼 열심히 골짜기를 들락거리던 버기는 가장 높은 모래언덕 꼭대기에 멈췄다. 샌드보드 타기 시간이다. 기사는 뒷좌석에서 사람 수대로 보드를 꺼냈다. 잘 미끄러지라고 보드 바닥에 초칠을 했다. 처음에 앉아서 타고, 두 번째 엎드려 타고, 마지막 서서 타라고 했다. 버기보다 샌드보드가 조금 더 긴장됐다. 내리막이 상당히 가팔라 속도가 가늠되지 않았다. 모두가 주저하는 사이 이성주 보라고 내가 먼저 용기를 냈다. 보드를 가슴에 대고 몇 걸음 달린 뒤 급경사로 몸을 날렸다. 평소의 나로서는 좀처럼 하기 힘든 무모한 점프였다. 무서울 정도는 아니지만 버기보다 속도감이 더했다. 20배쯤 많은 모래가 입안으로 들어왔다.

아빠의 무모한 도전을 본받아 이성주가 두 번째로 언덕을 질주했다. 폴란드에서 온 호기심 많은 할머니가 세 번째로 언덕을 질주했다. 이선영도 질주하고, 나머지 영국에서 온 하얗게 비쩍 마른 청춘들도 뒤를 이었다.

1. 샌드보드를 타기 위해 모여든 사람들. 남녀노소 할 것 없이 모두 들떠 있었다.
2. 굳이 액티비티를 하시 않아도 우아카치나는 가만히 서서 사막의 고독한 숨결을 느끼기에 제격이다.


　　우리는 주변의 모든 사구 꼭대기에서 보드를 탔다. 한 번 더 탈 욕심
에 보드를 들고 가파른 언덕을 뛰기도 했다. 이선영은 타고 내려오다
폴란드 호기심 할머니와 충돌해 서럽게 울었다.
　　버기 투어의 하이라이트는 사막의 일몰일 텐데 날씨가 흐려 일몰은

텄다. 사막을 실컷 휘젓고, 보드로 낙차를 실컷 즐긴 뒤 우아카치나 마을이 보이는 구릉 중턱에 자리 잡았다. 축구장보다 작은 오아시스에 커다란 야자수가 담장처럼 빙 둘러쳤다. 주변의 거대한 모래언덕은 금세라도 오아시스 마을을 덮칠 듯 기세등등했다. 위세에 눌린 오아시스 마을은 조금씩 지워지며 쓸쓸했다.

"'우아카Huaca'는 운다는 뜻이고, '치나china'는 여자라는 뜻이래. 우는 여자. 옛날에 이 오아시스에서 여인이 목욕하는데 어떤 남자가 몰래 지켜봤다나. 눈치 챈 여자가 깜짝 놀라 울음을 터트려 그때부터 우아카치나로 불렸대. 참 진부한 편에 속하는 전설이지. 어떤 나라에선 옷까지 훔쳐가고 결혼해 아이 셋씩이나 낳는데 여긴 그냥 훔쳐보기만 해도 울었다니. 오아시스가 자꾸 말라가서 지금은 일부러 물을 퍼다 넣는다는군."

우아카치나는 잠시 사막의 고독한 숨결을 느끼기에 제격이다. 쿠바 아바나행 항공권만 연기할 수 있다면 우아카치나에 며칠 머물며 텅 빈 사막이 주는 충만을 느끼고, 한밤중 모래언덕 꼭대기에서 카시오페이아를 올려다보고, 방울뱀과 도마뱀이 모래 위를 스르륵거리며 기어 다니는 소리를 듣고, 생텍쥐페리의 《남방우편Courrier Sud》을 읽으며 아프리카 북서부에 있다는 리오데오로Río de Oro 사막을 상상해보고 싶다. 그러는 한편 멀지 않은 곳에 있는 나스카에 가지 않은 걸 나중에 후회하지 않을까, 쿠바 출국 항공권을 구하지 못했는데 혹시 입국을 거절당하는 게 아닐까, 자잘한 걱정이 새순 돋듯 했다.

트리니다드Trinidad

# 01

**아바나**Habana

## 오래된 여유와 낡은 매력을
## 즐길 수밖에 없는 사람들

▌ 아바나의 명물, 코코택시.

남미 여행

**#1** / 태양이 지글대는 에메랄드빛 카리브, 건들대는 야자수, 해적의 추억, 베일 속의 보물섬, 뜨거운 혁명, 체 게바라, 피델 카스트로, 헤밍웨이, 시가, 모히토, 부에나비스타 소셜클럽Buena Vista Social Club과 큐반 재즈, 그리고 섬이 주는 묘한 고립감까지! 한마디로 "매력적인 쿠바는 나의 몸과 마음을 완벽하게 지배하고 말았네"였다. 열흘 일정으로 짠 쿠바 여행은 출발도 하기 전에 너무나 많은 환영들로 나를 헛물켜게 했다.

**#2** / 리마를 떠나는 날 아침의 분주함은 유난했다. 이제 쿠바니까. 아바나행 비행기가 오전 10시 30분 출발이라 새벽부터 일어나 우당탕거리며 수선을 피웠다. 리마에서 아바나까지 비행시간은 5시간 30분, 우리 셋의 편도 항공권 요금은 무려 274만 476원이다. 쿠바에 안 갈 수 없을 테지만 수백만 원짜리 카드 영수증은 시간이 지나도 변색하지 않는 서늘함을 주었다.

친절한 리마 호스텔 사장은 집 앞까지 환송하며 택시에 짐 싣는 걸 거들었다. 페루와 리마, 굿 프렌드 호스텔, 그리고 자신을 잊지 말라며 'LIMA'라는 글씨가 새겨진 작은 손지갑을 선물로 내밀었다.

여행이란 만남과 헤어짐을 자연스럽게 받아들이는 일련의 훈련이다. 처음엔 서운하고, 또 만나자는 기약으로 서로를 위로하고, 일상으로 돌아와서는 틈틈이 미소로 그리워하고, 세월이 지나면 쌓이는 아련함을 참지 못해 불쑥 다시 배낭을 짊어지고 길 위로 나서게 만드는 묘한 감정의 뫼비우스 띠다. 서로 다른 모습으로 다른 공간에서 각자의 삶을 살아가지만 모두는 뜨거운 피가 흐르고 예의를 아는 같은 인간이라는 동질감을 여행을 통해 배우게 된다.

"쿠바 여행자카드 샀어?"

"여행자카드?"

"응, 쿠바는 여권에 출입국 도장을 찍어주는 대신 별도의 카드에 찍어주거든."

"그 카드는 얼마야?"

"한 장에 25달러. 그리고 쿠바에 입국하려면 확정된 출국 비행기 표가 필요해."

"그런 거 아직 없는데."

"그래? 그러면 쿠바 공항 입국심사장에서 입국을 거부당할 수도 있어. 그러면 너희는 다시 리마로 돌아와야 할걸!"

항공사 여직원의 도움인지 협박인지를 받으며 여행자카드를 구입해 작성했다. 머릿속에 "입국을 거부당할 수도 있어"라는 말만 맴돌았다. 입국할 때 출국 티켓을 요구하는 제도는 건방진 운명론자들 가운데 교조적 원리주의자의 소행처럼 보였다. 마음 가는대로 발길을 옮기는 맛에 사는 게 인생인데 들어가기도 전에 언제 나가냐고 다그치다니. 이제 막 태어나려는 아이에게 언제 죽을 거냐고 묻는 것처럼 심통 맞아 보였다. 그래! 까짓것 쿠바 입국을 거부당하면 당당하게 리마로 돌아와서…… 뭘 하지?

#3　　　/　　　"너희 셋이 가족이야?"

"응. 내가 아빠, 쟤가 엄마, 쟤는 성주야."

"출국 비행기표 보여줄래?"

"출국 비행기표? 없어. 열흘 뒤에 멕시코 칸쿤으로 갈 건데 아직 표를 못 샀어."

"그래? 아무럼 어때. 쿠바에 온 걸 환영해."

출국 비행기 표가 없다고 정말 쫓아내면 어쩌지? 쿠바 아바나 호세 마르티Jose Marti 국제공항에서 잠시 긴장했다. 결과는 무사통과다. 볼리비아 비자 받을 때도 그랬지만 '가족'은 어디를 가든 균일한 위력을 발휘한다. 국제 범죄 예비자는 참고할 만한 대목이다.

입국심사를 받는 동안 가장 눈에 띈 것은 여인의 스타킹이다. 우리나라 여성이 '무문 스타킹족'이라면 쿠바 여성은 부담스럽게 화려한 '다문 스타킹족'이다. 별까지 달린 공항 근무복이 단정하고 경직된 느낌인데 반해 아래 받쳐 신은 스타킹은 주체할 수 없는 끼와 욕망을 어필했다. 하나같이 표정은 에너지가 넘친다. 정글에서 막 뛰어나온 용맹한 타이네Taine 족 원주민 처녀 같다. 카리브의 태양을 닮아 활달하고, 밝고, 긍정적인가? 공산주의에 대해 선입관이 있었던 이성주와 이선영은 쿠바의 친절함에 적잖이 놀랐다. 체제가 무엇이든 사람 사는 곳은 비슷하다는 걸 나는 1991년 아직 수교 전이던 중국을 여행하며 두루 배웠다. 일 때문에 북한 평양과 개성, 백두산과 금강산을 여러 차례 다닌 경험 덕이기도 하다.

**#4** / 공항 2층 환전소 앞에 줄이 길다. 전광판에 그 날 환전 시세가 주식 시황처럼 떠 있다. 쿠바에서는 한국 내 계좌에서 현금을 인출할 수 없다. 주머니 현금 아니면 신용카드 현금서비스만 가능하다. 계좌에 든 현금을 인출하지 못하는 이유는 아마 한국이 미국 계열이고,

쿠바는 미국을 싫어하기 때문일 것이다. 들고 온 미국 달러를 모두 환전해 쓴 뒤 신용카드 현금 서비스를 한도까지 받는 수밖에. 미국과 오래 앙숙으로 지냈다더니 캐나다 달러나 유로에 비해 미화 환율은 터무니없는 푸대접이다.

쿠바 돈은 두 가지다. 현지인이 쓰는 모네다CUP와 외국 여행자가 쓰는 '쿡CUC'. 현지인도 쿡을, 외국인도 모네다를 쓸 수 있다. 두 돈의 가치는 '1쿡=24모네다'다. 돈을 잘 구별하지 못하면 24배 손해볼 일이 비일비재다. 쉬운 구별법이 있다. 모네다는 체 게바라를 비롯해 유명 인사의 얼굴 그림이 들어 있다. 쿡은 유명 인사의 동상과 건물 그림이 들어 있다. 아바나 사람은 여행자를 악의 없이 곯려먹는 맛이 들어 두 화폐가 주는 혼선을 즐기는 편이다. 체 게바라가 주인공인 붉은 3모네다 화폐는 희귀하다고 해서 석 장을 미리 챙겨두었다.

환전보다 더 중요한 일은 열흘 뒤 칸쿤 가는 비행기 표를 구하는 일이다. 공항 2층에 쿠바항공과 에어프랑스 같은 몇몇 항공사 부스가 있지만 성수기라 쉽지 않다.

"열흘 뒤 칸쿤 가는 비행기 표 있어?"

"칸쿤? 매진된 지 한 150년 됐네. 배짱 좋네. 이제 와서 칸쿤 표를 찾다니!"

'황금색 뱀' 칸쿤은 극성수기를 지나는 중이었다. 모든 항공사에 모든 칸쿤 비행기가 모두 매진이다. 아바나 도착과 동시에 급격한 피로와 절망이 밀려왔다. 비행기가 없으면 배를 타? 비행기로 1시간 20분을 나는 카리브 해를 배로 가면 몇 시간이나 걸릴까? 이선영은 기본적인 항공권 예약도 하지 않았다며 아낌없이 분노했다. 공항에서 우리는 한국인 부부가 말싸움을 하면 1분 안에 누가 이기는지 쿠바인에게 적나라하게 보여주었다. 내가 키도 더 크고 몸무게도 더 나가고 나이도 더 많은데 왜 결론은 늘 이런지 미스터리다.

**#5**   /   택시가 아바나 시내로 접어드는 동안 나는 쿠바에서 열흘을 어떻게 보낼까 궁리했다. 그러다 옅은 물살에 슬로모션처럼 흔들리는 수초가 되어야겠다고 마음먹었다. 카리브의 훈풍을 맞으며 에메랄드빛 바다에서 유영하기. 백사장 한편 한때 번듯했을 쓰러진 건물 벽에 걸터앉아 헤밍웨이의 소설과 모히토, 시가와 여성 편력의 상관관계 탐구하기. 아바나의 눈부신 낡음과 낡음 사이를 걷다 부에나비스타 소셜 클럽의 '찬찬chan chan'이 들리는 길모퉁이에 멈추어 지그시 눈 감기. 그리고 혁명으로 가난을 공평하게 나눠 가지느라 여태 잃지 못한 쿠바의 투명한 인간다움 만끽하기. 마지막으로 노예선을 타고 끌려와 물라토라는 이름으로 살아가는 쿠바 민중의 폭풍 같던 근현대사 이해하기. 이 정도면 쿠바에 온 이유가 충분하지 않을까?

**#6**   /   우리는 미국 국회의사당을 본떠 지은 카피톨리오 Capitolio 뒷길에 내렸다. 도시 한복판으로 카리브의 농익은 햇빛이 눈부시게 낙하하는 중이다. 두오모 성당처럼 거대한 돔을 인 카피톨리오는 빛을 받아 연한 노랑과 연한 분홍과 연한 회색을 같은 비율로 섞어 칠해놓은 듯 온화한 느낌을 튕겨냈다. 야자수가 녹색 폭죽 불꽃처럼 카피톨리오를 둘러싸고 한들거린다. 1959년까지 실제 국회의사당으로 사용되다 지금은 무엇에 쓰려는지 공사가 한창이다. 카피톨리오를 배경으로 흑

백 기념사진을 찍어준다는 할아버지는 세월 탓인지 보이지 않았다.

카피톨리오 뒤쪽 모퉁이에 유구함을 지닌 아바나 대극장이 보인다. 1838년 베르디 오페라 공연으로 문을 연 대극장도 마찬가지로 공사 중이다. 두 거대한 건물이 연달아 공사 중인 탓에 도시는 방금 혁명이 끝난 1959년 1월 1일처럼 어수선했다.

아바나의 아이콘이 된 올드카가 지독한 매연을 뿜으며 질주했다. 흥청대던 왕년의 아바나로 시곗바늘을 돌려놓고 어찌나 관능적인 교태로 시선을 잡아끄는지 눈을 뗄 수 없다. 생생한 꿈을 꾸고 있는 것처럼 도시 전체가 오래된 여유를 부리며 낡은 매력을 풀풀 풍겼다. 붉되 붉지 않고, 노랗되 노랗지 않고, 푸르되 푸르지 않은 엷은 색색의 건물은 내 속에 은닉하던 모든 것을 향한 향수를 불러일으켰다. 카피톨리오 위로 마침 쿠바 국기가 펄럭였다. 이런 모든 것이 뒤섞이자 쿠바의 매력은 형언할 수 없을 지경이었다.

**#7** / 카사를 나와 대로를 건넜다. 좁고 번잡한 오비스포Obispo 거리다. 여행안내소와 여행사, 은행, 환전소, 레스토랑, 술집, 카페까지 여행자를 위한 모든 것이 마련돼 있다. 학교도 들어서 있다. 학교보다 교실이 있다는 표현이 맞겠다. 술집, 카페, 기념품 가게, 교실, 레스토랑, 술집, 교실 이런 식이다. 시끄럽고 북적대는 거리에 교실을 만들다니 대단한 쿠바 현장학습이다. 교복 입은 아이들은 송사리처럼 거리를 쏘다녔다.

오비스포 거리 어디에나 음악이 흘렀다. 카페와 레스토랑마다 콤파이 세군도Compay Segundo 주니어가 기타와 봉고, 콩가와 마라카스, 콘트

오비스포의 카페와 레스토랑마다 부드럽고 감미로운 쿠바 음악이 공연되고 있었다.

라베이스로 선율을 엮어 쿠바를 찬양했다. 행인 1, 2, 3, 4도 리듬에 몸을 흔든다. 음악에 휘감긴 거리는 풍요로웠다.

공연이 잘 보이는 테이블을 골라 쿠바에 오면 실컷 즐기자던 바닷가재를 먹었다. 쿠바는 바닷가재를 랑고스타르Langostar로 불렀다. 작은 것은 우리 돈 5,000~6,000원, 큰 것은 12,000원이다. "쿠바 만세"였다. 헤밍웨이도 이런 분위기에서 다이키리Daiquiri를 마셨겠지. 다이키리 잔을 앞에 둔 그의 동상이 있다는 라플로리디타La Floridita가 여기서 멀지 않을 것이다.

**#8** / 쿠바에서 머무는 열흘 동안 정교한 일정은 없다. 섬이니까 열흘이면 충분하지 않을까 싶고 모든 일정은 즉흥적이었다.

집채만 한 파도가 자유롭게 방파제를 넘나드는 말레콘 해변.

아바나 도착 첫날 카피톨리오에서 오비스포 거리와 대성당 광장, 아르마스 광장, 모로 요새가 보이는 바다를 걸으며 보냈다. 일종의 탐색전이었고, 적절했다.

둘째 날은 카피톨리오에서 가까운 파르타가스 시가 공장Real Fabrica de Tabacos Partagas에 갔다가 공장이 이전해 허탕 쳤다. 중앙공원을 거쳐 아바나의 꽃 말레콘El Malecon 해변을 걸었다. 집채보다 큰 파도가 말레콘 방파제를 치고 넘어왔다. 바닷물로 흥건한 해변도로는 차가 다니지 못할 정도다. 바다가 빤히 보이는 말레콘 해변은 폐허로 방치된 건물이 많았다. 미국의 경제봉쇄로 왕년의 영화를 되찾을 여력이 아직 부족해

서다. 폐허를 포함해 말레콘 해변에서 바라본 풍경은 과연 아바나를 대표할 만했다. 영화 〈부에나비스타 소셜 클럽〉에서 콤파이 세군도가 걸었고, 쿠바를 소개하는 모든 여행프로그램의 프롤로그나 에필로그 배경이 되는 곳이다.

말레콘 해변을 따라 서쪽으로 주거지역을 지나 베다도Vedado까지 걸었다. 베다도는 아바나의 신시가지다. 유명한 랜드마크 호텔 리브레Habana Libre와 가장 비싸다는 언덕 위 호텔 나시오날Hotel Nacional, 아바나 대학교가 있다. 발길 닿는 대로 간 베다도인데 우연히 들른 아바나 여행사에서 비싼 가격에 칸쿤 비행기 표를 구했다. 뜻밖이었다.

오후에는 빨간색 올드카를 타고 말레콘 해변을 달렸다. 중앙공원에서 T1이라고 적힌 빨간색 시티 투어 버스를 탔다. 버스는 오전 내내 걸었던 지역을 넘어 도시 서쪽 끝까지 돌았다. 혁명광장 내무부 건물 벽에 체 게바라와 피델 카스트로의 얼굴 조형물을 봤다. 아쿠아리움과 올드카 정비소를 지났다. 세계에서 가장 위대한 자동차 정비공은 쿠바 정비공이다. 저 오래된 차를 지금도 움직이게 하다니. 온갖 회색 석상으로 가득한 도심 공동묘지와 노란색 코코택시 행렬과 을씨년스러운 바닷가 축구 스타디움과 해안 방어용으로 추정되는 거대한 시멘트 구조물을 지났다. 너무 거칠어진 파도로 말레콘 해변 도로는 통제되었다. 우리는 저녁으로 바닷가재를 먹었다.

# 당일치기로 다녀가서는
# 불만과 후회를 적립할 태곳적 원시림

� 비날레스 협곡의 해돋이.

**#1** / "수능? 대학? 관심 없어요. 고3 기말시험 끝나고 바로 배낭 쌌죠."

"2년째 남미 여행 중이에요. 떠도는 게 익숙해져 이젠 돌아갈 곳이 없네요."

"더 늦으면 영 늦을 것 같아 죽기 전에 좋다는 곳은 다 보려고 마누라하고 왔지. 6개월째야."

"우매한 민중이 부정한 권력에 주는 두 가지 선물이 있어. 복종과 외면이지. 떠나고 싶다는 로망은 흔해. 모두의 유전자에 공히 내재된 일종의 관습 같지. 우리는 왜 머무르길 두려워할까? 반복이 주는 고루함 때문이지. 예측 가능한 것은 곧바로 지루해. 지루함은 원초적 공포를 내포하고, 움직이지 않는다는 것은 저격수의 가늠자 위에 놓인 표적처럼 위태해. 우주의 법칙은 예측 가능한 것을 도태시키며 진화했어. 장가를 가고 시집을 오는 이유가 뻔한 근친교배에서 오는 실패를 줄이기 위해서인 것처럼."

"언론? 하하. 언론이 하는 일은 어리둥절한 대중을 끝까지 계속 어리둥절하게 만드는 거지."

아바나의 밤은 알 수 없는 사연과 괴담이 넘쳤다. 더불어 밤은 짝짓기 시간이기도 하다. 마음 맞는 사람끼리 내일 여행 일정을 공유하고 동행을 결정한다. 이합집산이다. 스무 살이라면 얼마나 신났을까마는 내게 마흔이 가까운 화가 아내 이선영과 중2가 되는 이성주가 매달려 있다.

연세가 일흔 중반을 넘어 아내와 남미를 6개월째 여행 중인 전직 신문기자 어르신을 만났다. 성격도 호탕하고 모르는 걸 부끄러워하지 않으며, 여전히 호기심이 왕성한 분이다. 호아키나에 묵으러 왔다 방이 다 차서 인근의 더 좋은 카사에 짐을 부리고 일행을 찾으러 다시 호아키나에 와 우리를 만났다.

"우리도 내일 비냘레스 가는데 같이 갈래요?"

"여기 쿠바잖아요. 제가 올드카 섭외할 테니 내일 올드카 타고 비냘레스 가시죠!"

**#2** / 시골길을 굽이돌아 도착한 비냘레스 전망대에서 우리는 비냘레스만의 독특한 지형을 단번에 알아챘다. 평평한 초록 밀림에 석회암 바위가 느닷없이 툭툭 튀어 오른 모습. 산은 완만한 곡선으로 이어지지 않고 바다에 뜬 섬처럼 독자적으로 행군했다. 이름을 알 수 없는 크고 붉은 꽃이 군데군데 박혀 풍경에 포인트를 주었다. 구름을 헤치고 햇볕한 줌이 사선으로 명암을 입히자 비냘레스는 전인미답의 태곳적 원시림, 아니면 잘 관리된 절대자의 정원처럼 강렬하게 위대해졌다.

"다음 갈 곳은 인디오 동굴Cueva del Indio이야. 배 탈 수 있지?"

"동굴 안에서 배를 타?"

"응 동굴 안에서 배를 타. 강이 있거든."

인디오 동굴 관리사무소는 동굴 속 체증에 무관심했다. 제법 유명세를 타는지 초입부터 인산인해다. 좁고 어두운 석회암 동굴을 따라 사람 행렬이 미로 속으로 길게 이어졌다. 기다리느라 비냘레스의 아까운 시간이 모두 소진되는 것 같아 몸이 달았다. 이 줄의 끝에 묶여 있는 게 테세우스Theseus든 미노타우로스Minotaurus든 빨리 끝을 봐야 할 텐데.

신경이 날카로워 배에서 천둥 번개가 요란했다. 전진도, 후진도 할 수

1. 빨간 올드카를 빌려 시골길을 굽이굽이 돌아 비냘레스에 도착했다.
2. 인디오 동굴 앞의 표지판. 배를 타기 위해서는 이곳에서 동굴 속을 거쳐 225m 더 가야 한다.

없는데 난감했다. 이마에 땀이 송골송골 맺혔다. 동굴 입구에서 선착장 까지 겨우 200m인데 2광년은 떨어져 보였다.

동굴 속 공기가 다 닳아 집단 질식이라도 하는 게 아닐까 걱정될 만 큼 오랜 시간을 기다려 우리는 선착장에 도달했다. 동굴 속에 정말 강이 흘렀다. 종유석이나 석순, 석주가 없지 않지만 동굴의 주력은 역시 '배타기'다. 깊이를 알 수 없는 강은 하데스Hades(그리스신화에 나오는 지하세계를 주관하는 절대자)가 지배하는 타르타로스Tartaros(무한대의 지하세계)로 넘어가는 스틱스Styx(지하세계에 흐르는 강) 같은 스산함을 발산했다. 강을 건네주는 작은 모터보트에 사공 카론Charon(죽은 자의 영혼을 스틱스 강 건너로 실어다주는 늙은 뱃사공)이 키를 잡았고, 강 양안으로 불쑥불쑥 바윗돌들은 케르베로스Kerberos(지하세계의 입구를 지키고 있는 머리 셋 달린 거대한 개)를 닮았다. 행여 배가 동굴 벽에 부딪혀 뒤집히지나 않을까 몸이 저절로 움찔거렸다.

"저 안으로 더 들어갈 수 있지만 당최 위험해서."

산미구엘 동굴 입구. 실제 뱀은 없는데, 곳곳에 뱀 모형물을 설치해놓아 기분을 언짢게 하는 곳.

이런! 떨어지는 물을 코에 맞으면 영원한 행운이 함께한다는데 물이 코를 조준해볼 겨를도 없이 카론은 느닷없이 대항해 종료를 선언했다. 뱃사공 카론은 불과 5분 만에 뱃머리를 돌려 울퉁불퉁한 구멍을 통해 우리를 인간 세계에 토해놓았다. 인간 세상은 축축한 비가 계속됐다.

"두 번째 동굴은 산미구엘San Miguel 동굴이야."

입구가 넓은 무대를 갖춘 레스토랑으로 꾸며졌다. 밤에는 나이트클럽이 된다는데 영업이 잘될지 모르겠다. 무대 옆으로 인공미가 물씬 풍기는 구멍을 따라 들어갔다. 필요에 의해 파낸 좁고 낮은 구멍이었다. 실제 뱀은 없는데 곳곳에 뱀 모양의 장식을 세워 기분이 언짢았다. 한참 들어가자 구멍이 넓어지며 커다란 개활지가 나타났다. 한눈에 봐도 높은 산으로 빙 둘러싸인 천혜의 요새다. 쿠바 사람이 이 동굴을 팔렌

비냘레스의 명물, 무랄(벽화). 입장료 내고 들어가서 사진 찍는 여행자는 몇 명이나 될까?

케Palenque(울타리)라고 부른 이유가 있구나. 사탕수수밭에서 혹사당하던 흑인 노예가 자유를 찾아 은신처를 마련한 곳이다. 석회암 절벽에 뚫려 있는 구멍에 두려움을 머금은 노예의 눈망울이 우리를 내려다보고 있는 것 같다. 노예들이 오래도록 이 축복의 땅에서 심신의 고통을 눅이며 잠시 위안을 얻었길.

#3 / 비냘레스에서 마지막으로 둘러본 곳은 절벽에 그려진 무랄Mural(벽화)이다. 길이 180m, 높이 120m 벽화에 파랑, 빨강, 녹색, 노랑, 하늘 색으로 사람과 달팽이, 공룡 같은 걸 어수선하게 그려놓았다. 카스트로가 혁명에 성공하고 혁명을 기리기 위해 만들었다. 제작 기간 4년, 비냘레스의 형성과 인간의 진화를 설명했다는데 작품성 평가는 차

치하고 관광지로 큰 결함이 있다. 벽화가 너무 큰 탓에 입장료를 내고 들어가지 않아도 멀리서 보인다. 여행자의 99.9%가 입장료를 받는 입구 50m 전방에 차를 세우고 증명사진을 찍고 돌아간다. 쿠바 관광청 입장에서 '메롱'인 상황이다. 무료입장이 가능한 이성주에게 카메라를 들려 들여보내고 우리도 남들처럼 멀찌감치 차를 대고 벽화를 구경했다. 작품이 심오해 가슴에 와닿지 않는 벽화 대신 만지면 잎이 순식간에 오그라드는 길섶 풀을 가지고 노는 재미가 쏠쏠했다.

　일사병에 걸리지 않는다면 하루나 이틀쯤 묵으며 자전거로 느리게 비냘레스의 자연을 만끽하면 어땠을까? 실제 많은 여행자가 자전거로 계곡을 누비던데 햇볕이 너무 강렬한 낮에는 사탕수수밭에 끌려온 흑인 노예처럼 고단해 보였다. 막 동이 틀 무렵의 비냘레스는 또 다른 모습을 보여줄지도 모르는데. 당일치기로 다녀와서는 안 되는 곳이다. 공룡이 튀어나올 법한 계곡에 벽화와 산미구엘 동굴, 인디오 동굴을 천천히 며칠에 걸쳐 돌아보는 게 비냘레스에 대한 도리겠다. 어쩐담. 비냘레스 여행을 마치고 아바나로 돌아가는 차 안으로 온통 사소한 후회가 끈적하게 밀려들었다.

# 변두리 해변에서
# 지나친 행복을 맛보다가
# 만난 불청객

▛ 여행객에 알려지지 않아 한적한 과나보 해변.

#1　　/　　헤밍웨이Ernest Hemingway의《노인과 바다》를 어려서 나는 흑백 TV로 봤다. 눈이 내린 추운 겨울 오후였으니 '토요명화'는 아니었고 '겨울방학 특선영화'였을 것이다.《노인과 바다》는 보잘것없이 작은 배에 탄 한 노인이 거친 파도와 싸우며 끝내 큰 물고기를 잡아내는 내용이다. 배보다 더 큰 물고기를 낚아 올리느라 노인이 밧줄에 손을 다치는 장면과 배 옆에 묶은 물고기를 상어들이 죄다 뜯어 먹어 뼈만 앙상하게 남은 장면은 지금도 생생하다. 당시 실제 바다를 본 적 없던 나는 영화를 보는 내내 망망대해에 떠 있는 노인의 배가 너무 위태롭다고 생각했다.

그 뒤 30년 넘는 세월이 흐르는 동안 아는 형이 참치전문 요리점을 냈는데 하필 상호가 '노인과 바다'인 걸 제외하고 특별히 헤밍웨이와 인연 없이 지내왔다. 그러다 남미 여행을 준비하면서 쿠바를 일정에 넣었고 쿠바를 공부하면서 다시 헤밍웨이를 만났다. 미국의 작가이면서 누구보다 쿠바를 사랑했고, 쿠바 여자와 시가와 칵테일을 사랑했고, 쿠바에서 추방당하자 권총으로 자살해버린 헤밍웨이.

출국하기 전 일부러 영화《노인과 바다》를 찾아서 다시 봤다. 아, 영화 속 주인공 노인 이름이 산티아고Santiago였구나, 젊어서 잘나가는 어부였으나 84일 동안이나 물고기를 잡지 못한 노인이었구나, 마을 주민이 손가락질하는 사실을 알면서도 묵묵히 지냈구나, 따르던 이웃집 꼬마를 두고 혼자 나선 고기잡이에서 잡아 올린 거대한 물고기가 청새치였구나, 새삼 알게 되었다. 무엇보다 헤밍웨이처럼 불필요한 수식을 빼고 신속하고 거친 묘사로 사실만 쌓아올리는 소설 작법을 '달걀을 완숙시킨다'는 의미의 '하드보일드Hard Boild'라는 것도 알게 되었다. 헤밍웨이의 걸출한 하드보일드 작법을 화면으로 적절하게 설명할 수 없으니 영화 《노인과 바다》는 '물고기 못 잡아 놀림 받던 노인이 끝내 큰 물고기를 낚았는데 상어가 다 뜯어 먹고 만 영화'로 표현할 수밖에 없었을 거라는 이해도 되었다.

"하드보일드 문체란 짧고 날카롭고 생생한 거야. 헤밍웨이는 탁월했다고 D. H. 로렌스가 극찬을 했다는군. 글쎄 그 하드보일드 문체를 숙성시켜 1954년 노벨문학상까지 받았다니까. 헤밍웨이가!"

"화가인 나로서는 하드보드지는 들어봤어도 하드보일드는 영 관심 밖이야."

"그 화가의 하나뿐인 아들로서 하드보드지는 들어봤어도 하드보일드는 역시 영 관심 밖인데."

의외의 저항이다. 미국인이면서 쿠바의 대표 연관 검색어가 된 헤밍웨이. 술과 여자와 낚시와 투우를 사랑했던 마초 헤밍웨이. 그의 흔적을 보려면 아바나에서 10km밖에 안 떨어진 코히마르Cojimar로 가면 되는데 둘은 내켜 하지 않았다. 소설 《노인과 바다》를 집필한 모티프가 코히마르 어촌 마을이었대도 곧이듣지 않았다. 헤밍웨이가 실제 그 마을에서 청새치 낚시를 즐겨 했고, 소설의 실제 모델인 어부 그레고리오 푸엔테스Gregorio Fuentes와 친분을 나눈 곳이라고 해도 관심 없어 했다. 헤밍웨이가 즐겨 찾던 레스토랑 '테레사La Terraza'에 가면 이중 메뉴판으로 엄청난 바가지를 쓰며 근사한 식사를 할 수 있대도 물끄러미 내 입만 바라보았다. 얘기인즉 평생 헤밍웨이와 그의 하드보일드를 즐겨 하지 않았는데 굳이 찾아가 증명사진을 찍는 것이 허영 이외에 어떤 의미가 있느냐는 주장이다. 그래서 놀랍게도 우리는 쿠바 아바나에 와서 헤

한가로운 과나보 해변의 어부와 작은 고기를 보며 《노인과 바다》를 떠올려보았다.

밍웨이를 지척에서 못 본 체하는 면박을 주기로 결정해버렸다.

**#2** / 코히마르 대신 우리가 간 곳은 30분쯤 더 달리면 나오는 무명의 해변 과나보였다. 반듯하게 이어지던 하얀 모래가 멀리 바다를 향해 부메랑처럼 꼬부라져 돌아나갔다. 파도는 조신하게 해변에 붙어 애교 부리듯 찰싹거렸다. 바다는 가까운 곳에서 옅은 연두색이다가 멀어질수록 짙푸른 파랑으로 변했다. 먼 곳에는 또 섬처럼 연두색이 군데 군데 박혀 있다. 파도를 몰고 온 바람은 일정한 속도로 부드럽게 머리 칼을 쓸어 넘겨주었다. 순풍이다. 가지가 한쪽으로 쏠린 야자수는 가늘게 흔들리며 작은 그늘을 만들었다. 과나보에 파도와 햇볕과 바람과 야자수와 모래와 그리고 우리뿐이었다. 이 넓고 아름다운 카리브 해변을 한 가족이 독차지하다니.

과나보에는 없는 게 많았다. 번듯한 호텔이나 리조트가 없다. 샤워장도 없고, 파라솔도 없다. 결정적으로 관광객도 없다. 아주 아름답지만, 사람이 잘 찾지 않는 한적한 쿠바의 해변, 가공되지 않은 숨겨진 원석이다. 있는 것도 있다. 열악한 간이 화장실—입구에 곱게 늙어가는 쿠바 할머니가 전대를 차고 지킨다—해변에 밀려난 해파리 떼. 해파리는 어른 주먹만 한 파란 공기주머니를 한껏 부풀린 채 태양 아래 말라 갔다. 동네 아이가 경중경중 뛰며 공기주머니를 팡팡 터트렸다. 이성주와 나도 해파리를 몇 마리 터트렸다. 돈을 받고 사진을 찍어주는 노인이 고개를 절레절레 흔든다. 해파리가 몸에 닿으면 두드러기가 난다고 했다. 노인을 향해 엄지를 들어 보이고 바다에 뛰어들었다. 수온은 적당했다. 파도에 몸을 맡기고 가마우지처럼 둥둥 떠다녔다. 부드러운 직선으로 하늘과 모호한 경계를 긋는 수평선을 보고 있자니 지나치게 행복해져 이성주에게 서너 번 물탕을 튕겨주었다.

"아들아, 아들이어서 고마워."

자맥질하느라 이성주는 듣지 못했다. 타이밍 하고는. 너무 자주 써먹는 관용어라 단물 빠진 껌처럼 감흥도 없을 테지만. 나는 혼자 흡족했다. 카리브의 바람이 내 말을 잠시 머금고 있다가 물 위로 나온 이성주의 가쁜 호흡을 통해 심장까지 고스란히 전해줄 것 같은 기분이 들었다.

두 달 가까이 이어진 남미 강행군 중에 바다에 뛰어들어 해수욕을 즐기긴 처음 아닌가 싶다. 이성주를 너무 몰아붙였나 괜히 미안한 쪽으로 마음이 기울었다.

야자수 그늘에서 쉬는데 이성주 몸에 이상 증세가 나타났다. 두드러기가 올라오더니 목덜미와 귀, 가슴팍과 등까지 울긋불긋 단풍이 지기 시작했다.

"해파리에 쏘인 거 아냐!"

나는 곧장 마을로 뛰었다. 약국은 모르겠고, 일단 깨끗한 물로 몸을 씻어줘야 할 것 같았다. 샤워장이라도 있으면 좋으련만 과나보 해변에는 아무것도 없다. 행인 2에게서 들고 있던 빈 페트병을 얻었다. 해변에 딸린 레스토랑 주방에 들어가 민물을 채운 뒤 해변으로 달렸다. 이선영의 극진한 사주경계 속에 누워 있던 이성주 몸에 물을 뿌려 씻어주었다. 세 번쯤 그렇게 하자 두드러기는 점차 줄어들어 프톨레마이오스 Ptolemaeos의 세계지도 같은 얼룩만 남게 되었다.

"아휴. 망할 해파리 같으니라고!"

내 회사 동료와 오래 묵은 친구는 나를 해파리라고 부른다. 그런 사실을 뻔히 아는 이선영은 카리브에 떠 있는 해파리를 향해 악담을 퍼부었다. 죄책감이 들었다.

극진한 간호로 한참 만에 두드러기는 진정됐다. 해파리에 질린 우리는 과나보 해변을 따라 무턱대고 아바나 쪽으로 걸었다. 이제 막 불꽃놀이가 시작된 무늬가 새겨진 산호 조각 몇 개를 주웠다.(지금 우리 집 진열장에 있다.) 여전히 지천인 해파리는 침을 뱉으며 돌아갔다. 이선영은 "지겨운 해파리 새끼"라고 작게 중얼거렸다.

04

**트리니다드**Trinidad

# 어떻게든
# **이곳의 진짜 매력을 보았으면**
# **여행은 그것으로 오케이!**

◤ 이탈리아의 중세도시를 떠오르게 하는 트리니다드의 풍경.

**#1** / 아바나 호아키나 카사를 나와 '아바나 클럽Havana Club' 라벨이 붙은 쿠바 럼주를 사러 어두운 뒷골목을 혼자 걸었다. 거리는 목적이 불분명한 많은 사람으로 붐볐다. 쿠바는 여느 나라와 달리 직업적인 거지가 보이지 않는다. 가난을 나눠 가져 극단적인 가난은 멸종했다. 쿠바에서 동냥을 구하는 정통 거지는 내 기억에 본 적이 없다.

리쿼스토어 작은 철창문 틈에 머리를 디밀고 좀 싼 '아바나 클럽' 럼주와 좀 비싼 '아바나 클럽' 럼주를 샀다. 거스름돈으로 동전을 받아 몸을 돌리려는데 매력적인 젊은 쿠바 여인 셋이 나를 부드럽게 감싸며 포위했다. 맥지McG 감독의 〈미녀 삼총사〉에 나오는 카메론 디아즈Cameron Diaz와 드류 배리모어Drew Barrymore와 루시 리우Lucy Liu 같았다. 토탈 시-스루 룩 카메론 디아즈가 내가 받으려던 동전을 낚아채더니 오래된 동무처럼 어깨동무를 걸어왔다.

"허니. 하찮은 이 푼돈으로 뭐 할 거야? 담배나 사자."

"응? 나 얼마 전 담배 끊었는데. 참고로 난 아내, 아들과 여행 중이야."

"응, 알아. 하지만 의지박약한 내 동생이 아직 담배를 못 끊었어."

"아, 그래? 그럼 사야지."

미녀 삼총사가 면도칼을 쓰며 강요하는 분위기는 아니었다. 오래 알던 고향마을 동생이 아이스크림 사달라고 보채는 투였다. 쿠바에서 별일이 다 있다 싶어 그러라고 했다. 승낙이 떨어지기 무섭게 카메론 디아즈는 동전을 내밀고 담배 한 갑을 받았다.

"고마워, 허니."

수줍음 많고 대인관계가 열악해 보이는 루시 리우가 격려하듯 내 엉덩이를 툭툭 쳤고, 쿠바 미녀 삼총사는 유유히 어둠 속으로 사라졌다.

미몽에서 깨어난 나는 카사로 돌아오며 이 짧고 강렬한 사건에 어떤 제목을 붙여 보관함에 넣어야 할지 고개를 갸우뚱했다. 노상강도?

#2   /   아바나에서 택시로 6시간을 가는 트리니다드Trinidad는 이탈리아 중세 도시 피렌체Firenze를 연상시켰다. 사탕수수를 가득 실은 배가 스페인을 향해 출발하던 1827년 어느 평범한 여름 트리니다드 도시 전체가 마법에 걸려 시간이 딱 멈춘 듯했다. 파스텔 톤의 낡은 건물 하나하나가 주는 아득한 아련함도 근사했고, 도시를 이루는 모든 사물이 오케스트라처럼 뿜어내는 조화로움은 더 은근했다. 첨탑과 전망대가 달린 종교시설을 제외하고 2층을 넘지 않는 낮은 건물은 친밀감을 더해주었다. 음악이 끊이지 않는 골목은 그때 그 자갈 보도블록 그대로다. 마차를 끄는 말굽 소리가 자갈 바닥에 부딪혀 청명하게 공명했다. 웃자라 보이는 야자수 위로 깊게 파란 하늘이 펼쳐졌다. 흰 새 떼가 파란 하늘 속을 유영했다. 오후로 넘어가는 강렬한 햇볕은 산프란시스코 교회의 샛노란 벽에 직각으로 부딪혔다. 모세가 신의 계시를 받을 당시 시나이 산Mount Sinai 정상이 그랬을까, 트리니다드 도시 전체가 눈부신 빛으로 불타올랐다.

"말을 타야겠어!"

"말을 타야겠다고!"

"아무렴 말을 타야 하고말고!"

카사에 짐을 풀자 대뜸 말타령이다. 트리니다드에 말 타러 온 것은 아닌데 당장 말부터 타고 보겠다는 분위기다. 이성주와 이선영이 기수 준비를 하는 동안 나는 말 투어를 예약하러 버스 터미널 근처 골목에 찾았다. 온몸이 도화지인 말 투어 매니저와 어렵지 않게 접선했다. 여러 팀이 경쟁하고 있어 가격은 흥정만 잘하면 설사하듯 내려갔다. 도시 뒤쪽 들판과 숲을 2~3시간 달리는 투어를 예약했다.

"말 다루기 쉬워. 고삐를 잡고 가고 싶은 방향으로 살짝 움직여봐. 멈추고 싶으면 뒤로 살짝 당기면 돼. 미친 듯이 달리고 싶으면 후려쳐. 뒷감당은 알아서 하고."

전진, 좌로 우로, 멈춤. 가이드는 세 가지 기술을 전수하고 곧 출발했다. 말은 상상 외로 예민했다. 고삐를 1mm만 좌우로 움직여도 기막히게 방향을 틀었다. 고삐를 당기면 멈추고, 발로 배를 톡 차면 시속 6km로 달렸다. 반응 속도가 놀라울 정도다.

하지만 말과 나누는 교감은 잠시였다. 몸에 힘이 들어간 자세로 말 등에서 흔들리자 발끝에서 사타구니까지 경련이 일었다. 쿠바의 진정한 속살을 들여다본다는 설렘은 파탄 났다. 말이 한 발짝 걸을 때마다 엉덩이와 허리가 끊어질 듯 아팠다. 안장에 닿은 맨살은 시커멓게 쓸려 멍이 들었다. 이성주의 말이 추월하려는 내 말을 계속 물어뜯었다. 내 말은 가시덤불로 밀려나 반바지 입은 다리 전체에 핏빛 빗살무늬를 새겨주었다.

말이 풀을 뜯느라 고개를 처박으면 미끄럼을 타지 않으려고 최대한 뒤로 누운 어정쩡한 자세로 기다렸다. 가이드가 은방울을 흔들어 딸랑거렸다. 말을 재촉하는 암구호다. 방울 소리에 놀란 말은 속도를 높였고 나는 주먹으로 허벅지 경련을 구타하며 마냥 괴로웠다. 반면 이선영은 무난했고, 이성주는 의외로 늠름했다. 안장에서 엉덩이를 떼고 속도를 높여 앞지를 때는 골든 혼Golden Horn(유럽을 대표하는 명마)을 조련하는 관록의 기수 같았다.

"말 타는 게 체질에 맞는 것 같아."

마을과 들판, 숲을 달려 쉬어가는 작은 농장에 도착했다. 재능을 발견한 이성주는 말에서 뛰어내리며 매우 만족했다. 수고한 말은 다리 하나를 더 꺼내 일제히 오줌을 누었다. 오랑우탄이 된 나는 가이드의 부축을 받아 가까스로 말에서 떨어졌다. 농장주 아들이 안내하는 의자에 주저앉아 돌아갈 땐 걸어가겠다고 다짐했다.

농장주가 정글도로 사탕수수 줄기를 잘라왔다. 껍질을 벗기더니 롤러 두 개를 붙인 압착기에 넣고 즙을 짜냈다. 이성주와 오랑우탄도 옛날 흑인이 돌렸을 손잡이를 잡고 힘껏 롤러를 돌려 사탕수수를 짰다. 노르스름하고 희멀건 사탕수수 액즙이 흘러나왔다. 거기에 파인애플 즙을 조금 넣었다. 직접 사탕수수를 짜 먹어보긴 처음인데 맛은 놀라울 만큼 달고 신선했다. 단숨에 마신 컵을 탁자에 탁 하고 내려놓자 농장주는 "1잔 1쿡"이라며 씩 웃었다.

**#3** / "어제 말을 탔으니 오늘은 자전거 투어를 하자!"

"싫어. 또 말을 타야겠어!"

"아무렴, 말을 타야 하고말고!"

말 때문에 트리니다드에서 우리 일정은 헝클어졌다. 이튿날 아침 내가 자전거 투어를 제안하자 둘은 다시 말 투어를 가겠다고 우겼다. 말릴 틈도 없이 둘은 마요르Mayor 광장에서 성주 또래 가이드와 거래를 트더니 뒤도 안 보고 사라졌다. 혼자 남은 나는 맥주를 사 먹고 마요르 광장에 누워 깜박 낮잠을 잤다.

1. 나와는 달리 두 동반자는 트리니다드에서 말 타기에 빠져들었다.
2. 직접 짜는 노동이 보람 있을 만큼 사탕수수 즙은 놀라울 만큼 달고 신선했다.

**#4** / 눈을 떴다. 파란 하늘에 야자수가 나풀댔다. 얼굴이 따끔했다. 여기가 어디지? 세부? 푸켓? 시엠립? 몽롱하게 몸을 일으켰다. 아, 트리니다드. 마요르 광장 벤치! 왼쪽 얼굴이 뺨 맞은 것처럼 아팠다. 만져보니 끓는 냄비처럼 뜨거웠다. 자는 사이 지구가 굴러 그늘 벤치가 햇볕 한복판으로 움직인 탓이다. 조금 더 잤으면 '마징가Z'의 아수라 백작이 될 뻔했다. 상파울루 세Se 광장의 거지가 떠올라 서글펐다. 대낮 트리니다드 공원에서 잠이나 자고. 그깟 말 때문에 나를 떼놓고 가다니 자존심도 상했다. 힘들게 벤치에서 몸을 뗐다. 무기력이 본드처럼 다시 벤치로 나를 당겼다. 이러면 안 되지. 여기는 트리니다드니까. 혼자 자전거라도 타고 놀자.

슬슬 움직여 자전거 대여소를 찾아냈다. 하루 빌리는 데 3쿡을 쳤던가? 여권을 달라기에 휴대전화를 맡기고 자전거를 빌렸다. 나 홀로 자전거 투어! 조금 기운이 났다. 힘차게 페달을 밟고 올라타 내리막길을 질주했다.

걸으며 볼 때보다 빠르게 풍경이 스쳐 갔다. 창문이 활짝 열린 어린이집에 아이들이 간이침대에 누워 오수에 빠져 있다. 바로 옆 산부인과에는 배불뚝이 산모들이 면회 온 철부지 남편 입술을 핥으며 둘째 만들 궁리를 했다. 환전할 은행을 찾느라 여섯 번을 오갔던 안토니오 마세오 Antonio Maceo 거리도 지났다. 내가 방문한다면 오늘의 첫 손님이 될 동물원도 지났다. 집집이 걸린 빨래가 햇볕에 바삭하게 말라갔다. 거리의 말똥도 구수하게 말라갔다.

불과 몇 분 만에 트리니다드 외곽으로 빠져나왔다. 태양이 뜨거웠다. 자전거 택시, 그늘 소파에서 잠든 노인, 어디서 와 어디로 가는지 모를 철길을 지났다. 앙콘 Ancon 해변 가는 길이다. 내쳐 달렸다. 내리막을 달릴 때 오길 잘했구나 싶어 행복했다. 오르막이 나오면 '말이나 타러 갈걸' 하며 땀구멍 없는 개처럼 헐떡였다. 도심에서 멀어질수록 트리니다드를 품고 있는 쿠바의 넉넉한 풍광이 들어왔다.

길은 바닷가 마을 라보카 La Boca로 이어졌다. 마을은 한산했다. 커다란 나무가 거대한 그늘 방석을 깔고 앉아 부채질로 더위를 식히고 있다. 자전거를 나무에 기대놓고 바다에 뛰어들고 싶은데 잠금장치가 없어 그만두었다. 하필 물로 떨어진 야자열매가 파도에 밀려 바위에 툭툭 부딪히는 걸 오래 구경했다. 라보카는 고즈넉했다. 트리니다드의 여행자 99%가 앙콘 해변을 찾는 덕에 라 보카는 충분히 아름다운데도 여행자의 어수선함을 피해 고결함과 정갈함, 단아함, 조신함을 유지했다.

1. 두 사람이 말 타기에 흠뻑 빠져든 사이, 나는 자전거를 타고 트리니다드의 곳곳을 구경했다.
2. 당나귀 탈 손님을 기다리고 있는 노인의 모습.

**#5** / 우리는 트리니다드에서 하루 30쿡 하는 카사에서 머물렀다. 15쿡 하는 바닷가재를 다섯 마리 먹었다. 5쿡짜리 스페인 귀족식 아침을 두 끼 먹었다. 2박 3일 머문 트리니다드 카사에 숙식비로 178쿡을 지불했다. 트리니다드에서 우리는 누구와 섞이지 않고 우리끼리 놀았다. 아침과 저녁은 카사에서 먹고, 점심은 무얼 먹었는지 기억이 없다. 여행책이 추천하는 레스토랑에 가지 않았다. 밤마다 춤과 음악으로 진짜 쿠바의 모습을 보여준다는 파티도 물론 가지 않았다. 한 번쯤 들러본다는 살사 강습도, 절대 놓치지 말아야 할 칵테일 칸찬차라 La Canchanchara도 마시지 못했다. 그러고 보니 앙콘 비치에서 해수욕도 못 하고, 시내에서 겨우 8km 떨어져 있다는 잉헤니오스 계곡Valle de los Ingenios으로 가는 증기기관차도 타지 못했다. 노예 감시탑은 트리니다드를 떠나는 택시 안에서 기사가 손짓을 해줘 2초간 보았다.

트리니다드에서 대체 뭘 한 거지? 한 사람은 사흘 내내 말만 탔다. 또 한 사람은 이틀 동안 말만 타다 하루는 시내를 걸었다. 나머지 한 사람은 하루는 말 타고, 하루는 자전거 타고, 하루는 걸으며 트리니다드 원주민처럼 지냈다.

반면 시내 박물관은 빠짐없이 돌았다. 노예를 어떤 대형으로 실어야 배에 최대한 많이 실을 수 있는지 연구해놓은 그림을 보고 크게 웃었다. 원색으로 그려진 쿠바의 그림을 보고, 식당을 돌며 즉석 연주로 동전을 받는 악사의 음악을 들었다. 추천 일정은 포기한 채 트리니다드를 떠나지만, 발품 덕에 트리니다드는 덩어리째 가슴에 와 박혔다. 어디 찾아다닐 것 없이 트리니다드의 진짜 매력을 보았으니까 그러면 됐다 싶었다.

# 아쉬운 대로
# **체 게바라의 숨결을 찾아**
# **기웃기웃**

▌ 아바나의 혁명광장에 있는 내무부 건물 벽에 걸린 체 게바라의 얼굴.

**#1** / "산타클라라Santa Clara? 여기는 왜 온 거야? 여행책에도 별 볼 게 없다지 않아!"

"체 게바라, 혁명 기념탑, 나름 쿠바의 상징!"

"별 달린 베레모에 시가를 문 그 핸섬 가이? 그 사람 보자고 여길?"

트리니다드에서 4시간 걸리는 산타클라라를 동선에 넣은 건 순전히 체 게바라 때문이다. 나는 남미 여행을 계획하기 훨씬 전에 영화〈모터사이클 다이어리The Motorcycle Diaries〉를 봤고,《체 게바라 평전》과《체의 마지막 일기》같은 책도 거의 읽었다.

인물 좋은 아르헨티나 중산층 의대생 출신이 피델 카스트로와 쿠바혁명을 성공한 과정은 조정래 선생의《태백산맥》과 견줄 만한 대하드라마였다. 체에 결정적으로 꽂힌 대목은 혁명 성공 이후 모든 기득권을 내려놓고 다시 정글 게릴라로 돌아가는 장면이다. 체는 카스트로에게 '쿠바에서는 모든 일이 끝났다'고 말하고 아직도 고통 받는 민중을 해방시키기 위해 게릴라로 돌아갔다. 그리고 볼리비아의 산속에서 미국의 지원을 받는 정규군과 교전 끝에 서른아홉 살의 나이로 사살됐다. 의대생이 혁명을 위해 게릴라가 되더니 혁명에 성공해 거머쥔 부귀와 명예를 던지고 다시 게릴라로 돌아갔다. 나는 체의 진심이 느껴졌다. 쿠데타로 나라를 빼앗아 한몫 크게 챙긴 무리가 대를 이어 득세하는 어느 나라에서 지겹게 숨이 막힌 터라 '혁명의 아이콘' 체의 유해와 체의 기념관과 체의 숨결과 체의 모든 것이 응축된 산타클라라에 꼭 가보고 싶었다.

그런데 싫다고 한다! 트리니다드에서 택시를 타고 4시간을 달려 이제 막 산타클라라에 들어섰는데 둘은 다른 도시로 가길 원했다. '헤밍웨이 2탄'이다. 이 뜨거운 날 혁명 따위 말고 카리브가 훤히 보이는 바다에서 좀 쉬고 싶다고 했다. 기왕 왔는데 하루만 묵어가자고 해도 둘이 힘을 합치더니 막무가내다. 나 혼자 산타클라라에 남고 아바나로 먼저 보낼까 고민했지만, 끝내 '헤밍웨이 사태' 재판이 되고 말았다.

트리니다드에서 택시로 4시간을 달려 산타클라라에 도착해놓고, 곧바로 택시를 갈아타고 3시간 넘게 걸려 며칠 전 해파리의 습격을 받은 과나보 해변으로 가고 말았다.

**#2**　/　"올해 마흔아홉 살이 된 체의 막내아들이 쿠바에서 오토바이 여행사를 차렸어. 할리 데이비슨을 타고 쿠바를 일주하는 여행 상품을 판대. 오토바이를 타고 남미 민중의 삶을 돌아보고 의사에서 게릴라가 된 아버지를 기념하는 사업이라나!"

"변호사인 체의 아들이 만든 여행사 이름은 '라 포데로사 투어La Poderosa Tours'야. 체가 스물세 살이던 1951년 12월 의대 졸업을 앞두고 친구와 7개월 동안 타고 남미를 여행했던 오토바이 이름이지. 6일짜리, 9일짜리 투어가 있는데 비용이 3,000달러에서 5,800달러. 엄청나네."

체를 아쉬워하며 졸지에 다시 찾아온 과나보의 밤은 쉽게 잠들지 못했다. 산타클라라를 그냥 지나쳐 온 게 여간 찜찜하지 않았다. 둘은 천만다행이라며 저녁으로 치킨을 먹고 잠들었다. 언제 쿠바를 다시 와볼 거라고 여행을 이렇게 띄엄띄엄 하는지 한심한 생각이 들었다. 밤바람이 차가웠고, 파도 소리는 규칙적이었다. 카리브의 밤하늘에 별이 춤추듯 반짝였다.

**#3**　/　예정에 없던 2차 과나보 여행을 마치고 아바나로 돌아왔

혁명박물관의 꺼지지 않는 불꽃. 체의 정신보다 체를 상품화하는 세태에도 혁명의 불꽃은 여전히 타오르고 있다.

다. 산타클라라에서 아쉬웠던 체의 흔적을 찾아 혁명박물관을 찾았다. 카피톨리오에서 중앙공원을 거쳐 마르티 대로를 따라 말레콘 쪽으로 걷다 보면 영원히 꺼지지 않는 횃불이 불타는 혁명박물관이 나온다. 횃불을 사이에 두고 할머니기념관Memorial Granma과 혁명박물관이 나란히 붙어 있다.

혁명박물관 입구에는 남미 해방을 위해 싸운 시몬 볼리바르Simón Bolívar와 2차 쿠바 독립전쟁을 이끈 호세 마르티José Martí 동상이 서 있다. 한때 대통령궁이었고, 독립을 위해 싸운 쿠바 투쟁의 역사가 고스란히 담긴 영광의 장소다. 벽에는 방금 총격전을 벌인 듯 총알 자국이 남아 있다. 혁명 당시 대통령궁 탈환을 위해 벌였던 긴박한 총격전의 흔적이다.

박물관에는 혁명군의 활약을 담은 사진과 서류, 무기가 맥없이 전시돼 있다. 대부분 쿠바혁명의 3인방 피델 카스트로Fidel Castro와 체 게바라Che Guevara, 카밀로 시엔푸에고스Camilo Cienfuegos가 주인공이다. 피델은 카키색 군복에 덥수룩한 수염, 체는 훤칠한 얼굴에 검은색 베레모, 구레나룻과 시가, 비교적 덜 알려진 시엔푸에고스는 중절모에 M-1 카빈총을 들고 밀랍 인형이 되어 여전히 쿠바 정글을 헤매고 있다.

사진 가운데 카스트로가 야구장에서 군복을 입고 시타 하는 장면이 있다. 카스트로는 아바나 법대생 시절 야구선수로 활약했고, 메이저리그 뉴욕 양키스와 워싱턴 새니터스 입단을 시도했다가 실패한 이력이 있다. 역사에 가정이 없다지만 미국이 카스트로를 메이저리거로 영입했다면 세계 역사와 쿠바의 운명은 지금쯤 130°쯤 달라져 있을지 모르겠다.

혁명박물관을 다 돌고 나면 중정을 거쳐 자연스럽게 할머니기념관으로 넘어간다. 커다란 보트를 중심으로 T-34 소련제 탱크와 윌리Willys 지프, 총알받이가 된 소방차, 영국 시퓨리 전투기Sea Fury Hawker가 빙 둘러 서 있다. 기념관 이름이 할머니가 된 이유는 1955년 카스트로와 체가 이끄는 혁명군 82명이 쿠바에 진격할 때 탄 보트 이름이 그란마Granma였기 때문이다. 쿠바 공산당 중앙위원회 기관지 이름도 '그란마'다. 쿠바인은 이 보트를 '쿠바혁명의 어머니'로 이해하고 있다. 당시 보트 이름이 개똥지빠귀가 아니어서 다행이었다.

정복을 입은 군인이 엄숙하게 지키는 횃불은 1984년 카스트로가 점등한 이후 쿠바인의 가슴에서 이미 꺼진 혁명 정신을 대신해 그을음을 내며 타고 있다. 횃불 옆에 '영원한 영광, 새 조국의 영웅들Gloria Eterna, A Los Heroes De La Patria Nueva'라는 글귀가 오기처럼 처연했다.

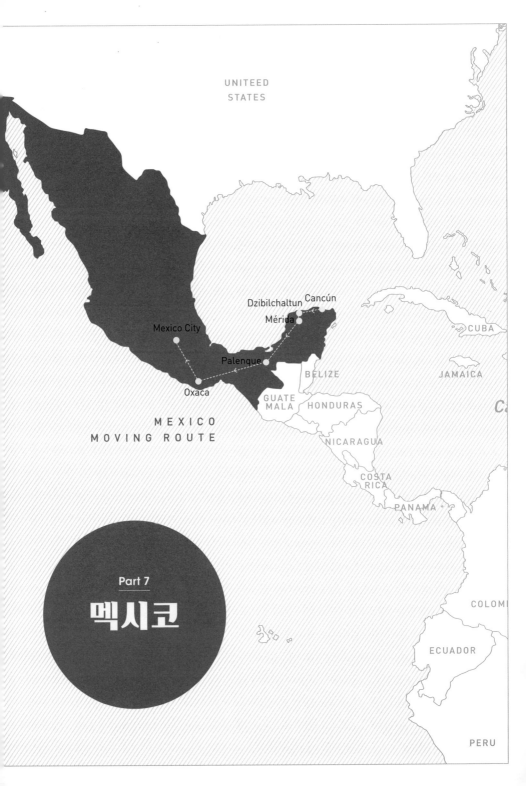

UNITEED
STATES

Dzibilchaltun  Cancún
Mérida

Mexico City
Palenque
BELIZE

Oxaca
GUATE  HONDURAS
MALA

MEXICO
MOVING ROUTE
NICARAGUA

COSTA
RICA

PANAMA

CUBA

JAMAICA

COLOMI

ECUADOR

PERU

Part 7

멕시코

이에르베엘아과Hierve el Agua

# 칸쿤에서 단 하룻밤을 보내려는
## 두둑한 배짱

▶ 칸쿤의 요트 선착장.

**#1** / 2월이 깊어갔다. 우리의 여행도 노을 지는 시간이 임박했다. 수확할 낟알과 새를 위해 남길 낟알을 분별하느라 밤이 짧았다. 아바나의 마지막 날, 잠든 이성주를 물끄러미 보며 지난 두 달의 시간에 붙일 적정한 레테르를 어림했다. 이번 여행이 아직 열리지 않은 세계를 향한 기회의 열쇠가 되면 좋으련만. 간 시간과 올 시간의 무게는 균일한 질감으로 수평을 이룰 뿐 응답하지 않는 기도 같아 여전히 확신이 서지 않았다. 머무는 것, 유지하는 것, 집착하는 것, 영원을 믿는 것 따위가 얼마나 부질없는 것인지 깨닫게 되길 바라며 잠든 이성주의 머리칼을 와락 쓰다듬었다.

아메리카 대륙에서 남은 시간은 이제 열흘. 마지막 나라 멕시코. 쿠바 아바나에서 멕시코 칸쿤으로, 메리다, 팔렌케, 오악사카를 거쳐 마지막 수도 멕시코시티Mexico D.F까지 주파하는 일정이다. 총 2,210km, 이동 수단은 오로지 버스다. 마지막 도시 멕시코시티에서 한국 가는 비행기 표는 예매해놓았다. 멕시코가 상상 외로 넓어 시간이 상상 외로 촉박했다. 한 군데 일정이 어긋나면 전체가 틀어질 수 있다는 생각에 마음이 조급했다.

**#2** / 쿠바 아바나에서 1시간 20분 만에 멕시코 칸쿤으로 날아왔다. 창밖으로 보이는 칸쿤 풍경은 미국 어느 휴양지 도시처럼 휘황했다. 남미의 다른 나라와 확연히 달랐다. 미국인이 은퇴하고 살고 싶은 1위 도시라더니 칸쿤은 역시 달러의 은혜를 직격으로 받은 냄새가 풍겼다. 스페인어를 쓰는 미국이라 해도 과하지 않다. 칸쿤 센트로 버스 터미널에 도착하자 해가 졌다. 우리는 전 세계 신혼부부가 그렇게 오고

싶어 하는 칸쿤에서 겨우 하룻밤만 자기로 일정을 짜놓고 말았는데, 그게 바로 오늘 밤이다! 가히 '만행'이라 부를 만한 만행이었다. 열흘도 아쉬울 판에 겨우 하룻밤이라니!

**#3** / 어렵게 찾아낸 4층짜리 호텔 로비에 유명해 보이는 여가수의 단독 콘서트 포스터가 요란했다. 하필 오늘 하필 이 호텔 로비에서 여가수의 무료 단독 콘서트였다. 짐을 풀고 산책 겸 라스팔라파스 광장Parque de Las Palapas까지 걸어가 매콤한 멕시코 타코Taco로 늦은 저녁을 먹었다. 정글 투어까지 예약하고 호텔로 돌아오자 로비에 여가수의 단독 콘서트가 막 시작됐다. 분위기가 사뭇 묘했다. 종업원이 99%인 관중은 관제 느낌이 물씬 났다. 의아하다 싶었는데 여가수의 노래 한 소절을 듣고는 기함을 했다. '가수가 되고 싶었으나 결정적으로 음치에 박치라 가수를 포기한' 대신 돈 많은 호텔 사장의 마음을 사로잡은 여자의 한풀이 시간이었다. 그녀는 상대의 분노를 고양하고, 분통을 터트리는 목소리의 소유자였다. 목소리 하나로 상대의 온갖 부정적인 감정선을 저격하는 탁월한 소질이 엿보였다. 동원된 종업원은 북한식 박수와 표정으로 일관했고, 사장만 행복했다. 눈에서 붉은 하트가 심장 박동에 맞춰 연신 발사됐다. 나이 차로 미뤄 '부인 4호'쯤 돼 보였다.

4호의 악다구니에 잠을 잘 수 없을 것 같아 호텔을 나왔다. 술주정 창법의 4호가 어서 탈진해 쓰러지거나 성대결절이 오길 기원하며 단 하루뿐인 칸쿤의 밤을 오래 산책했다.

**#4** / 다음 날 칸쿤 센트로에서 1시간 반쯤 떨어진 정글. 아름

이런 하늘, 바다, 햇살을 두고 단 하루 일정을 잡았다니!

드리나무를 연결해놓은 짚라인에 매달려 스릴을 만끽하고, 사륜 오토 바이를 타고 숲을 누빈 끝에 세노테Cenote에 도착했다. '성스러운 우물' 이라는 뜻의 세노테는 석회암 바위지대가 녹아내려 생긴 거대한 구멍에 물이 고인 일종의 싱크홀Sink Hole 또는 돌리네Doline(석회암이 빗물이나 지하수에 녹아 침식돼 접시 모양으로 움푹 팬 웅덩이)다. 동굴처럼 땅속으로 들어가 있는 세노테가 있고, 호수처럼 땅 위에 만들어진 세노테가 있다. 우리가 간 세노테는 땅에서 20m쯤 움푹 꺼진 커다란 석회암 구멍에 물이 고인 모양이다. 수심은 5~6m쯤 됐고, 물은 차고 맑았다. 물고기도 많았다. 햇빛의 각도에 따라 형용할 수 없는 색으로 변해가는 세노테, 수경으로 들여다본 물속 풍경은 물고기가 주인공으로 나오는 잘 만들어진 애니메이션의 하이라이트를 보는 듯했다. 햇빛이 닿지 않는 어두운 구석은 괴물이라도 튀어나올 것처럼 섬뜩한 느낌을 풍겼다. 유카탄 반도에 3,000개가 넘는 세노테가 있다. 석회암 동굴 수영장 세노테는 멕시코 여행 중에 알게 된 뜻밖의 성과다. 제각기 모양이 독특한 세노테를 찾아다니며 수영하는 투어를 해보고 싶을 정도로 인상 깊었다. 정글 투어를 끝내고 칸쿤 호텔 앞으로 펼쳐진 그림 같은 해변에 앉아 반나절을 보냈다. 딱 하룻밤 머문 칸쿤에서 해변보다는 세노테에 마음이 쏠렸다.

## 02

**메리다**Mérida **& 치빌찰툰**Dzibilchaltun

# 멕시코에서 신선놀음은
# 세노테가 단연 최고

� 치빌찰툰에 있는 세노테, 슬라카.

**#1** / 정상적인 사고를 하는 여행자라면 칸쿤에서 메리다Mérida 가는 길에 치첸이트사Chichen Itza라는 유적지를 들르는가 보다. 마야 문명의 정수라는 타이틀이 붙어 있어 인기 있는 곳이라 버스표도 일찍 매진된다고 한다. 유적이 즐비하다는데 우리는 메리다에 도착하고 나서야 치첸이트사를 그냥 지나쳤다는 걸 눈치챘다. 위대한 유적을 무시하고 지나쳐도 되느냐는 의문이 들었는데 둘은 그래선 안 된다고 말하지 않았다. 사실 칸쿤에서 저녁 6시 출발하는 버스여서 치첸이트사를 들를 겨를도 없었다.

가만 보니 여행책이 추천하는 멕시코 동선은 마야와 아즈텍 문명의 흔적을 따라가는 길이었다. 그렇다면 우리는 도착하는 도시마다 이전 도시에서 신물 나게 본 돌탑과 돌계단과 무너진 돌덩어리와 돌로 만든 건물을 계속 볼 가능성이 높다. 폐허와 다름없는 돌무더기를 바라보며 마야와 아즈텍의 영화로웠을 한때를 상상하는 일은 생각 외로 지루하고 고통스럽다. 마야든 아즈텍이든 마지막 도착 도시 멕시코시티에서 몰아 즐기기로 하고, 가는 길은 멕시코의 자연을 보고 싶은데.

**#2** / 메리다에서 어렵게 찾아낸 숙소는 아메리카 여행 도중 묵었던 숙소를 통틀어 가장 의미심장했다. 1900년 초 지구에서 인구 비례 가장 많은 백만장자가 살던 도시다운 집이었다. 하늘이 뚫린 거대한 직육면체에 조성된 저택 중정은 수백 년 된 고목이 울창했다. 식민시대 영주의 저택을 개조한 내부는 유명 휴양지의 풀 빌라를 능가했다. 마당에 조경용 수영장이 운치를 더했다. 벽을 타고 오른 덩굴식물은 집의 역사를 기록하는 사관처럼 근엄했다. 나무 한 그루, 화초 한 포기, 바

닥에 깔린 자갈색까지 안주인의 취향이 고스란히 배어났다. 세심하게 사치한 노력도 역력했다. 여주인은 백인 우월주의를 가까스로 교양으로 억누르고 있는 전형적인 미인이었다.

"메리다는 특별한 도시야. 100년 전 멕시코 한인 이민자가 들어와 처음 정착한 곳이거든."

1905년 메리다의 에네켄Henequen 농장에서 일하던 한인의 모습이 담긴 사진이 공개된 적이 있다. '한인 노동자'라는 제목이 붙은 사진은 이민생활을 막 시작한 1세대 이주 한인 열아홉 명의 모습을 담고 있다. 멕시코 이민사에 가장 오래된 사진이다.

1905년 4월 4일 제물포항을 출발한 영국 상선에 이민자 1,033명이 탑승했다. 일제가 강제 해산한 대한제국군 200명과 대한제국 관리도 포함됐다. 75일간 항해 끝에 멕시코에 도착한 사람들은 메리다 농장에서 용설란의 일종인 에네켄 잎을 자르는 고된 노동에 동원됐다. 에네켄에서 뽑은 섬유질은 선박용 로프와 그물침대 아마카Amaca를 만드는 데 쓰였다. 1996년 이들의 삶을 담은 영화 〈애니깽〉이 발표되기도 했다. 멕시코 이민사회는 일제강점기 독립군 자금을 지원하기도 했다. 멕시코 한국대사관은 이민 100주년이 되던 해에 메리다에서 100주년 기념식을 열었다. 메리다에 한국 이민 역사를 소개하는 박물관이 있는데 잘 알려지지 않아 찾는 사람은 많지 않다. 6세대까지 이어진 한인 후손은 멕시코 전역에 3만 명 넘게 살고 있다.

**#3** / "누구나 다 가는 곳 말고 가까우면서도 의미 있는 장소가 있을까?"

"치빌찰툰Dzibilchaltun. 만족할걸! 기원전 300년에 건설된 마야의 고대 도시야."

독립 건물로 마련된 주방에서 아침 식사를 하며 여주인에게 물어보니 치빌찰툰을 소개해준다. 치첸이트사는 칸쿤으로 돌아가는 동선이라 마뜩잖고, 욱스말Uxmal은 2시간 넘게 걸린다. 어젯밤 메리다에 도착한 우리는 오늘 밤 11시 버스로 팔렌케로 이동해야 하므로 가까운 곳이라야 했다.

백만장자의 정원에서 커피까지 내려 마시고 간단히 짐을 챙겨 숙소를 나왔다. 안주인은 우리의 짐을 밤까지 맡아주기로 했다. 메리다 거리는 헤매기가 쉬웠다. 가로 길은 짝수, 세로 길은 홀수 번호가 매겨져 있어 숫자만 보면 대략의 위치와 거리를 짐작할 수 있어 편했다. 도시는 낡아도 웅장한 맨션과 곳곳에 들어선 광장과 공원이 한때의 영화를 고풍스럽게 뽐냈다. 거리는 활기로 넘쳤고, 소칼로Zocalo 광장 그늘에 마리·아치Mariachi가 흘렀다.

"마야시대 메리다의 이름은 이츠칸시호Ichkanziho였대. 5개의 피라미드라는 뜻."

"피라미드는 어디로 갔대?"

"스페인 침략자가 그냥 뒀겠어? 저 성당을 봐. 피라미드를 허물어 저걸 지었겠지."

한때 마야의 힘을 상징하던 피라미드는 무너지고 그 위에 스페인의 종교가 우뚝 서 있다. 민중은 마야든 스페인이든 동원돼 그들의 탑을 쌓는 노역에 시달리기는 매한가지였을 것이다. 인류의 위대한 유산을 보고 있노라면 규모와 아름다움에 감탄하기보다 노역과 채찍이 연상돼 마음이 편치 않다. 마야의 것이었다, 스페인의 것이었다, 지금은 멕시코의 것이 된 대성당 벽은 은은한 빛을 발했다.

우리는 뜨거운 태양에 노출된 채 소칼로 광장을 돌았다. 1549년 도시를 처음 세웠다는 몬테호Paseo de Montejo의 집과 1598년 세웠다는 대성당과 현대미술관을 찾아갔다. 그런데 월요일이라 대부분 문을 닫았고, 현대미술관은 공사 중이었다. 메리다가 온몸으로 우리를 거부하는 기분이었다. 시내 투어는 보기 좋게 실패했다. 한 도시에 하루씩만 배정해놓은 부작용이다.

"이렇게 도시에 외면당하느니 치빌찰툰으로 가버리자!"

콜렉티보(현지의 주민들이 대중교통으로 이용하는 버스보다 작은 승합차)는 시골 마을 종점에 우리를 내려주었다. 오토바이 택시를 타고 10여 분을 더 달리자 치빌찰툰 입구가 나타났다. 욱스말이나 치첸이트사처럼 개발된 곳이 아니어서 관광지 냄새가 나지 않았다. 사람도 거의 없어 한산했다. 마야시대부터 존재하던 마을 치빌찰툰은 소금 생산을 위해 건설됐다고 한다. 이선영이 피로 누적에 따른 두통을 호소해 입구에 남겨두고 이성주와 둘만 들어갔다. 평범한 숲 여기저기 마야 유적이 어떤 것은 온전하게, 어떤 것은 훼손된 채 서 있다. 햇볕이 뜨거웠고 로롱(Lolong, 몸집이 큰 바다악어)만 한 이구아나는 돌 틈에서 갑자기 나타나 우리를 놀라게 했다.

치빌찰툰에서 가장 유명하다는 '일곱 인형의 신전'이 멀리 보였다. 발견 당시 신전 안에 일곱 개의 작은 인형이 들어 있어 붙은 이름이다. 춘분과 추분에 신전 정문을 통해 일출을 볼 수 있다는데 이 땡볕에 걷기는 너무 멀어 보였다. 마야의 흰 길 사크베Sakbe 주위에 더위를 피할 나무 한 그루 서 있지 않았다. 나는 걷는 대신 손을 뻗어 멀리 신전을 가리키며 말했다.

"잘 봐라. 저기가 그 유명하다는 일곱 인형의 신전이다."

이성주가 일곱 인형의 신전에 가보고 싶다고 말할까 봐 재빨리 주변에 널려 있는 계단식 돌 신전을 누가 빨리 올라가나 내기를 걸었다. 이성주는 산양처럼 한달음에 계단을 뛰어올랐다.

건물 사이에 운동장만 한 공간이 나타났다. 마야인은 이곳에서 경기를 펼쳐 이긴 사람이 자신의 심장을 신에게 바치는 우스꽝스러운 내기를 했다. 진 사람이 죽는 게 아니라 이긴 사람이 죽는 게임이니 경기가 얼마나 지리멸렬했을까? 아니면 얼마나 세뇌를 당해야 제물로 죽는 걸 자랑스럽게 여길 수 있을까? 얼핏 신전 바윗돌이 핏빛으로 보이고 피비린내가 끼쳐오는 듯했다. 혹시 내가 밟고 있는 돌이 펄떡대는 심장을 올려놓던 차크몰Chac-mool이 아니었을까 싶어 조금 서늘했다.

신전이야 그렇다 치고 치빌찰툰의 압권은 역시 단연 세노테 '슬라카Cenote Xlakah'다. 신에게 제를 올리던 신성한 샘인데 지금은 우리 같은 여행자가 벗고 첨벙대는 물놀이장이 되었다. 식수를 얻을 수 있는 세노테 덕분에 마야인은 치빌찰툰 마을을 세울 마음을 먹었을 것이다. 축구장 1/4 정도 크기, 가슴까지 오는 얼음물, 짙고 투명한 에메랄드빛 물색, 수면에 드리운 수초, 유영하는 물고기, 주변을 에워싼 나무와 나무가 선사한 그늘, 그리고 거의 우리밖에 없는 호젓함까지, 모든 게 완벽했다. 마야 치빌찰툰 부족장도 이렇게 벗고 들어앉아 태평성세를 흥얼대며 쾌재를 불렀겠지.

멕시코에 오기 전 멕시코의 이미지가 선인장Cactus, 솜브레로Sombrero,

세노테에서는 투명한 에메랄드빛 수면을 바라봐도 좋고, 직접 발을 담가도 상쾌하다.

테킬라Tequila, 타코Taco, 마약Drugas이었는데 멕시코에 오고 나니 세노테, 세노테, 세노테, 세노테로 바뀌었다. 수영을 즐기고 바위에 걸터앉아 발만 물에 담갔더니 물고기가 달라붙어 살을 물어뜯었다. 처음에는 닥터 피시 느낌으로 시원했는데 이따금 피라니아가 섞여 있던지 깜짝 놀라 발을 빼고 피가 나는지 관찰해야 했다.

## 03
**팔렌케Palenque**

# 강원도 삼척 무릉계곡에서 보낸
# 어느 한여름의 피서 같은 오후

◤ '파란 물'을 뜻하는 아과아술의 계곡.

남미 여행

**#1**　　/　　밤 버스에 오른다. 메리다를 떠난다. 침낭을 뒤집어쓰고, 추위에 떨며 잠이 든다. 끊임없이 뒤척거린다. 몽롱한 밤은 힘겹게 지나간다. 밤이 가고 눈을 뜨면 어김없이 아침이다. 기지개를 켜는 거대한 대륙에 꽂힌 낯선 좌표, 낯선 도시에 도착한다. 눈을 감았다 뜨면 나타나는 전혀 낯선 시공간. 눈을 감은 동안의 시간은 휘발성이 강하다. 눈을 뜨면 기억이 없다. 몽유가 이런 것일까? 새롭게 도착한 도시는 타바스코Tabasco(멕시코 동남부의 주)에 있는 팔렌케Palenque다. 마야 문명의 한가운데. 오랜 여행은 감성을 무디게 한다. 반복되는 위대한 마야의 숲에서 마음의 길을 잃었다. 타성이 감성을 대체했다. 지쳤다. 낯선 도시 팔렌케는 어떤 의미일까? 멕시코 여행은 뭔가 어긋난 느낌이다. 우리는 유카탄의 자연이 그리운데 여행의 나침반은 정확히 마야문명을 관통하는 데 치우쳐 있다.

　터미널 광장에 팔렌케-미솔하Misolha－아과아술Agua azul을 묶어 파는 여행 패키지 호객꾼이 많았다. 대부분 저녁 7시 넘어 끝나는 일정이라 우리는 불가능했다. 낮에만 팔렌케에 머물고 저녁 6시면 오악사카Oaxaca로 떠나야 하는 신데렐라 신세이기 때문이다.

　팔렌케 시내를 걸었다. 정말 작아서 몇 번 오가자 아는 사람이 생겨 인사를 나눌 정도다. 그에게 물어보니 20km 떨어진 곳에 흐르는 물줄기 미솔하Misolha('내 운명은 있다'는 그럴듯한 번역이 나온다)가 있고, 64km 떨어진 곳에 파란 물, 아과아술이 있다. 팔렌케가 과테말라 티칼Tikal과 함께 마야 문명의 중심이라지만 유적은 외면하기로 했다. 해골의 신전, 비문의 신전, 붉은 여왕의 신전이 줄지어 있대도 멕시코시티에서 갈 테오티우아칸Teotihuacán이 다 보상해줄 거라고 믿었다. 멕시코에서 유적지만 따라 도는 건 한국을 여행하는 외국인이 불국사-송광사-통도사-법주사를 도는 것과 다르지 않다.

**#2**　　／　　타코를 먹으며 팔렌케에서 우리는 '파란 물' 아과아술만 보기로 했다. 흐르는 물줄기 미술하는 35m 높이의 폭포인데 사진으로 아무 감흥을 주지 않았다. 아과아술은 50여 개의 폭포가 계단식으로 펼쳐진 석회암지대라니 종일 수영이나 했으면 싶었다.

아과아술을 향해 출발한 콜렉티보는 멕시코의 험준한 산과 밀림 틈으로 난 좁은 길을 따라 미친 듯이 달렸다. 멀미 사전예보를 1분에 한 번씩 하던 이선영은 결국 1시간 30분 만에 차에서 내려 대역죄인 자세로 토했다. 정신없이 내린 곳은 멕시코 숲 속 한복판. 아과아술까지 택시를 타고 더 가야 한다며 산적을 닮은 멕시칸이 손을 까딱거렸다.

택시로 10분을 더 들어간 아과아술은 특별했다. 울창한 숲 넓은 골짜기에 황갈색 석회암 바위지대가 뭉게구름처럼 흘러내렸다. 구름 계단을 타고 이름 그대로 파란 물이 바위를 두툼하게 감싸며 쏟아졌다. 포말은 산발한 백발처럼 무성했다.

우리는 열 일 젖혀두고 아과아술에 빠져 종일 수영했다. 물이 깊고 물살이 거세 거슬러 오르거나 떠밀리며 수영했다. 동네 아이들과 나무에 걸린 외줄 그네를 당겨 타고 점프하며 수영했다. 아과아술의 물은 어째서 이렇게 가을 하늘처럼 파랗게 빛날까 궁금하며 수영했다. 생각해보니 팔렌케는 아과아술에서 수영한 게 전부였네, 픽 웃으며 수영했다. 강원도 삼척 무릉계곡에서 보낸 어느 한여름의 피서 같은 오후였다.

1. 울창한 숲 속 넓은 골짜기 석회암 지대, 아과아술에 뭉게구름 같은 물이 흘러내렸다.
2. 아과아술에서 우리는 열 일을 젖혀두고 종일 수영만 했다.


**#3**　/　　"다시 콜렉티보를 타느니 아과아술의 귀신이 되겠다!"

　이선영이 외쳤다. 팔렌케로 돌아오는 길은 그래서 택시를 탔다. 아과아술에서 1시간 반을 맹렬하게 달려야 도달하는 팔렌케까지 택시를 타다니! 요금은? 무릎이 살짝 꺾였다. 아과아술 택시 기사는 하루 장사의 마수걸이 겸 떨이가 될 수 있는 우리에게 순순히 가격을 맞춰주었다. 3인분 콜렉티보 요금의 1.5배를 주기로 합의하자 택시는 오랜만에 암말 본 수말처럼 질주했다. 속도는 비슷해도 콜렉티보보다 승차감이 좋아 누구도 멀미하지 않았다.

　기사는 중간에 덩치가 대단한 원주민 아주머니를 양해도 없이 합승시켰다. 아주머니는 지구의 모든 택시가 좁고 한쪽으로 기울어졌다고 생각하는 분이었다. 타자마자 몸을 비틀더니 가방에서 노란 주스가 담긴 비닐봉지를 꺼내 혼자 빨아먹었다. 멕시코는 "줄까?", "마셔 볼래?"라는 단어가 아직 개발되지 않은 모양이다. 아주머니는 활화산처럼 숨 쉬었다.

03

**오악사카**Oxaca

# 취중서간:
# **행복을 유예하지 말 것!**

산토도밍고 교회 앞의 용설란.

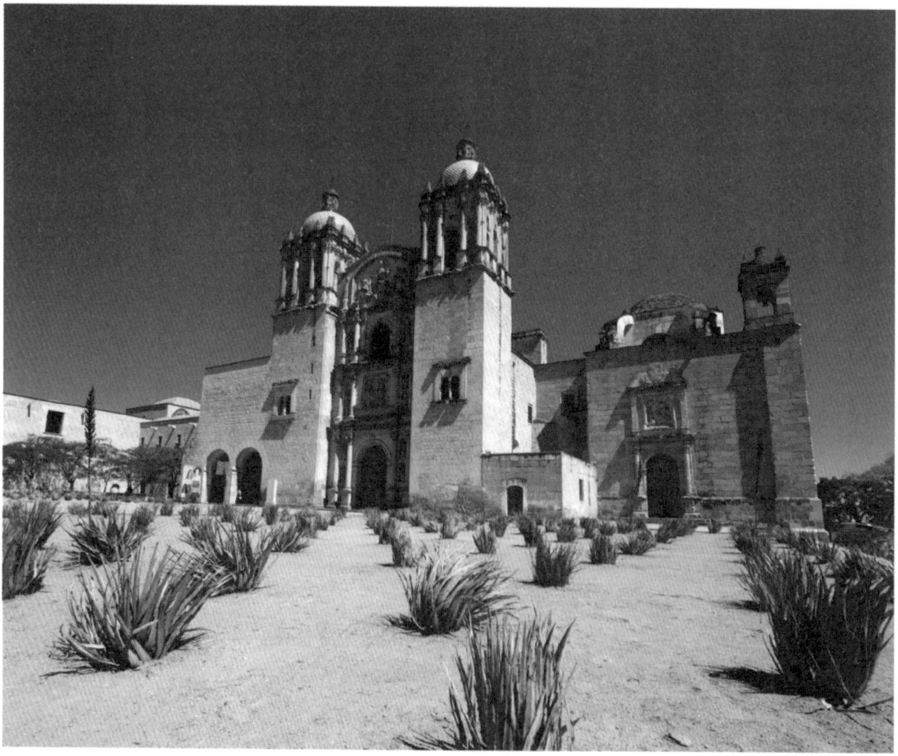

#1    /    팔렌케에서 밤 버스로 14시간을 달렸다. 이른 새벽 도착한 오악사카Oxaca는 기침 전이었다. 조금씩 동이 트며 도시가 잃었던 색을 찾아가고 부지런한 새가 소리 없이 하늘을 갈랐다. 서늘한 도시의 아침은 피곤했다. 숙소에 짐을 풀고, 계산서에 '0'을 하나 빼도 비싸다고 투덜댈 만한 음식을 먹고 거리로 나섰다. 거리는 해가 나면서 금세 더워졌다. 얼음 동동 뜬 동치미나 한 사발 들이켜고 싶은 기분이었다. 오악사카 도심은 하나의 문화유산으로 봐줄 만했다. 2층 높이로 정갈하게 늘어선 식민시대 건물은 노랑과 파랑 같은 선명한 원색으로 어깨를 맞대고 서 있다. 그 위에 쏟아지는 멕시코산 태양이 명도를 극대화해 하나하나 강렬한 이미지로 다가왔다. 어떤 건물은 어제 준공식을 마친 것처럼 늠름했다. 원주민 부족의 문명과 침략자의 문명을 씨줄과 날줄로 엮어 만든 화려한 색실 기념품은 건물보다 더 화려했다.

오악사카 산토도밍고Santo Domingo 교회는 담벼락이 직선으로 뚝뚝 떨어져 강고한 요새 분위기를 풍겼다. 카메라를 꺼내 이파리 없는 나뭇가지를 걸어 교회를 찍었다. 나뭇가지가 신의 권능에 도전하는 사탄의 마수처럼 보여 앵글은 뜻밖의 긴장감을 주었다. 머리 꼭대기에 올라앉은 태양은 지구 전체의 그늘을 모조리 녹여 밝고 빛나는 사물로 산뜻하게 빚어놓았다.

교회 앞 광장에 용설란이 멋없이 규칙적으로 심어져 있다. 아무리 해도 오와 열이 맞지 않는 훈련병 열병식 같았다. 용의 혀를 닮아 용설란이 된 용설란의 가시는 바늘, 섬유질은 실, 땔감, 종이, 끈, 옷감, 돗자리, 지붕을 엮는 재료로 사용된다. 오악사카에서 저 용설란을 찌고, 짜고, 증류해 메스칼Mezcal라는 테킬라를 만든다고 했다. 그렇다면 메스칼에는 용 침 냄새가 나겠네. 저렇게 억세게 뾰족하고 가시까지 달린 혀를 물고 사니 용은 참 안됐다. 암수가 설왕설래했다간 피를 물고 말 테니 측은하기도 하여라.

둘만 산토도밍고 교회로 들여보내고 나는 그늘 속 개 틈에 누워 용의 지극한 사생활을 상상했다. 함께 교회 투어를 할까 했지만 이런 식으로 여행을 계속하면 지구에 있는 가장 많은 종교시설을 방문한 무신론자로 기네스북에 오를 것 같았다. 신은 제단에만 있지 않고 우주에 편재하니 한가로운 그늘 개들 틈에 건방지게 누워 있어도 얼마만큼은 양해되지 않을까 싶었다.

나뭇가지사이로 보이는 오악사카의 하늘은 평생을 살며 가장 많이 본 평범한 하늘이었다. 그늘마다 개와 사람이 반반씩 누워 평범한 하늘을 바라보았다. 인수 공용 돌침대에서 허리가 아파 돌아눕는데 10살쯤 된 원주민 여자아이와 눈이 딱 마주쳤다. 전통 복장으로 껌과 사탕 세트가 담긴 좌판을 목에 걸고 이순신 장군처럼 내 앞에 우뚝 서 있다. 소녀는 "사줄 때까지 움직이지 말 것"이란 상부의 지령을 받은 듯 야무진 표정이다. 가격을 물어보니 내 탁상 감정가의 세 배를 불렀다. 터무니없이 불러놓고 막판에 선심 쓰듯 깎아주는 뻔한 수법. '내가 그 꾀에 속아 넘어갈 것 같아?'라며 가격을 깎지 않고 기습적으로 샀다. 소녀의 눈빛이 양심의 가책으로 코스모스만큼 흔들렸다. 받은 돈이 녹아내릴까 꼭 움켜쥐고 소녀는 무표정하게 뒤돌아섰다.

나는 냉큼 하나를 까서 입에 넣고 다시 누워 하늘을 보았다. 단맛이 입안에 퍼지자 평화로웠다. 가늘게 숨을 들이쉬고, 노래도 아닌 괴상한 음을 잠꼬대처럼 우물거렸다. 나를 감싸고 있던 소음과 햇볕과 촉감이 시나브로 뒷걸음쳤다. 콘 시럽과 덱스트로오스, 젤라틴, 달걀흰자가 뒤범벅되며 오악사카 전체가 마시멜로 상태에 빠져들었다. 여행의 별미는 낯선 도시의 거리 그늘 아래 개들 틈에 누워 아무것도 하지 않고 낮잠 자는 보헤미안이 되는 것이다. 알렉산더가 나타나 햇빛을 가릴 때까지 디오게네스처럼 자버리자.

더없이 편안한 시간이 또박또박 흘러가려던 찰나, 설핏 바람 같은 인기척이 느껴져 눈을 떴다. 누군가 우뚝 서 나를 내려다보고 있다. 아까 그 소녀였다. 씹던 껌의 단맛이 채 빠지기도 전에 다시 나타난 여자 이순신에 흠칫 놀라 벌떡 일어나 앉았다.

"왜? 좀 전에 샀잖아."

"……."

소녀는 처음 본 사람처럼 빨리 사지 않고 뭐하느냐고 눈으로 윽박질렀다. 나에게 하나만 더 팔면 오늘 장사를 끝낼 수 있다는 심산이다. 불심검문에 걸린 기소중지자가 된 기분이었다.

반응을 보이지 않자 소녀는 바닥에 주저앉아 장기전을 준비했다. 나는 저 둘이 왜 빨리 나오지 않을까 교회 입구를 미친 듯이 응시하고, 소녀는 저게 왜 빨리 사주지 않을까 내 얼굴을 3m 좌측에서 미친 듯이 응시했다.

어색한 상황이 물경 20분 동안 계속됐다. 어찌나 불편한지 오악사카의 태평한 미친개로 변신해 소녀를 확 물어버리고 싶은 심정이 되었다. 25분 뒤 결국 비싼 가격에 또 한 세트를 사고 말았다. 고급 심리전으로 나를 제압한 소녀는 그제야 오악사카의 풍경으로 들어가더니 유유히 소실점 너머로 사라졌다.

"날도 더운데 하나씩 입에 물고 맛이나 봐. 이게 오악사카에서 맛볼
수 있는 특별한 껌과 사탕이래서 좀 비싸지만 하나 사봤어."

산토도밍고 교회가 바로크 건축양식의 정수라는 둥, 내부 천장의 화
려한 금칠이 얼마나 유려한지 상상도 못 할 거라는 둥, 엄청난 규모의
정원에 도대체 몇 종류의 나무가 있는지 직접 봤어야 했다는 둥, 한참
자랑을 늘어놓는 둘의 입에 진귀한 오악사카의 전통 껌과 사탕을 까 하
나씩 물렸다. 껍질을 깔 때마다 얄미운 소녀의 얼굴이 눈에 선했다. 이
좁은 도시의 거리를 걷다 소녀를 또 마주치면 그땐 어쩌나 하는 걱정이
슬쩍 들었다. 아무래도 눈을 깔고 걸어야 할까 보다.

"당최 특별한 맛 따위는 나지 않는데!"

"기분 탓이야."


**#2**        /        오줌 냄새가 진동하는 소칼로 광장에서 비둘기에게 모이
를 주며 오후를 보냈다. 보석 같은 작은 갤러리를 돌며 제3의 방식으로
진화한 오악사카의 자유로운 예술혼을 맛봤다. 도서관에 찾아가 만화
로 된 잡지를 대출해갈 수 있느냐고 물었고, 천장 높은 카페에서 즉석
에서 짜 파는 망고 주스를 마셨다. 내일 오악사카 외곽을 돌아볼 투어
도 신청했다. 원주민 부족이 모여 옥수수 신에게 풍요를 기원하는 '겔
라게트사Guelaguetza' 축제가 7월에 열린다는데 2월의 소칼로도 여지없
는 축제였다. 우리는 후아레스 시장과 11월 20일 시장의 경계도 모른
채 자유롭게 이리저리 쏘다녔다. 멕시코에서 유명한 베니토 후아레스
대통령과 포르피리오 디아스 대통령이 오악사카 출신이라고 어떤 사람
이 낯선 동양인에게 자랑했다.

오악사카는 스페인 침략 전 아즈텍의 요새였다는데, 아즈텍의 흔적
은 보이지 않았다. 외곽 미트라Mithra와 몬테알반Monte Alban에 사포텍
Zapotec과 믹스텍Mixtec이 세운 도시 흔적이 남아 있다니 내일 투어에 나
서면 볼 수 있을 것이다.

발품으로 소칼로 주변을 둘러보고 욕심을 부려 오후 5시 시티 투어
버스에 올라탔다. 한 시간가량 둘러보는 시티 투어는 우리가 낮에 걸었
던 구역에서 1m도 벗어나지 않았다. 걸어서 본 곳을 버스 타고 복습한
허망한 시티 투어를 마치자 해가 졌다. 조명을 받은 오악사카의 벽은
감춰둔 요염함을 드러냈다. 히잡에 가린 무슬림 여인의 서글서글한 스
모키 눈매 같다. 크리스마스이브처럼 거리는 사람으로 넘쳤다. 따끈한
치킨 너깃을 사 먹고 남은 동전을 맹인 부랑자의 종이컵에 소리 나게
넣어주었다.

**#3** / "툴레Tule 나무야. 지구의 나무 가운데 가장 두껍지."

정돈된 공원에 들어서자 멀리 왼쪽으로 작은 숲처럼 거대한 툴레가
위용을 드러냈다. 둘레가 너무 두꺼워 '둘레, 둘레' 강조하다 보니 '툴
레'가 된 듯한 나무였다. 지구에서 가장 큰 나무는 120m짜리 미국 요
세미티 공원 자이언트 세콰이어Giant Sequoia이고, 가장 두꺼운 나무는
둘레가 58m인 이 툴레 나무라고 한다. 나무 둘레를 따라 울타리를 쳐
놓고 입장료 10페소를 받았다. 둘레가 정말 58m인지 확인하기 위해
줄자를 댈 게 아니라면 굳이 10페소를 내고 안으로 들어갈 필요는 없
다.(허리둘레가 지구에서 가장 두꺼운 툴레의 비만 유지에 기여하고 싶다면 기
부하는 마음으로 10페소를 내는 것도 괜찮다.) 어디를 가든 세상에서 가장

'둘레', '둘레'를 강조하다 보니 '툴레'가 된 듯한 나무.

큰, 넓은, 깊은, 높은, 두꺼운, 작은 것에 의미를 부여하는 공통의 관습이 있는 듯하다. 극단적으로 확대된 외연의 경계를 추구하고, 그 너머를 끊임없이 탐색하고 싶어 하는 버릇이 지금 인류가 지구를 지배하게 된 동력이 되었을 것이다.

**#4** / 물레를 돌려 알파카 털을 꼬아 실을 잣고, 용설란에서 채취한 색색의 염료로 물들인 뒤 프리다 칼로를 닮은 투박한 인물 그림이나 비옥한 멕시코의 들판을 새겨넣은 양탄자를 관광객에게 파는 농장 투어에서 우리와 동행한 농부 가족이 모처럼 호탕하게 지갑을 열어 온종일 부지런히 땀 흘린 땅딸막한 가이드의 얼굴에 큰 미소를 안겨주었다.

농부의 지갑으로 행복해진 가이드는 흙먼지를 날리며 질주하는 콜렉티보 안에서 여느 때보다 격정적으로 이에르베엘아과Hierve el Agua를 찬양했다. 지명에 '끓는 물'이라는 뜻이 있다며 설명하는데, '파묵칼레 Pamukkale'라는 단어가 들리기도 했다. 희고 커다란 석회암지대 바위에 경사를 타고 계단식 논처럼 물이 고여 있는 온천지대. 수영복을 가져오 라는 이유가 이에르베엘아과 때문이었다. 마추픽추 아랫마을 아과스칼 리엔테스 이후 두 번째 온천이라니 기대가 컸다.

주차장에서 수영복을 챙겨 들고 좁은 흙길을 따라 아래로 내려갔다. 왼쪽 중턱에 희고 평평한 커다란 석회암 바위 지대가 보였다. 곳곳에 웅덩이가 파여 회색 석회질 물이 흘러넘쳤다. 운 나쁘게 바위에 뿌리내 리고 살 만큼 살다 죽은 고사목은 이제 막 트리플-액셀에 성공하고 빙 판에 안착한 김연아처럼 고고한 자태로 물빛에 반사됐다. 전체 풍경은 제니퍼 로페즈Jennifer Lopez가 주연한 영화 〈더 셀The cell〉의 한 장면을 떠오르게 했다. 영화 속 칼의 무의식에 건설된 제멋대로 비현실적인 그 래픽같이 몽롱한 느낌.

이웃한 산에는 갑작스러운 빙하기로 얼어붙은 흰 폭포가 나타났다. 산 중턱에 생성된 거대한 종유석이다. 바위 꼭대기에 올라서 보니 작은 구멍에서 온천이라고 하기에 빈약한 물이 뿜어 나왔다. 수온은 '차갑다' 와 '아주 차갑다'의 중간쯤이다. 외국인 커플이 코파카바나 해변에서나 입을 법한 비키니 차림으로 수심 17cm 물에 들어 앉아 깔깔 웃었다. 산 만 한 통바위인데 꼭대기에 구멍이 뚫리고 물이 솟는다니 신기했다. 나 는 이 바위의 꼭대기에서, 이성주와 이선영은 맞은편 칼의 무의식 세계 위에서 서로 손을 흔들었다.

살진 선인장이 가시를 곤두세우고 태양에 저항하는 오후다. 칼의 무의식 세계로 돌아와 이를 덜덜 떨며 수영했다. 수심은 2m쯤 돼 발이 닿지 않고, 물은 실수로 한 모금 마시면 내장에 종유석과 석순이 자랄 것 같이 뿌옇고 탁했다. 실제보다 사진이 잘 나오는 이에르베엘아과라도 파묵칼레와 비교하기에는 억지가 있어 보였다. 파묵칼레 한 귀퉁이라면 모를까.

**#5** / 마지막으로 찾아간 곳은 메스칼Mezcal 농장이다. 패키지 여행에 으레 끼어드는 쇼핑 코스인데 오악사카의 술맛을 볼 수 있다니 오히려 반가웠다.

농장 가이드는 거, 참, 자질구레하게 용설란을 찌고, 즙을 내고, 증류해 메스칼 만드는 방법을 설명했다. 막걸리처럼 아즈텍 시절부터 용설란을 발효시켜 만든 낮은 도수의 토속주가 풀케pulque다. 스페인 침략 후 풀케를 증류한 술이 메스칼이다. 메스칼 중에 테킬라 마을에서 생산한 것이 유명해져 멕시코 술의 대명사가 '테킬라'가 되었다. 와인을 증류해 코냑Cognac을 만드는 것과 비슷한 진화를 거친 모양이다.

메스칼은 숙성될수록 색이 짙어져 6개월 된 것은 투명, 1년 된 것은 노랑, 5년 된 것은 주황, 6년 된 것은 빨강에 가까운 색을 띤다고 했다. 행여 빨간 물감을 대량 구매한 간이영수증이 농장 금고 속에 쌓여 있는 건 아니겠지, 어이없는 생각이 들었다. 그중 애벌레나 전갈이 든 메스칼은 술과 안주를 겸할 수 있다는 기대감에서 특히 흥미를 더했다.

테이블에 썬 레몬과 소금이 안주로 놓였다. 밀짚모자에 염소 턱수염을 한 바텐더는 왼손에 소금 찍은 레몬을 들고 있다가 먼저 한입 가득 베어 물고 시큼한 틈을 타 오른손에 들고 있는 메스칼을 털어넣으라고

1. 메스칼 마시는 법을 설명하는 밀짚모자에 염소 턱수염을 한 바텐더.
2. 메스칼 농장의 시음장 벽면은 애주가들의 마음을 현혹시킬 만반의 준비가 되어 있다.

했다. 식도를 타고 흘러내리는 강렬한 맛은 1991년 베이징에서 오리고기와 처음 맛본 58°짜리 마오타이茅台酒를 연상시켰다.

　시음용 술은 술을 살 때까지 무제한 공급됐다. 이른 생일상을 맞은 나는 연신 "그라시아스"를 외치며 바텐더가 내미는 색색의 메스칼을 받아 마셨다. 열 잔쯤 먹고 나자 "그라시아스"가 어느새 "그라스로 줘"로 발음되기 시작했다. 우리 옆의 농부 가족과 앞뒤로 도착한 다른 여행자도 바짝 붙어 오늘 이 집 시음용 메스칼을 동내고 말겠다는 태세다. 평소 술을 마시지 않는 이선영까지 입에 댈 정도니 얼마나 유쾌한 자리였던가.

조금 더 마시면 오악사카가 아닌 칸쿤 가는 버스에 올라탈 수도 있겠다 싶을 즈음 250페소 하는 메스칼을 두 병 샀다. 한 병은 나와 내 여행을 염려하고 있을 가족과 친구를 위해, 또 한 병은 이번 남미 여행이 가능하도록 결정적인 도움을 준 분을 위해.

우리를 종일 따라다니며 괴롭히느라 먼저 진이 빠진 태양이 서쪽 산에 가까스로 걸려 밋밋한 열기를 깔딱깔딱 뿜어냈다. 얼근하게 달아올라 오악사카로 돌아오는 길에 방풍림과 농장의 경계를 겸해 늘어선 사이프러스가 보였다. 바람이 뾰족한 사이프러스 끝에 잉크를 묻혀 파란 편지지에 대고 '수신인 이해승'을 향해 손 편지를 썼다. 술에 취해 앞뒤 내용은 잘 기억나지 않는데 편지의 마지막은 이렇게 끝을 맺었다.

'행복을 유예하지 말 것.'

04

**멕시코시티**Mexico City

# 그라시아스, 오브리가두!
# **아메리카, 아메리카!**

멕시코시티의 소칼로 광장.

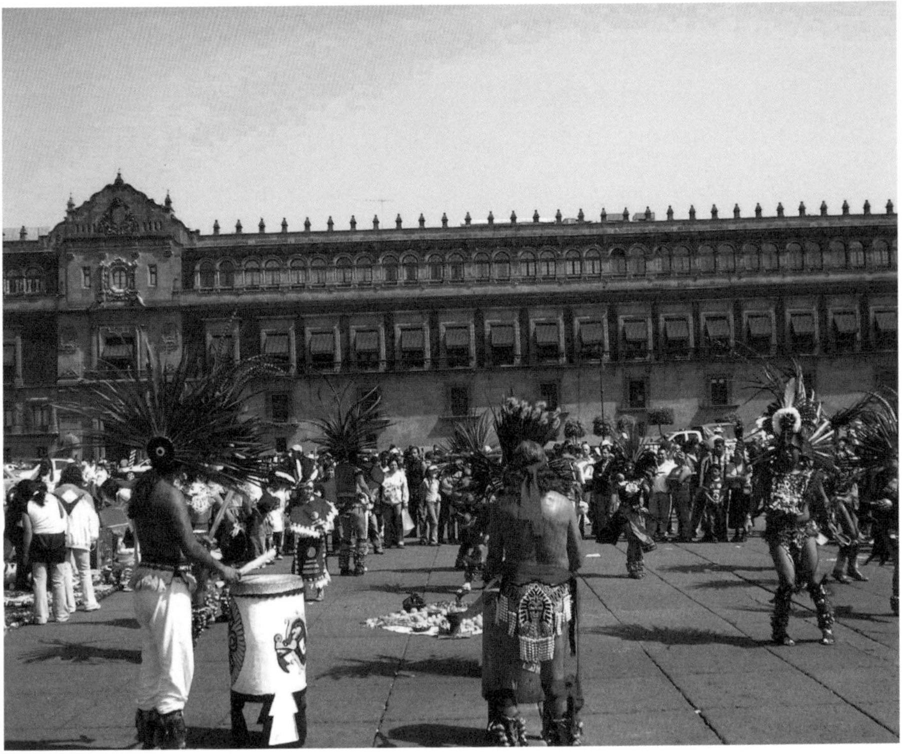

**#1**  /  오악사카를 출발한 버스는 6시간 만에 우리를 멕시코시티에 내려놓았다. 날던 새가 매연에 질식해 떨어진다는 도시, 이번 여행의 종착지다.

대도시의 새벽이 주는 신산함과 달리 택시는 안전하게 소나 로사Zona Rosa 지역의 제네바 호텔까지 데려다주었다. 중저가 호텔이긴 해도 멕시코 여행 중 격식을 갖춘 숙소에 묵기는 처음이다. 호텔 직원도 복장부터 행동 하나하나에 격식을 갖추려고 애썼다. 체크인 시간이 많이 남아 짐을 맡기고 로비 소파에 쉬고 있는데 그런 자세로 앉는 건 안 된다며 자세까지 교정해주고 갈 만큼 엄숙미가 흘렀다. 호텔 실내 장식은 멕시코 근현대사의 산 증인처럼 꾸며놓았다. 1907년 처음 멕시코 밀림 속에 들어설 당시 호텔 모습, 1952년 영화 〈혁명아 사파타Viva Zapata〉 촬영 당시 머문 말론 브란도Marlon Brando의 사진과 소품, 멕시코가 낳은 세계적 예술가 디에고 리베라Diego Rivera와 부인 프리다 칼로Frida Kahlo의 방문, 그 외 다녀간 무수한 명사들, 그들의 사치스러운 여행용품과 오래된 장서까지. 마치 박물관 구석을 호텔로 꾸며놓은 착각이 들 정도다. 처음 지은 건물 그대로 고쳐 쓰고 있어 길고 좁은 회랑, 작은 엘리베이터, 다닥다닥 붙은 천장 낮은 작은 방은 고풍을 맛보기 위해 어쩔 수 없이 감내해야 하는 비용 같았다.

"아즈텍 문명이 지배할 당시 이 도시는 물 위에 떠 있는 운하 도시였대. 코르테스가 정복한 이후 도시와 운하를 모두 밀어내고 새로운 도시를 건설한 거지."

멕시코시티에는 시티 투어 노선이 3개 있다. 도시가 워낙 커 하루에 돌기란 불가능하다. 첫날이니까 욕심 부리지 않고 만만한 소칼로 광장으로 나갔다. 정식 명칭이 헌법 광장인 소칼로는 전 세계 모든 광장의 크기를 잰 어떤 불굴의 인물에 의해 열아홉 번째 큰 광장으로 밝혀졌다. 주변에 대성당과 대통령궁 같은 유적이 있어 반나절은 족히 볼 만하다. 대성당은 아즈텍 태양의 신전을 부수고 그 위에 지었고, 대통령궁은 아즈텍 몬테수마 2세의 궁전을 부수고 그 위에 지었다. 대성당 앞에 설치된 유리바닥을 들여다보면 습기를 머금은 태양의 신전이 아틀라스처럼 성당을 이고 있는 처연한 모습을 볼 수 있다. 아즈텍 정복 직후인 1524년부터 짓기 시작해 200년 넘게 걸린 대성당은 아메리카 대륙에서 가장 큰 성당이라는 타이틀도 갖고 있다. 워낙 오래 짓다 보니 좌우대칭이 잘 맞지 않고, 연약한 호수 지반 위에 올라타 있어 지진에 약하다. 대성당 한쪽에 커다란 추를 매달아놓아 해마다 건물이 어느 방향으로 기우는지 기록하고 있다.

스페인은 아즈텍의 가능한 모든 것을 이단으로 몰아 파괴해 묻거나 귀족의 장신구로 전락시키고, 그 위에 고향을 복제한 새로운 식민지를 수백 년 동안 건설했다. 그리고 지금에 와서 다시 아즈텍 문명의 박제를 꺼내 먼지를 털어 관광상품으로 팔고 있다.

한가로웠던 광장에 인디언 복장을 한 원주민의 집단 시위가 벌어졌다. 구호를 외치고 육탄으로 경찰 포위망을 뚫으려는 시도가 격렬했다. 무장한 경찰이 시위대를 둘러싸 만일의 사태에 대비하는데 일상적인 충돌이란 느낌이 들었다. 땅속에 깔린 아즈텍과 그 위에 우뚝 솟은 스페인 문명의 대충돌이 수백 년째 여전히 진행 중인 것 같아 씁쓸했다.

**#2** / 극심한 체증과 매연을 고스란히 마시고 도착한 과달루페

1. 아즈텍 태양의 신전을 부수고 지었다는 소칼로 광장의 대성당.
2. 원주민의 시위 현장은 아즈텍과 스페인 문명의 충돌이 진행 중인 것 같아 씁쓸했다.

성당은 지반 침하로 한쪽이 크게 주저앉아 위태로운 모습이다. 옆에 신도 만 명이 동시에 미사를 올릴 수 있는 새 과달루페 성당이 올림픽 체조경기장 같은 위용을 자랑했다.

과달루페 성당 건립 배경은 1531년까지 거슬러 올라간다. 후안 디에고Juan Diego라는 원주민 개종자가 길을 걷는데 마리아가 나타나 "이곳에 교회를 지어 많은 사람이 미사를 드릴 수 있게 하라"고 명령했다. 디에고가 "저는 농부라 그럴 힘이 없으니 다른 사람에게 알아보세요"라고 사양했다. 마리아는 다시 나타나 "내가 너에게 그럴 힘을 주겠네"라며 교회를 지으라고 명령했다. 고민에 빠진 디에고는 주교를 찾아가 이 같은 사실을 고백했다. 주교는 믿을 수 없으니 증명해보라고 요구했다. 디에고는 웃옷을 벗어 자신이 본 마리아를 그렸다. 그러자 마리아가 그 순간 나타났나, 어쨌든 주교와 백성이 무릎 꿇고 경배하며 성당을 짓기 시작했다. 과달루페 성당 뒤에 작은 산이 있는데 그곳에서 실제 벌어진 일이다.

'과달루페 동정녀 마리아' 소문이 퍼지자 침략군과 그들의 잔인한 종교에 대항하던 멕시코 원주민은 저항을 멈추고 빠른 속도로 개종했다. 과달루페 마리아가 원주민의 얼굴과 피부색을 닮은 데다 원주민 개종자 앞에 모습을 드러내는 호의를 베푼 점이 결정적이었다. 대성당에 걸려 있던 검은 피부색의 예수상과 같은 맥락일 것이다. 로마 교황청도 프랑스 루드르Lourdes와 포르투갈 파티마Fatima에 이어 세 번째로 과달루페 동정녀 마리아의 발현을 인정했다. 과달루페는 단숨에 세계 가톨릭 성지로 떠올랐다.

전 세계에서 수백만 가톨릭 신도가 오직 마리아를 보기 위해 몰려들어 북새통을 이루자 성당 측은 재빨리 보고 지나갈 수 있도록 무빙워크를 설치하는 기민함을 보여주었다. 성당에 들어간 신도와 여행자가 무빙워크에 올라타기만 하면 사람이 걷는 속도로 마리아 앞을 지나가게 되고 몇 초 뒤 무빙워크가 끝나면 성당 밖으로 나가도록 만들었다.

현대 과학은 과달루페 성모상에 숨어 있던 또 하나의 엄청난 비밀을 발견했다. 지긋이 아래로 깔고 있는 성모 마리아의 눈을 크게 확대해보았더니 글쎄, 마리아를 올려다보며 간절히 기도하는 후안 디에고의 모습이 눈동자에 맺혀 있는 게 아닌가! 나는 이 기가 막힌 가이드의 설명을 듣고 소름이 돋아 문신처럼 영원히 지워지지 않을 거란 확신이 들

과달루페 동정녀 마리아. 마리아의 눈 속에 비밀이 담겨 있다.

고 말았다.

**#3** / 　　버스는 테오티우아칸Teotihuacan을 향해 달렸다. 가는 길 좌우로 펼쳐진 도시는 브라질 리우의 빈민촌 파벨라를 연상시켰다. 급속한 도시 팽창과 부족해진 하층민의 주거 확보를 위해 급하게 건물을 세웠는데 '지었다'기보다 '쌓아놓았다'는 표현이 적절했다. 산 정상까지 물결치는 집은 자본주의라는 동전의 불편한 뒷면을 보는 것 같았다.

　1시간을 달린 버스는 우리가 멕시코에서 가장 보고 싶던 곳, 그동안 스쳐온 수많은 유적지를 단지 스포일러로 치부하게 만든 곳, 웅장한 피라미드, 기원전 2세기에 만들어진 세계 최대 고대 도시, 아즈텍과 마야, 잉카에 영향을 준 테오티우아칸에 도착했다.

버스에서 내리자 기념품 파는 상인이 몰렸다. 흑요석으로 만든 마스크와 나무를 짜 만든 마야 달력, 검정 재규어, 거울을 팔았다. 흑요석 마스크를 파는 아저씨는 흑요석 마스크를 사라며 신전 초입부터 달의 피라미드 열여섯 번째 계단까지 줄곧 따라왔다. 그사이 가격은 1/10로 내려갔지만, 열심히만 한다고 모든 일이 풀리는 건 아니라는 인생의 쓴맛을 가르쳐주고 싶어 끝까지 외면했다.

호객을 뿌리치고 테오티우아칸에 들어서 처음 찾아간 곳은 북쪽에 달의 피라미드다. 지금이 다섯 번째 세상이라는 신화처럼 피라미드는 다섯 층의 단으로 쌓여 있다. 아즈텍인은 다섯 번째 세상이 시작된 곳이 이곳 테오티우아칸, 신들의 고향이라고 믿었다. 피라미드 전체로 보자면 중간지점에 있는 다섯 번째 층에 산 사람을 죽여 제물로 바치는 제단이 있는 이유다. 지금의 세상을 멸망시키지 말아달라고 무수한 사람의 가슴을 갈라 펄펄 뛰는 심장을 꺼내 바친 곳이다.

계단 옆으로 제물을 굴리는 돌 미끄럼틀이 보였다. 아래에서 귀족들이 침을 흘리며 제물을 요리해 먹기 위해 기다렸겠지. 여기서 행해진 인신 공양이 아즈텍과 마야, 잉카로 번졌다니 신들의 고향은 실상 잔인한 인간 살육의 현장이었다.

달의 피라미드에서 바라보니 동쪽으로 태양의 피라미드가 들어왔다. 두 피라미드 사이 죽은 자의 거리는 검은 아스팔트 포장처럼 반질반질하게 윤이 났다. 사람이 듬성듬성 보였다. 거리 양쪽으로 줄지어 선 건물은 한때 무덤이라고 알려졌고, 나중에 신전 관리자의 거주지로 확인됐다. 태양의 피라미드는 한 변이 225m, 높이가 65m나 돼 세계에서 세 번째 크다는 말을 듣자 이 무더위에 절대 올라가지 말아야겠다는 생

세계에서 세 번째로 크다는 태양의 피라미드. 이 무더위에 절대 올라가지 말아야겠다는 생각이 들었다.

각이 들었다. 테오티우아칸 문명은 기원전부터 번성하다 7세기 무렵 갑자기 쇠퇴하며 역사 속으로 사라져 미스터리가 됐다. 가이드는 오랜 가뭄으로 비가 내리지 않아 굶어 죽는 사람이 속출하자 도시를 버리고 이동했을 가능성이 크다며 대수롭지 않게 미스터리의 옷을 벗기고 찬물을 끼얹었다.

달의 피라미드를 내려와 태양의 피라미드로 이동했다. 둘을 그늘에 부려두고 나 혼자 태양의 피라미드 등정을 시도했다. 정말 더웠지만, 기왕 왔으니 정상을 밟아 깃발이나 꽂아보자는 심산이었다. 하지만 다행히 피라미드에 오르기 위해 4열 종대로 늘어선 줄이 피라미드를 네 바퀴는 휘감을 정도로 길었다. 기다리는 줄에서 일사병으로 쓰러지면 희생 의식의 제물이 될 것 같아 태양의 피라미드 등정은 후일을 기약했다.

신전 뒷길에 울창한 선인장 군락지에서 오래 사진을 찍었다. 테오티우아칸과 선인장은 멕시코시티를 대표할 만한 상징이었다. '더 크다는 이집트 기자 피라미드는 또 느낌이 다르겠지' 하고 생각하다 다음 여행지는 반드시 이집트가 될 것이라고 주문을 외웠다.

**#4** / 테오티우아칸 투어를 마치고 멕시코시티로 돌아와 전깃줄에 신발 몇 켤레가 걸린 골목에서 축구하는 젊은이들을 구경했다. 소나로사 거리에 한국어 간판이 붙은 식당을 발견하고 모처럼 한식을 즐겼다. 테이블과 물통, 컵, 수저, 메뉴판까지 모든 소품이 한국과 똑같았다. 카운터 벽에 한글로 혼성 합창단 모집과 콜레스테롤을 낮춰주는 미용 양파즙 홍보 포스터도 붙어 있다. 두 달 넘게 참아놓고 입국 이틀 전에 한식이라니.

소주를 곁들여 고기를 구워 먹고 레포르마Avenida Reforma 대로에 있는 멕시코 독립기념탑El Engel de la Independencia 주변을 걸었다. 탑 꼭대기에 서 있는 황금빛 천사상이 야자수와 조화를 이뤘다. 날이 어두워지자 잘 차려입은 젊은이들이 길이 20m쯤 돼 보이는 하얀 리무진을 타고 나타나 천사상을 배경으로 고래고래 소리를 지르며 웨딩 사진을 찍었다. 독립기념탑 주변에 유독 한글 간판이 많았다.

멕시코혁명을 기념해 1984년 세운 웅장한 혁명광장Monumento a la Revolucion까지 걸었다. 천체망원경으로 막 떠오른 달과 목성의 위성을 보여주고 10페소를 받는 유쾌한 아저씨를 만났다. 광장 앞에 설치된 분

수대에서 쇼스타코비치의 선율 같은 물과 조명 쇼가 연출됐다. 아이들은 붉고 푸르게 빛나는 분수 사이를 뛰어다니며 멕시칸의 평범한 나날을 즐겼다.

**#5** / 멕시코에서 마지막 날이자 남미 여행의 마지막 날은 국립 인류학 박물관Museo Nacional de Antropologia에서 멕시코시티를 중심으로 펼쳐졌던 고대 문명의 힘을 만끽했다. 멕시코의 자랑인 박물관은 하루에 끝내기에 도무지 벅찬 규모로 우리를 압도했다. 아프리카에서 출발해 유럽과 아시아, 북미를 거쳐 남미에 도착한 인류가 추위와 굶주림, 어둠의 공포와 짐승의 습격을 견디고 찬란한 문명을 꽃피우기까지 과정을 연대순으로 보여주었다. 원시 인류가 집단으로 매머드를 사냥하는 장면, 올멕Olmec 문화의 걸작인 군상Group of Figures, 아즈텍 문명의 상징인 22t짜리 태양석Sun Stone, 그동안 우리가 멕시코를 관통하며 주의 깊게 들여다보지 못한 여러 문명의 흔적을 모아놓았다.

인류학 박물관 길 건너로 펼쳐진 차풀테펙 숲Bosque de Chapultepec은 뉴욕 센트럴파크처럼 고단한 멕시코시티의 허파가 되어 위안을 주었다. 낮은 호수Lago Menor를 중심으로 펼쳐진 숲에는 현대미술관Museo de Arte Moderno과 타마요 미술관Museo Tamayo Arte Contemporaneo, 차풀테펙 동물원 Zoológico de Chapultepec 같은 볼거리가 보석처럼 박혀 있다. 시간만 허락된다면 이 공원에서 일주일은 충분히 보낼 수 있을 정도다. 아쉬웠다.

이어 택시를 타고 찾아간 프리다 칼로 박물관Museo Frida Kahlo 역시 아무리 오래 줄을 섰다 입장하더라도 도무지 빼놓아서는 안 된다. 프리다 칼로는 남미 여행을 준비하기 훨씬 전부터 화가인 이선영의 영향으로 관심 갖게 된 화가다. 비극적인 삶을 살다 갔지만 파란 집 박물관은 디에고 리베라와 사랑을 속삭였던 밀회의 기억 같은 장소로 가슴을 따뜻하게 만들었다. 박물관 어딘가에 디에고를 향한 프리다 칼로의 이런 글귀가 적혀 있다.

Jamás en toda la vida, olvidaré tu presencia. Me acogiste destrozada y me devolviste íntegra, entera. (내 일생 결코 당신의 존재를 잊지 않을 거야. 당신은 조각난 나를 찾아냈고 나를 다시 가득 차고 온전하게 해주었어.)

72일 동안 이어진 중남미 여행이 끝났다. 우리는 비가 내리는 멕시코 시티에서 마지막 밤을 보냈다. 새벽 2시에 일어나 베니토 후아레스 국제공항에서 비행기를 타고 캐나다 밴쿠버를 거쳐 오래 떠나 있던 한국으로 돌아왔다.

여행을 통해 무엇을 얻고 무엇을 잃었는지 세월이 흐르면 알게 될 것이다. 이제 중학교 2학년이 되는 이성주의 가슴에 하나의 씨앗을 심었으면 좋겠다. 어떤 모습으로 자라든 이번 여행이 삶을 한층 풍요롭게 만드는 마중물이 된다면 바랄 게 없다.

브라질, 아르헨티나, 칠레, 볼리비아, 페루, 쿠바, 그리고 마지막 멕시코까지. 디에고 리베라를 향한 프리다 칼로의 목소리를 빌려 아메리카에 감사의 말을 전한다.

'내 일생 결코 당신들의 존재를 잊지 않을 거야. 당신들은 조각난 나를 찾아냈고, 나를 다시 가득 차고 온전하게 해주었어.' 고마워.

마추픽추Machu Picchu

## Photo Credit

| | | | |
|---|---|---|---|
| 20 | www.flickr.com/photos/rvc | 184 | www.flickr.com/photos/Nico Kaiser |
| 22 | www.flickr.com/photos/melirius | 198 | www.flickr.com/photos/James Loudon |
| 33 | f11photo/Shutterstock.com | 207 | Matyas Rehak/Shutterstock.com |
| 41 | www.flickr.com/photos/soldon | 220 | www.flickr.com/photos/Cédric Liénart |
| 72 | Tphotography/Shutterstock.com | 223 | Matyas Rehak/Shutterstock.com |
| 86 | www.flickr.com/photos/GABRIEL GALLARDO | 236 | Matyas Rehak/Shutterstock.com |
| 113 | Ivanov/Shutterstock.com | 253 | www.flickr.com/photos/unukorno |
| 131 | Free Wind 2014/Shutterstock.com | 264 | Chepe Nicoli/Shutterstock.com |
| 147 | www.flickr.com/photos/Guy Howard | 274 | www.flickr.com/photos/simonmatzinger |
| 150 | bumihills/Shutterstock.com | 336 | Noradoa/Shutterstock.com |

# 까칠한 저널리스트의
# 삐딱한 남미여행

**초판 1쇄 인쇄일** 2016년 09월 30일
**초판 1쇄 발행일** 2016년 10월 06일

**글** 이해승
**발행인** 이승용
**주간** 이미숙
**편집기획부** 김상진 오세진          **디자인팀** 황아영 김선경
**마케팅부** 송영우 박치은          **경영지원팀** 이지현 김지희

**발행처** |주|홍익출판사
**출판등록번호** 제1-568호
**출판등록** 1987년 12월 1일
**주소** [121-840]서울 마포구 양화로 78-20(서교동 395-163)
**대표전화** 02-323-0421          **팩스** 02-337-0569
**메일** editor@hongikbooks.com
**홈페이지** www.hongikbooks.com

ISBN 978-89-7065-546-8 (03810)

이 도서의 국립중앙도서관 출판시도서목록(CIP)은
e-CIP 홈페이지(www.nl.go.kr/ecip)에서 이용하실 수 있습니다.
(CIP제어번호 : 2016021976)